그때 그 말들

백지은
문학평론가.
비평집 『독자 시점』 『건너는 걸음』, 비평에세이집 『그때 그 말들』을 썼다.

ARCADE 0013 CRITSSAY 그때 그 말들

1판 1쇄 펴낸날 2022년 5월 10일
지은이 백지은
디자인 최선영
인쇄인 (주)두경 정지오
펴낸이 채상우
펴낸곳 (주)함께하는출판그룹파란
등록번호 제2015-000068호
등록일자 2015년 9월 15일
주소 (10387) 경기도 고양시 일산서구 중앙로 1455 대우시티프라자 B1 202-1호
전화 031-919-4288
팩스 031-919-4287
모바일팩스 0504-441-3439
이메일 bookparan2015@hanmail.net

ⓒ백지은, 2022, printed in Seoul, Korea

ISBN 979-11-91897-18-0 03810

값 20,000원

그때 그 말들

백지은

크릿세이(critssay)를 향하여

그냥 비평에 관하여

지금부터 내가 할 이야기는 문학비평(가)의 고민과 분투에서 나온 것이지만, 비평의 대상이나 분야를 한정하는 것은 온당치 않다. 'ㅇㅇ비평'이라 할 때 'ㅇㅇ'이라 명시된 비평의 대상이 발언의 범위를 한정하기는 하나, 그 비평을 발현시킨 맥락은 발언의 범위보다 훨씬 넓고 종합적인 영역에 걸쳐 있기 때문이다. 다만 '문학비평'은 특히 세상/사물에 대한 다양한 태도(들)를 한사코 '문학(적)'으로 인식하는 일이라고 나는 생각한다. 문학비평이 문학 텍스트에 대한 감상과 평가를 적을 때도, 그것은 '문학'의 이름을 달고 세상에 나온 대상을 오롯이 인식하려는 행위가 아니라 세상의 온갖 대상을 인식하는 무수한 경로 중 문학적 스타일을 찾으려는 행위다. 물론 그 스타일은 문학 텍스트에만 있는 게 아니고 어느 곳 어느 때나 발견되므로 문학비평이라는 행위는 무시로 어디서나 발생한다. 사람, 사물, 사건, 사회 등을 통과하며 마주친 말들을 '문학'의 정체와 한계로서 (재)탐문하는 일이 문학비평의 임무이고, 다른 이유 아닌 오직 이런 이유에서 '읽기'라는 전면적 행위는 비평(가)의 제일선, 최전방이다.

다시 스타일에 대하여

문학(책)만이 아니라 세상만사가 다 텍스트이니 문학 텍스트를 읽듯 온 세상을 읽을 수 있다는 평범한 얘기, 또는 삶의 언어, 현실의 언어에서도 문학적인 것을 찾을 수 있다는 흔한 주장일 것이다. 그런데 나는 왜 이런 얘기를 하는 것일까? 한 사회의 의미 체계에 속하는 모든 텍스트 중에서 특히 '문학'으로 인지되는 그것, 말하자면 '문학적 스타일/양식'이라는 것을 부정하고 싶은 것일까? 글쎄…… '문학'의 스타일은 일정하지도 고정돼 있지도 않으며, '문학'이라는 라벨과 상관없이 어떤 말에서나 발생하는 그 스타일이 '문학'과 더 관련 있다고 말하고 싶을 뿐이다. 문학적 '스타일'이 언어(체)의 모양새, 즉 텍스트의 '내용-의미'보다는 '형식-표현'의 측면과 관련하여 고유한 '표현법' 혹은 독립적이고 자기 완결적인 '형상'이라고 오해하는 경우가 아직도 드물지 않지만, 그렇기에 더욱 "스타일을 논하는 것은 어떤 예술작품의 총체성을 논하는 한 가지 방법"[1]이라는 주장을 꾸준히 밀고 가야 한다고 생각한다. 언어(체)의 작용은 화자나 청자에 귀속될 수 있는 개별적인 요소가 아니라 그 언어체가 통용되는 장에 의존하는 사회적인 작용이다. "스타일이 어떤 시대와 어떤 공간에 속할 뿐만 아니라, 스타일에 대한 우리의 인식 자체도 예외 없이 그 작품의 역사성, 즉 특정한 시기에 그 작품이 차지하고 있는 위치를 알고 있을 때에 나온다."[2] 요컨대, 스타일은 내용을 담는 그릇 혹은 내

---

1 수전 손택, 『해석에 반대한다』, 이민아 역, 도서출판이후, 2002, p.36

용을 표현하는 수단이 아니다. 형식이 스타일인 것과 마찬가지로 내용이 스타일이다. 스타일은 내용이다. 스타일은 형식이다. 스타일은 내용이자 형식이다.

더 잘 경험하기 위하여

읽기란 무엇보다도 텍스트-말을 경험하는 행위인데, 그 경험은 곧 텍스트-말의 '스타일'을 지각하는 것 외에 다른 것이 아니다. 세계라는 의미망이 텍스트와 텍스트 아닌 것으로 명확히 분리되지 않으므로, 다시 말해 현실이 곧 '텍스트적 운동'으로 매 순간 구성되고 변화하는 현장이므로, 전문 분야를 포함한 제반 생활세계에서 행해지는 우리의 '읽기'는 언제나 스타일의 체험을 향해 열려 있고 텍스트적 운동에 포함되어 있다. 읽기의 경험이 스타일의 체험으로 이어지고, 나아가 텍스트적 운동에 능동적으로 참여하는 일, 이것이 특히 비평(가)의 일이라고 믿는다. 그리고 세상 모든 '말들' 또는 스스로 보고 들은 언어(체)들로부터, 그것들이 개방되어 있는 장의 배치에 따라 제각각 체험되는 스타일을 의식하는 일이야말로 비평 중에서도 '문학'비평의 몫이자 임무라고 말해 보고 싶다. 이때 비평은 다양한 관점의 체계 또는 다양한 해석의 공동체 중에서 선택을 하는 행위가 아니다. 비평의 의무는 경험이라는 개별적 지각, 즉 스타일의 자기 체험을 전개할 수 있는 지평을 (선택이 아니라) 발생시키는 것이(어야 한)다. 경험을 해명하는 것보다 중요한 것은 더 잘 경험하는 것이기 때문이다. 더 잘 보고, 더 잘 듣고, 더 잘 느끼고, 더 잘 생각하기 위해,[3] 비평은 누구에게나, 언제나, 어느 때나, 자연스럽고 필연적이다.

---

2 수전 손택, 『해석에 반대한다』, p.40.

그때 그 말들에 의하여

협소한 영역에 한정된 읽고 쓰는 생활이지만, 그 미미한 지속에서 나는 '문체'라는 말을 '문학'보다도 더 굳게 붙잡은 것 같다. 어떤 초심처럼 심중에 두어져 버린 그것은, '스타일'이라고 바꿔 말하든 아니든, 나의 함의와 타인의 함의가 일치하지 않아 상호 오해를 유발할 때도 적지 않다. 협소하지 않은 영역에서 두루 쓰이는 단어이므로 이 단어를 붙드는 광범위한 맥락에서 나의 함의는 왜소하거나 편향됐으나 어떤 핵심의 겹침이 감지되는 한에서 놓지 않았다. 내게서 너무 단단해져 버렸을 이 말이, 일상에 뭉쳐진 나의 읽기를 흔들어 보는 데도 내게는 필요했고 또 적절하다고 오랫동안 믿었다. 느낌과 상념이 통과하는 길에 '스타일의 자기 체험'이라는 말 외의 것을 불러내지 못했다. 더 잘 경험하려는 시도의 몇몇 조각들을 모아 내놓으며 이제는 이 말이 내게서 풀어지고 흩어지기를 소망한다.

경험이라고 했지만 대개 세상의 말(들)들 주변에 붙박이고 마는 일상의 한계 탓에 나의 쓰기는 임의의 문학 텍스트로부터 촉발되었거나 특정 시점의 내가 불쑥 닿아 버린 텍스트에 빚진 행위가 대부분이고, 이 책의 절반 이상도 그 결과물이다(제1부와 제5부). 바로 그때 만난 그 말들이 아니었다면 나는 한 편의 글도 쓰지 못했을 것이다. 분량은 절반 이하지만 목록의 길이는 한참 긴 다른 절반쯤은 세상의 흔한 말들에 직면하여 스스로 '텍스트적 운동'의 일부가 되기를 기도했던 흔적들이다(제2, 3, 4부). 세상 돌아가는 뉴스가 불편하여 견디기 힘들었던 특정 시기의 마인드가 집중적으로 드러난 그 글들이 이 책

---

3 "우리는 더 잘 보고, 더 잘 듣고, 더 잘 느끼는 법을 배워야 한다." 수전 손택, 『해석에 반대한다』, p.34.

의 또 한 표정이 될 것을 생각하면 어색해서 죽을 것 같다. 그때 그 말들과 어느새 5년여의 시간적 거리를 두게 된 것도 난감하다고만 생각했는데, 20대 대선 이후 '세상 돌아가는 뉴스로부터 눈과 귀를 최대한 차단하려 애쓰는 사람들'이 늘어났다는 이야기가 들리는 요즘, '그때 그 말들'을 환기하는 어떤 기분이 난감함을 뚫고 흘러나와 어색함을 무릅쓰게 만들었다. 냉소인 듯 체념인 듯 '역사는 반복된 다고 했던가'라고 중얼대는 주위 친구들에게 같이 푸념이라도 하며 이 기분이 더 이상의 좌절이나 절망으로 이어지지 않도록 힘내 보자 고 말하고 싶은 심정으로 지금 이 책을 세상에 밀어낸다. 어떤 항심 으로 밀고 온 나의 글쓰기는, 십수 년 전 시작하는 마음일 때와 지금 도 같은 마음이라고 느끼는 것과는 별개로 '스타일'이 좀 변했는지도 모르겠다. 읽기(크리틱)와 쓰기(에세이)의 동행에서 발생했을 그 스타 일을, 읽기와 쓰기에 다 충실하고픈 바람을 담아 '크릿세이'라고 불러 보기로 한다. 아무래도 뚱해 보일 이 책의 표정을 내가 어떻게 책임 져 줄 수 있을지는 못내 걱정이다. 다만 이제 나는 쓰기 위한 읽기가 아닌 읽기의 수행성으로 열린 쓰기로써 이 표정을 더 자주 지어 보 겠다고, 그리하여 내 손끝에서 '크릿세이'도 점점 자연스러워지고 부 드러워지길 바란다고, 지금은 그저 이런 다짐과 바람뿐이다.

2022년 4월
백지은

차례

제5부 아무튼, 읽는 동안

일러두기

인용문 가운데 일부는 읽기의 편의를 위해 현행 맞춤법 규정에 따라 띄어쓰기를 수정하였습니다.

제1부 기어이, 함께 살자는 말

빌려 온 시간 속에서

대책 마련이 한창이다. "기획재정부는 현재 기재부 1차관을 팀장으로 경제·산업 분야 포스트 코로나 대책 태스크포스(TF)를 운영 중이다. 경제·산업 **혁신을 가속화하고** 코로나 사태 이후 복원력을 강화하기 위한 목적이다. 유망 산업을 **육성하고** 취약계층에 대한 안전망을 강화하는 방안 역시 논의하고 있다."(『연합뉴스』, 2020.6.17.) "S그룹 회장이 6일 오전 '뉴노멀 시대, 경영의 대전환'을 주제로 열린 '2020 S그룹 조회'에서 '포스트 코로나19' 시대에 대비하기 위해 '사업 구조 **고도화**'와 '디지털 **혁신**'을 기반으로 한 체질 개선을 강조했다."(『매일경제』, 2020.7.6.) "정부는 '코로나19발 경기침체로 인한 위기의 기업과 노동자 지원'이라는 취지에 맞춰 추경안 통과 후 3개월 안에 **빠르게** 뉴딜 사업을 **추진**한다고 밝힌 바 있다. 이에 KT는 5G/GiGA 인터넷 등 네트워크 인프라, AI/빅데이터 기술, KT 중소 협력사 얼라이언스 등의 역량을 기반으로 한국판 뉴딜 사업에 참여해 **빠른 실행을 지원**할 계획이다."(『글로벌경제신문』, 2020.7.6.) 여전히 우리는 전염병의 복판에 있지만, 정부와 기업들에게는 벌써 '포스트-코로나'를 대비할 계획이 다 있나 보다.

이런 뉴스들을 보다가 최유안의 미니픽션 「캠페인은 계속된다」(『릿터』, 2020.6-7)가 떠올랐다. 코로나19라는 재난 한가운데 있는 우리에게 역병 자체의 위협만큼이나 확실해진 깨달음은 지구의 생태계 변화에 따른 막다른 문제들이 도처에 만연하다는 사실일 것이다. 환경파괴와 지구온난화에 대한 위기감이 커진 것이 한두 해 간의 일은 아니고 그에 대한 의식화 및 대응 전략 모색으로 산업의 변화가 이미 나타나기도 했다. 어떤 식이냐면, "소규모 인터넷 마트의 입지가 늘어나고 업계 지형이 배달 형태로 완전히 변해 가는 데다 코로나바이러스까지 덮치"게 되자, 잘나가던 유통회사의 마케팅 팀은 "돌파구 삼을 만한 아이템" 찾기에 혈안이 된 것이다. 시류에 발맞추려는 기업들은 '환경 친화', '녹색 성장'의 이미지에 신경 쓰느라 너도 나도 "지구를 살리고 환경을 살리는 길"을 외치는 캠페인 중이다. 플라스틱 포장을 지양하는 배송 업체는 내용물을 종이로 둘둘 말아 그 부피의 두 배가 넘는 종이 상자에 담아 배송한다. 종이컵 안 쓰기 이벤트를 벌인 회사는 머그잔 수천 개를 새로 제작하여 창고에 가득 쌓아 두고 있다. 사무실 책상에는 캠페인 홍보용 볼펜, 포스트잇, 수첩 등이 널려 있고, 건물 곳곳에는 '불은 끄셨나요?', '계단을 오르면 건강과 지구를 지킵니다!' 등의 표어가 적힌 아크릴판이 설치 보수 중이다. 녹색 캠페인용으로, 고급 수제 디자인 가방처럼 제작된 에코백은 요즘 '힙'한 아이템이 아닐까? 「캠페인은 계속된다」에는, 오늘도 텀블러를 잊고 나와 300원 비싼 커피와 함께 "밀려드는 자괴감"을 받아 든 우리들의 자화상이 빼곡하다. '녹색 캠페인'의 아이러니와 부질없음을 짚어 주기에 이보다 옹골진 이야기도 없겠다.

그린 경제, 그린 에너지, 그린 뉴딜, 또는 디지털 혁신, 한국판 뉴딜……. 환경과 기후변화 및 전례 없는 전염병 사태에 대응할 이 전략들이 불필요만 할 리 없다. 그러나 코로나 방역에 성공한 편이라는 자화자찬 속에서 다음 단계의 구상에 '육성', '강화', '가속화', '추진', '지원', '빠르게' 등의 단어들이 동원되는 이 사태가, "괜찮은 녹색 아이템" 찾기로 "소비 트렌드를 분석해 마케팅에 접목하는 일"과 얼마나 다른지 모르겠다. 코로나19가 몰고 온 비상사태를 견디며 하루빨리 이 사태가 종식되기를 기다리지만, 이 사태를 지나면 이전의 '안정'을 되찾고 그간 습득한 교훈으로 슬기로운 미래 사회를 맞이할 수 있으리라는 소망은 이제 감히 품을 수조차 없다는 것을 우리는 이미 알아 버린 것 같다. "이 지경에 이르러서야 비로소 인간중심주의에서 생태계와 환경의 상호성 속에서 생명을 새롭게 바라보는 것이 이치에 맞다는 사실을 깨달아 가고 있다. 바이러스의 존재가 가르쳐 주는 것도 그야말로 지구환경의 공시성이며, 생명의 연대성이며, 생물과 무생물의 상호 매개성이다." "인간은 신종 코로나바이러스의 재액을 통해 인류가 서 있는 위치를 재확인할 수 있게 된 것 같다. 자연과 인류의 관계의 근원성이 다시 명료화된 느낌이다." 방금 인용한 말들은 「신종 코로나바이러스의 메시지」(이우환, 『현대문학』, 2020.7)라는 글에서 깊이 공감하며 밑줄을 그은 문장들이었다.

오늘의 상황이 "인류의 위기를 생각하게 한다"는 전언을 수신한 채로 「오래된 협약」(김초엽, 『문학동네』, 2020.여름)을 읽는다. 고요하고 정적인 행성 '벨라타'에 사는 '노아'가 지구의 '이정'에게 보내는 편지

형식의 소설이다. 오래전 지구인들에 의해 개척되었지만 지구를 기억하는 사람들은 모두 죽고 지구 문명에 관한 기록도 거의 남아 있지 않은 벨라타 행성에 지구인 탐사대원으로 방문했던 이정은, 모든 것이 가장 아름다운 순간에 고정된 것만 같은 이 행성에서 깊은 신앙으로 금기를 지키며 살아가는 사제(司祭) 노아와 짧고 깊은 우정을 나눈다. 역동하는 지구와는 상반되는 풍경의 벨라타, 그곳에서 요란한 것은 인간의 움직임뿐, 그 밖에는 아주 느리게 호흡하고 꾸물거리며 이동하는 작은 생물들로 가득하다. 벨라타인들은 대개 스무 해 남짓의 짧은 수명을 누리는데 그나마 마지막 다섯 해 정도는 '몰입'이라고 하는 고통스러운 정신적 쇠락을 겪으며 급격히 생을 마감한다. 지구의 발달한 과학기술을 탑재한 탐사대의 학자들은 곧 그 원인을 알아차린다. 이 행성의 대기 중에 널리 분포하는 '클로포늄'이 행성인들의 뇌를 손상시키고 이윽고 생명도 앗아 간다는 것을. 그리고 클로포늄을 분해하는 성분이 '오브'라고 하는 금기의 생명체에 있다는 것도. 지구 탐사대는 벨라타 행성의 자연과 문화에 개입하지 않는 원칙을 갖고 있으나, 이정은 오브에 대한 금기를 깰 것을 영민하고 다정한 사제 노아에게 슬프고 절박하게 요청해 본다. "당신들의 신을 모독할 생각은 없어요. 하지만 인간보다 신이 중요하지는 않아요. 노아, 벨라타의 신은 금기보다 당신들의 생명을 귀하게 여길 것이라고요." 그러나 이정의 말을 이해한다면서도 결국 울음을 터뜨리며 노아가 한 대답은 이것이었다. "그래도…… 우리는 그럴 수 없어요." 끝내 이정에게 진짜 이유를 말해 주지 않은 노아는 편지로 진실을 알려 준다.

오래전 인간이 벨라타 행성에 도착했을 때, 그곳은 오브가 지배하는 행성이었다. "행성의 생명체일 뿐만 아니라, 행성 자체"인 오브들은 "땅 위와 땅 아래, 세계 전체로 뻗은" 몸으로 환경을 조절했다. "개체인 동시에 집단이며, 개체로서의 지성과 집단으로서의 지성을 모두 지"닌 존재인 오브들에게 "중추신경계를 가진 개체 중심적 사고에서 벗어나지 못"하면서도 "지극히 생태 의존적인 생명체"인 인간은 낯선 "불청객"이었다. 도착민들은 곧 오브들이 만들어 내는 클로포늄이 인간의 뇌를 손상시킨다는 사실을 알았으나, 오브들의 행성에서 오브들을 침략하여 살아남을 수는 없으니, 선택은 둘 뿐이었다. 그냥 살아남지 못하거나, 오브를 죽여 일시적으로 생명을 연장하지만 결국 살아남지 못하거나. "원래 이곳에 있던 오브들을 죽이는 것은 옳지 않다고 생각"한 일부는 스스로 지하로 숨어들어 최후를 맞이했고, 오래지 않아 산 자는 얼마 남지 않게 되었을 때쯤 겨우, 인간과 오브들은 서로의 말을 알아들을 수 있게 된다. 오브들은, 폭력적이고 비도덕적이기도 하지만 각자 자아를 가지고 생각하며 움직이는 이 낯선 존재들이 "미안해요. 우리가 끔찍한 짓을 했어요. 정말 미안해요. 당신들의 행성을 망쳐 버렸어요."라고 말하는 것을 듣는다. 사실 인간의 힘으로는 오브들의 행성에 대단한 흠집을 낼 수도 없고, 오브들은 그 불청객들을 흔적 없이 사라지게 만들 수도 있었을 것이다. 하지만 미안해하는 인간들에게 오브들은 이렇게 약속해 주었다. "우리의 긴 삶에 비해 너희의 삶은 아주 짧은 순간이지. 그러니까 우리가 행성의 시간을 나누어 줄게." 그리고 그들은 오랜 잠에 빠져들었다.

이정은 노아를, 지구인들은 벨라타인들을, 비합리적인 신앙 때문에 혹은 오브에 대한 무지 때문에 뇌의 착란과 짧은 수명을 감수하며 살아간다고 생각했으나, 그런 생각이야말로 "중추신경계를 가진 개체 중심적 사고에서 벗어나지 못한" 것이었을 뿐이다. 벨라타인 들에게 주어진 삶이란 행성의 시간을 잠시 빌려 온 것에 불과하다는 사실. 이 사실을 잊으면 벨라타인에게 삶은, 없다. 그들이 "금기를 지키고, 규율에 복종하고, 죽음에 순응하는 이유"가 바로 이것이다. 신도 금기도 아닌 오직 '약속'. 이 약속의 중대한 의미를 아는 이들 이 오히려 "협약을 깨고 자신의 삶을 연장하려는 유혹에 시달"리기 도 하니, '앎'은 이들을 구원하지 못할 것이다. 마지막까지 그 약속을 지켜 낼 절제는, 자기 삶이 바로 그 약속의 의미라는 것도 모르는 채 금기와 규율과 통제에 의지해서만 간신히 지속될 수 있을 뿐인지 모 른다. 신을 믿는 대신 신앙의 필요를 믿는 것, 그리고 그 필요에 복 무하는 것. 이것만이 행성의 시간을 잠시 빌려 사는 인간의 삶이 지 속 가능할 수 있는 유일한 방도일 터이다.

코로나 시대의 한복판에서 만난 이 이야기를 나는 이렇게 길게 말 하지 않을 도리가 없었다. 바로 지금, 인류가 이뤄 낸 자본주의 문명 이라는 "우리의 행성을 지배하는 신앙"에 대해 깊은 의심을 품지 않 을 수 없게 된 지금이, 지구의 '오브'들이 잠깐 깨어 우리에게 말 걸 고 있는 그때인 것이 아닐까? "집단으로서의 오브"와도 같은 지구의 '자연'이 우리에게 묻는다. "어때, 이 행성은 마음에 들어?" 창궐하는 바이러스도 무섭지만 전 지구적 자본주의 문명이 몰고 온 황폐함이 걱정스러운 우리는 대답할 것이다. "무섭고 끔찍해. 도망치고 싶어. 도망칠 곳도 없지만." 그들은 우리가 안타까울 것이다. "그건 아쉽 네. 좀 더 즐거우면 좋을 텐데." 그리고 다시 이렇게 묻고 싶지 않을 까. '우리가 나눠 준 것을 왜 그토록 한심하게 탕진하는 거야?' 나무라며 다그칠지도 모른다. '지속하고 싶으면 멈춰.' '우리와 했던 약속 잊으면 안 돼.' 지구의 오브들이 건네는 이런 말들을, 이기적이고 폭력적이고 비도덕적인 인간들이 아직도 못 알아듣고 있는 것은 아닐까. 바이러스를 혐오하느라 손실 복구를 계산하느라, 엉뚱한 해결책에 몰두하며 여기저기서 분명하게 알려 오는 자연의 경고를 애써 외면하고 있는 것은 아닐까.

코로나19로 맞은 위기가 일시적 비상사태일 뿐이라고 생각하는 안이한 이들이 많을 리야 없지만, 이후의 '뉴-노멀'을 생각한다면서 '성장 전략', '수익 창출', '혁신 고용' 등을 계획하는 행태가 진정 코로나19가 울린 경종에 귀 기울인 결과로 보이지는 않는다. 현재의 위기가 "인간을 새로운 지평에 세웠다"(이우환)고 생각하지 않으면서 이후의 삶을 계획할 수는 없다. 새로운 지평에 선 인간은 이제까지 지속해 온 삶의 방식을 근본적으로 뒤바꿔야 한다. 누구도 홀로 안전할 수 없을 뿐만 아니라, 홀로 행복할 수도 홀로 살아 있을 수도 없다는 공생의 원리를 비로소 자각한 이때, 그 근본적 전환의 방도를 우리는 저 벨라타인들의 신앙에서 배울 수 있지 않을까. 우리는 절제해야 한다. "우리에게 기꺼이 행성의 시간을 나누어 준" 지구(자연)와 우리(인간) 사이에 맺어진 '오래된 협약'을 기억하고 완수해야 한다. 그것만이 우리를 구원할 것이므로. 구원을 바라는 신앙이 내세를 기원하는 현세의 마음가짐이라면, 절제를 요청하는 이 신앙의 근거는 다음 세대를 향한 희망을 통해 '집단으로서의 인간'을 존속하게 하는 데 있다. "멸망을 피해, 살아남기 위해, 반성하는 힘과 자제심을 연마해 보자."(이우환) 이런 구호가 전염병과 같은 위협으로 상기되었다는 사실은, 슬프기보다 다행이라고 해야 할 것이다. "인류의 다이너미즘은 인간력에 있는 것이 아니라, 자연이 작용하는 야생력에서 오는 것"(이우환)임을 아직은 우리가 망각하지 않았으므로.

예기치 않은 '멈춤'으로 당혹스럽기만 했던 지난봄, 이 갑작스러운 변화의 요청을 나는 전환의 계기로 이해하기보다 또 다른 선택적 전략/수단의 강요로 받아들였었다. 특히 온라인을 활용한 비대면 활동의 효율성이 나로선 짐작조차 어려운 고도의 비인간적 시스템과 연동되어 있으리라는 불안감으로 전염에 대한 공포보다도 무거운 혼란과 우울에 시달렸던 것 같다. 우리가 지나온 세계는 구축과 확대, 성장과 발전의 의지로 일관된 것이었으니 지금도 코로나19에 대응하는 "글로벌리즘의 획일성이나 자국 중심주의, 개인의 방임주의의 무모함과 위험성"(이우환)을 세계 곳곳에서 목도할 때, 과연 인류가 현재를 전환의 계기로 삼을 수 있을지 낙관할 수만도 없다. 한편, 팬데믹으로 불과 한 달 만에 하늘이 맑아지고 바다가 투명해졌다며 기뻐했던 것도 잠시, 대기 중 이산화탄소 농도가 역사상 가장 높은 수치를 기록하면서 온난화의 재앙이 이상고온으로, 산불로, 메뚜기 떼로, 먼지구름으로, 긴 장맛비로 지구 각지를 강타하고 있다는 기사가 끊이지 않는다. 요 몇 달간의 일시적 멈춤으로 해결을 기대할 만큼 기후 위기가 단순 명백한 문제는 아닌 것이다. 더구나 위생과 편의를 위한 일회용품 사용의 급증으로 쓰레기가 한계치 이상으로 쌓여 가는 요즘, 이 전염병 사태가 공생의 활로를 찾기까지 우리 모두의 각오와 인내가 깊게 이어져야 한다는 사실은 계속해서 되새겨져야 할 것이다.

인류 전체의 공생을 염려하는 것이 너무 거창한 얘기가 아니라는 게 현재 우리가 처한 위기의 본질이다. 인간을 위협하는 자연(전염병)으로부터 인간이 살아남기 위해 인간끼리의 공생이 아니라 인간 아닌 것(자연)과의 공생을 도모해야 한다는 것은 역설도 아닐 것이다.(인간은 자연의 일부이니까.) '이전으로 돌아가지 못한다'라고, 돌이킬 수 없는 일을 통탄하거나 변동의 당위를 수긍할 때 우리는 종종 말해 왔지만(지난 몇 년간 우리는 이 말을 얼마나 자주 해 왔던가), 세계의 진행이 한쪽 끝에서 다른 쪽 끝을 향해 직진하는 것은 아닐 터이다. 우리는 코로나 이전은커녕 오늘 아침으로도 되돌아갈 수 없지만, 우리의 미래가 지속될 수 있는 까닭은 멀리 있는 끝으로 뻗어 나가는 힘이 아니라 언제든 멈춰 서고 뒤돌아보고 선회할 수 있는 능력에 있지 않을까. 빌려 온 시간은 영원하지 않고, 다만 조금씩이라도 갚으며 살지 않는다면, 우리는 미래라는 말조차 가질 수 없다. (2020)

우주의 주인공이 되느라
—인본주의의 위상 1

인간이 지구의 지배자가 된 이래 지구상의 다른 생명체 중 반 이상의 종족이 멸종했다는 사실은 어찌 생각해도 아찔하다. 인류 종(種) 중에서 유일하게 살아남은 우리 '호모 사피엔스' 종이 수만 년 전 지구 곳곳으로 퍼져 나가기 시작하면서 "전 세계의 다른 모든 인류 종, 오스트레일리아에 살던 대형 동물의 90퍼센트, 아메리카에 살던 대형 포유류의 75퍼센트, 지구의 모든 대형 육상 포유류의 약 50퍼센트를 멸종으로 내몰았다"[1]고 한다. 이제 지구에 살고 있는 동물 대부분은 인간과 인간이 키우는 가축들인데, 가령 지구상에 살고 있는 야생 늑대가 약 20만 마리라면 가축화된 개는 4억 마리가 넘고, 아프리카 물소가 90만 마리라면 가축화된 소는 15억 마리가 넘

---

1 유발 하라리, 『호모 데우스』, 김명주 역, 김영사, 2017, p.110. 이 글에서는 인간의 역사와 미래에 대한 '빅 히스토리'를 말해 온 유발 하라리의 널리 알려진 논의를 참고하여 인본주의의 위상을 생각해 본다. 이하 이 책의 인용과 참고는 괄호 안에 쪽수만 표기한다.

는 식이란다. 수많은 동물을 멸종시킨 인간은 오늘도 남아 있는 동물을 무진장 많이, 매일매일 잡아먹고 있으며, 먹는 것만이 아니라 다른 용도로도 끊임없이 '사용'하고 있다. 식용동물, 반려동물, 농장동물, 실험동물, 쇼동물, 야생동물 등등……. '동물'이란 카테고리는 이제 오직 인간의 필요에 의해서만 분류되고 규정된다. 동물은 인간에게 직접 소비될 뿐만 아니라, 인간에게 유의미한 이미지로 인식되고 전시됨으로써 개체와 종을 존속시킬 수 있다. 인간은 모든 동물에게 인간의 필요와 의미를 강조하면서 그들(동물)이 우리(인간)와 유사하다고 상상하고, 우리의 필요와 의미에 장악되지 않는 부분은 배제하면서 그들이 우리보다 열등한 피조물임을 한 치도 의심하지 않는다. 오늘날 인간 외의 모든 동물은 그 개체와 종 전체가 인간에게 전적으로 착취당하는 한편 어떤 동물 종이나 개체도 인간보다 우선시될 수 없는 운명 속에서만 살아남아 오직 인간(중심)적인 의미로서만 개체의 생명과 종의 번식을 유지할 수 있게 되었다.

현재 인간이 지구상에서 가장 막강한 종이라는 데 의심이 없으니 인간 외의 생명체가 인간에게 지배당하는 것은 당연한 일일까. 모든 동물은 제각각 독특한 형질과 특별한 재능을 지니고 있다지만 그렇다 해도 인간보다 '뛰어난' 동물은 없으니 인간이 가장 가치 있는 존재인 것은 확실하지 않은가. 동물원의 관객들을 우롱하는 침팬지의 사례나 방에 갇힌 동료를 먼저 풀어 주고 초콜릿을 나눠 먹는 쥐의 이야기를 들어 본 적이 있다 해도, 그것들이 인간과 유사한 지능과 의식을 가진 것은 아니니까 말이다. 백여 년 전 사례지만 독일의 한 영리한 말(馬)에 대해 들어 보셨는지. 4 곱하기 3이 얼마냐 물으면 발굽을 열두 번 쳤던 그 말은, 한 심리학자가 밝히기로 4 곱하기

3의 정답을 안 것이 아니라 정답의 숫자만큼 제가 발굽을 치기를 인간들이 기대한다는 것과 정답의 숫자만큼 발굽을 칠 때 긴장이 고조된 인간의 몸짓과 표정의 변화를 알았다고 하는데(pp.183-185), 이런 이야기를 들으면 인간들은 '이렇게나 동물이 (인간만큼) 똑똑하다'고 감탄하며 동물을 좀 더 인간에 가깝게 여기기도 할 것이다. 물론 자신은 4 곱하기 3보다 훨씬 복잡한 계산을 할 줄 아는 인간으로서 그렇게나 똑똑한 동물을 지배한다는 사실에 자부심을 느끼면서 말이다.

그런데 저 영리한 말의 능력은 과연 '인간만큼 똑똑한' 지능인 것일까? 인간의 특별한 지위에 대해 지능과 도구 제작 능력 덕분이라는 상식 대신 "여럿이 소통하는 능력"이라는 견해를 내세우는 이는, 인간이 동물을 '인간만큼이나 똑똑하다'고 생각하는 건 오히려 "동물의 인지능력을 과소평가하고 다른 생물들의 고유한 능력을 무시하는 것"(p.185)이라고 한다. 일반적으로 몸짓으로 소통하는 말들은 표정과 몸짓으로 감정과 의도를 유추해 내는 데 있어 인간과는 비교도 안 될 만큼 뛰어나고, 더구나 저 영리한 말은 그 능력을 이용하여 자기 종이 아닌 인간의 감정과 의도까지 해독할 수 있었다는 점에서 더욱 탁월하다. 지능을 정의하고 측정하는 일은 개체와 종에 따라 달라져야 하고, 따라서 인간이 지구상에서 가장 막강한 종인 까닭은 지능 때문이 아니다.(pp.185-186.) 다시 말해 오늘날 인간이 지구의 지배자가 된 까닭은 인간 개인이 침팬지나 늑대보다 영리하고 손놀림이 민첩해서가 아니라 "호모 사피엔스가 여럿이서 유연하게 협력할 수 있는 지구상의 유일한 종이기 때문"(p.187)이라는 것이다. 그리고 그 협력의 비결은 인간이 구사하는 언어의 가장 독특한 기능인

'허구'의 사용에 있다. 말로 허구를 만드는 인간은 "집단적 상상"에 바탕을 둔 "공통의 신화"를 만들어 함께 믿음으로써 서로 모르는 사람들과도 뜻을 같이할 수 있는 대규모 협력을 가능케 했다. 인간만이 언어를 사용하여 상호주관적 의미망을 엮어 내고, 거기서 상상적인 의미를 만들어 내며, 그것을 객관적인 실재로 창조해 낸다. "공동의 상상 속에만 존재하는 법, 힘, 실체, 장소로 이루어진 그물"을 통해 인간은 '의미'를 만들고 그 의미로써 세계를 뒤덮어 버렸다.[2]

인간이 지구상의 모든 동물을 멸종시키고 잡아먹고 온갖 필요에 맞춰 사용하게 된 까닭 역시, 인간 개인이 침팬지나 늑대보다 영리해서 도구를 가지고 그것들을 살상할 수 있었기 때문이 아니라 인간이 동물에 대해 취하는 (인간(중심)적인) 상상과 그것을 통해 만들어지는 허구의 힘, 즉 '인간(주의)적 의미화' 능력에 있다는 이야기다. 인간에게 친숙하고 필요하며 중요한 존재인 동물은 오직 인간에게 동일시된 대상으로서, 인간-동일화된 의미의 세계에 복속된 상태로서만 상상되었고, 그 상상으로 지어진 이야기(허구)의 실현으로 세계는 인간이 동물을 지배하는 곳이 돼 버린 것이다. 그리하여 "다른 동물과 관련해서 말하자면 인간은 오래전에 신이 되었다."(p.106.) 인간이 동물의 신이 되었다는 이 말의 의미를 곰곰 생각해 봐야 할 것 같다. 인간이 동물에게는 신처럼 전능한 존재란 뜻일까? 인간이 동물에게 신이라면, 신에게 인간은 동물처럼 지배당하고 있는가? 아닐 것이다. 인간이 동물을 학대하고 몰아내고 절멸시킨 방식으로 신이 인간을 지배하지는 않는다. 동물을 지배하게 된 인간이 마치 전능

---

2 유발 하라리, 『사피엔스』, 조현욱 역, 김영사, 2015, p.53.

한 신이 있다고 믿듯이 스스로 동물을 부릴 수 있는 전능을 가졌다고 믿어 버렸을 뿐이다. 인간이 전능한 신을 상상하지 않았다면 스스로 동물을 지배할 수 있다고 믿지도 못했을 것이다. 유신론적 종교는 위대한 신만을 신성시한 것이 아니라 인간도 신성시했다. "애니미즘을 믿는 사람은 인간도 동물일 뿐이라고 생각한 반면, 성경은 인간이 특별한 창조물이며 우리 안의 동물성을 인정하는 것은 곧 신의 권능을 부정하는 것이라고 주장"(p.115)했던 것이다.

인간은 스스로 신을 세워 놓은 "유신론의 무대"(p.133)—신을 경배하고 복종하는 시나리오—위에서 오히려 자기를 중심으로 돌아가는 우주의 주인공이 되었다. 마찬가지로 동물을 인간적 의미로 포착하고 상징화함으로써 인간은 자기의 동물성을 부정하고 동물 착취를 정당화하는 지배자의 자리를 차지할 수 있었다. 신과 동물 사이에 인간을 놓은 상상의 위상(학)은 이렇게 작동하여 우주를 인간 중심으로 재편했던 것이겠다. 유신론적 세계만이 아니다. 농업혁명이 유신론적 종교를 탄생시켰다면 근대 과학과 산업은 신을 인간으로 대체한 '인본주의'라는 종교를 탄생시켰고, 그 이후 세상의 모든 일은 인간에게 어떤 영향을 미치느냐에 따라 선과 악으로 갈리게 되었다. 오늘날 인본주의의 실상을 유발 하라리는 이렇게 묘사한다. "인류는 농업혁명으로 동식물을 침묵시키고, 애니미즘이라는 장대한 경극을 인간과 신의 대화로 바꾸었다. 그런데 인류는 과학혁명을 통해 신도 침묵시켰다. 세계는 1인극으로 바뀌었다. 인류는 텅 빈 무대 위에 홀로 서서 혼자 말하고, 아무와도 협상하지 않고, 어떤 의무도 없는 막강한 권력을 획득했다. 물리, 화학, 생물의 무언의 법칙들을 해독한 인류는 지금 이 법칙들을 가지고 자신이 원하는 대로 하고 있다."(p.140.) 자신이 원하는 대로, 자신이 원하는 길로, 주인공답게 맹활약을 펼치는 인간의 이 독무대는 얼마나 웅장한가. 조연도 관객도 없이 주인공 혼자서 무대를 부수고 있는 이 광(란의 지)경은. (2018)

이토록 유사한 권리의 징표
—인본주의의 위상 2

지구의 지배자인 인류에게 동물은 가장 친밀하고 필요하고, 그리고 아마도 경쟁적인 존재다. 이 세상의 동물을 셋으로 나누면? "우리가 텔레비전을 같이 보는 동물, 우리가 먹는 동물, 그리고 우리가 무서워하는 동물." 이것은 보르헤스가 "재치 있고 조롱하는 말투"로 했던 이야기라고 전해지는데, 인간과 동물의 불평등하고 불균형한 관계를 이보다 잘 포착하기도 어려울 것이다. 그런데 첫 번째 동물, 인간과 함께 소파에 앉아 텔레비전을 보거나 같은 침대에서 잠을 자는 동물들은 인간과 동물의 매우 평등한 관계를 보여 주는 것이 아닌가? 아니, 보르헤스의 얘기를 전해 준 책의 저자에 따르면 이 분류에서 가장 문제적인 관계가 바로 첫 번째, "우리가 텔레비전을 같이 보는 동물"이다. 이 '평등하지 않은 관계'는 "인간이 동물을 포함한 타자들의 신체에 자유롭게 접근하고 소비하는 것을 당연하게 여기는 습관의 틀, 인간 지배적이고 구조적으로 남성 중심적인 습관의 틀"에 의해서만 가능하기 때문이다. 그는 이 관계가 "투사, 금기, 환상으로 가득 차 있다는 점에서 신경증적"이고 "인간 주체가 지닌 최상위의 존재론적 권리 의식을 나타내는 징표"라고 말한다.[1]

'인간 지배적인' 혹은 '구조적으로 남성 중심적인' 틀을 형성할 수 있었던 권리의 징표가 동물을 통해 가장 잘 드러난 사례로 이솝 우화 같은 동물 재현을 꼽을 수 있다. "동물은 오랫동안 인간을 위해 미덕과 도덕적 탁월성의 사회적 문법을 말해 왔다. 이 규범적 기능은 동물을 규범과 가치를 은유적으로 나타내는 대상으로 변화시킨 도덕 해설집과 교훈적 우화집의 규칙이 되었다. (중략) 불멸의 존재로 만든 고귀한 독수리, 속이는 여우, 겸손한 양과 귀뚜라미와 꿀벌의 그 빛나는 문학적 가계도를 생각해 보라."[2] 인간의 형상을 한 동물 캐릭터들의 관습적 은유로 된 서사는 동물 상호작용을 인간 상호작용에 등치시키는 환상을 창출한다. 이는 동물의 생명적 질서를 왜곡하는 동시에 인간의 사회적 편견을 자연화할 뿐만 아니라 인간-동물 간 위계에 작동하는 권력과 모순을 은폐하는 역할도 한다. 그리고 바로 이와 같은 인간 지배적인 습관의 징표가 "구조적으로 남성 중심적"이라는 점도 생각해 보지 않을 수 없다. 동반자로서의 동물에 대한 서사가 인간의 감상적인 자기 투사와 도덕적 우월감을 해소하는 의미화 체계로 작동하듯, 동반자로서의 여성에 대한 서사가

---

1 로지 브라이도티, 『포스트휴먼』, 이경란 역, 아카넷, 2015, p.92. 저자는 보르헤스를 빌려 인간-동물 상호작용을 세 가지 고전적 매개변수, 즉 "오이디푸스적 관계(너와 내가 같은 소파에 함께 있다), 도구적 관계(너는 궁극적으로 소비되리라), 그리고 환상적(fantasmatic) 관계(이국적이거나 멸종한 자극적인 인포테인먼트 대상들)"로 명명하고, 각각을 간단히 분석했다.

2 로지 브라이도티, 『포스트휴먼』, p.93.

남성의 감상적인 자기 투사와 도덕적 우월감을 해소하는 관습의 편견을 쌓아 놓은 어떤 현실이 자꾸 떠오르기 때문이다.

발표 당시 제목은 "이혼"이었던 김숨의 소설 「당신의 신」은, 남-녀 상호작용의 집약체라 할 이혼/결혼의 문제를 통해 남녀 간 혹은 아내 대 남편의 구도를 매개하는 통념적 서사들이 어떻게 여성을 억압하는지, 가령 적대감보다 오히려 더 문제적인 친밀감이 어떻게 여성을 구속하는지 혹은 어떻게 남성을 지탱하는지, 즉 어떻게 "구조적으로 남성 중심적인" 습관이 형성되는지, 여러모로 짐작 가능케 해 주는 이야기다. 「당신의 신」의 주인공 '그녀'는 "사회적 약자들과 소통하며 그들의 고통을 낱낱이 사진으로 기록하는 작업을 하는" 남편에게 묻고 싶었다. "자신과 가장 가까운 존재의 고통에는 어떻게 그렇게 무감각할 수가 있는지"를. 남편에게 이혼 얘기를 꺼냈지만 번번이 묵살되었는데, 어느 날 만취한 남편은 이런 말을 한다. "당신, 무엇을 위해 시를 쓰지?", "인간의 영혼을 구하기 위해 쓰는 것 아니었어?", "네가 날 버리는 건 한 인간의 영혼을 버리는 것이나 마찬가지야. 그러므로 앞으로 네가 쓰는 시는 거짓이고, 쓰레기야." 이런 터무니없는 궤변에 다행히 '그녀'는 말문이 막히지 않고 이렇게 답을 한다. "영혼……? 나는 당신과 이혼하고 싶은 것뿐이야." "나는 당신의 신이 아니야. 당신의 영혼을 구원하기 위해 찾아온 신이 아니야. 당신의 신이 되기 위해 당신과 결혼한 게 아니야."

이 부부의 대화는, 서로 호혜적인 동반자로서 함께 삶을 꾸려 간다고 믿는 남녀로 된 (세상의 많은) 부부가 실은 서로 얼마나 다른 심리적 열망을 다른 한편에 품고 사는지를 극명하게 보여 주는 듯하다. "영혼……?" 동물과 달리 인간에게만 있는 그것. 신께서 자기를 경배하는 인간들에게 잠시 동물임을 잊고 신과 교통하는 사이임을 자랑스러워하도록 내려 주신 작은 은혜와도 같은 그것을 들먹이며 감히 인간(자기)의 구원을 상대에게 의무와 당위로 요청할 때, 분명히 말해도 되겠거니와 동물이 그런 것과 마찬가지로 인간의 '영혼' 따위는 어디에도 없다. 물론, 인간도 동물도 의식을 갖고 있고 복잡한 감각과 감정을 지닌다. 하지만 의식과 감각과 감정과 따로 뗀 채, 멀지만 가깝게 대하는 사회적 아픔과 가깝지만 돌보지 않는 가족의 아픔을 함께 묶어 '영혼'이란 말로 눙칠 수는 없다는 말이다. 그럼에도 안타까운 것은, '그'의 영혼 타령에 반문했던 '그녀'가 "한 인간의 영혼을 버리는 것이나 마찬가지라는 비난을 들은 뒤로 시를 쓰지 못하고 있다"는 사실이다. '그녀'의 예감대로 '그'의 말은 '그녀'를 오래도록, 어쩌면 죽을 때까지 고통스럽게 할지도 모른다. 다만 '그녀'는 "자신이, 자신의 영혼조차 어찌지 못해 고통스러워하는 한 인간일 뿐"임을 잘 알고 있는데, 바로 이 점이 '그'와 '그녀'의, 즉 남편과 아내의, 결정적 차이다.

한데, '그녀'는 '그'의 궤변이 억견인 줄 알면서도 왜 괴로운 것일까. 「당신의 신」에는 오직 이혼과 관련된 이유로 고통에 시달렸던 여자들의 사례가 등장한다. 남편이 목사인 여자에게 이혼은 "이천 명이 넘는 신도들과의 이혼"이자 "모태에서부터 믿은 신과의 이혼"인 듯 힘들었고 끝내 여자의 온몸에는 암세포가 퍼져 버렸다. 그녀의 어머니는 딸이 크면 "식모살이를 해 먹고사는 한이 있더라도" 이혼하겠다고 오래 별렀으나 정작 딸이 도와주려 하자 "스스로가 이혼을 원하는지 않는지조차 판단할 수 없는 지경"에 이르렀다. 이 여자들에게는 단지 이혼이 왜 이렇게 힘든 것인가. "믿음과 기도가 부족해 자신이 벌을 받는 것이라는 남편의 비난" 때문이고, "내 덕에 사십 년 동안 세상 무서운 거 모르고 호의호식하며 산 줄 알아야지!"라는 폭언 때문이다. 남편/남성의 것이자 세상의 눈인 그 말(言)들 속에서 여자들은 자기 자신의 생(生)과 원(願)을 잃어버렸다.

남성/세상이 지배하는 말들이 정당하지 않음을, 이치에 닿지 않음을, '그녀들'이 전혀 알지 못했던 것이 아니라는 얘기다. 이혼을 고민할 때 '그녀'를 가장 괴롭힌 것은 남편도 어머니도 아닌, 외할머니가 들려준 옛날이야기의 '다리 없는 여자'였다. 왜일까? 육이오 때 산속으로 끌려가 총살당한 남편의 시신을, 한 팔로 목을 끌어안고 다른 한 팔로 기어서, 떠메고 내려왔다는 그 이야기 끝에 할머니는 "부부가 그렇게 무서운 거란다"라는 코멘트를 남기셨던 것인데, "그렇게 무서운" 인연을 스스로 내친다는 자책의 감정이 다른 무엇보다도 '그녀'를 괴롭게 했던 것이다. 한데 이 자책감은 어딘지 수상쩍은 데가 있다. 이 감정은 (현재) 상대를 적대하기 때문이 아니라 (과거) 상대와 친밀했기 때문에 생겨난 것이 아닌가. 과거에서 현재로 건너오는 사이 그 친밀감에 변화가 있었던 데는 '그녀' 자신보다는 상대의 과오가 문제시되었던 것이 아닌가. 그럼에도 '그녀'에게는, 적대감보다 자책감을 부추기는 서사들이 더 불편하고 더 어렵다. 또한 이 사실을 '그녀' 자신이 명확히 깨닫기도 수월한 것은 아니어서 '그녀'의 혼란과 고통은 좀처럼 감소되지 않았던 것이리라. 그러나 「당신의 신」이 전하는 가장 확실한 메시지는, 이제 그런 혼란과 고통을 '그녀'가 완강히 거부한다는 사실이고, 그 사실을 우리가 확실히 알 수 있다는 것이 참으로 다행스럽게 느껴진다. (2018)

이후의 인간을 위하여
—김숨의『나는 염소가 처음이야』로부터

    김숨의『나는 염소가 처음이야』(문학동네, 2017)에는 동물과 관련된 여섯 편의 단편이 모여 있다.「쥐의 탄생」「나는 염소가 처음이야」「자라」「벌」「피의 부름」「곤충채집 체험학습」, 이 여섯 편의 소설은 그 제목이 환기하는 대로 각각 쥐, 염소, 자라, 벌, 노루, 나비와 관련하여 벌어진 인간의 어떤 행태들을 그렸다. 인간들은 좀처럼 보이지 않는 쥐를 반드시 잡아 없애려 하거나 해부학 수업의 한 과정을 위해 해부할 염소를 기다린다. 광막한 물속에 살아 있는 것은 오직 자라와 자기뿐인 듯 느끼기도 하고, 벌에게 가장 좋은 꽃밭을 찾아 유랑하기도 한다. 야생에 살아 있을 노루의 피를 마시러 밤길을 떠나거나 팔랑팔랑 날아가는 나비를 쫓으며 지하 주차장을 헤매기도 한다. 그런데 이 모든 이야기들은, 결론부터 말하자면, 인간 아닌 동물에 대해 거의 신과 다름없었던 인간이 더 이상 그 '인간'이지 못하고 다른 어떤 것이 되어 가는 이야기들인 것만 같다. 두 가지 경우로 나누어 생각해 보게 된다.

패턴, 동물성을 노출하다

먼저, 이 책에 등장하는 동물들이 인간에게 어떤 존재인가, 즉 그것들이 어떻게 인간-동일화된 의미를 갖는가를 생각해 보자. 이 이야기들에서 '동물'은 일단 인간이 먹는 것(자라, 노루), 인간에게 이로운 것(벌, 염소), 인간이 기피하는 것(쥐, 곤충) 등의 규정을 준수(?)하며 등장한다. "쥐가 부엌 어딘가에 숨어 자신을 지켜보고 있을지도 모른다는 생각을 하면 등골이 오싹"하므로 "플래시, 망치, 쇠막대, 쇠꼬챙이"를 든 '쥐잡기 전문가들'에게 잡혀야 마땅하다. "염소는 해부 실습 교재로 흔히 쓰이는 동물"이므로 "학생들은 염소를 육안으로 살필 뿐 아니라 사진으로 찍고, 글로 기록하고, 그림으로 그릴 것"이다. 자라는 탕으로 끓여 먹고 만두로 빚어 먹고 "피까지 먹"는 데다 "알하고 간이 고소해서 그것만 찾는 인간들도 있"어 버릴 게 없으니 "자라탕 팔아 우리 아들 운동화도 사 주고, 책가방도 사 주고, 피아노 학원에도" 보내는 것이다. "살아 있는 노루 모가지에서 받은 피"를 마시면 다 죽어 가는 사람도 살아나고 살결이 백옥 같아지고 허약한 아이의 혈색이 돌 것이므로 "한밤의 외진 국도"를 달려서도 "노루 사냥"을 떠난다. 산속 꽃밭에 벌통을 놓아 꿀을 뜨며 사는 사람도 있다. 작고 연약해 잡기 어려운 곤충들은 '포충망'으로 '채집'된다.

동물들의 이와 같은 등장은 인간이 그 동물(종)을 사용하는 가장 '일반적인' 방식을 전시한 것이다. 잡아 죽이려 하고, 뜯어 살펴야 하고, 잘라 끓여 먹거나 심지어 산 채로 빨아 먹고, 약탈하고, 채집하고 등등. 인간이, 인간 아닌 동물을, 인간을 위해, 즉 '인간적'으로 활용하는 이런 방법 또는 행위들은, 그에 대한 근본적인 의심이나 저항감은 생략된 채로 인간과 동물의 고정된 관계(라고 믿어지는 바)를 반영한 것으로도 보인다. 예컨대 해부실에서 염소를 기다리는 학생들은 그것밖에 할 수 있는 일이 없기 때문이라고 말해진다.("해부실에서 학생들이 할 수 있는 일은 염소를 기다리거나, 해부대를 중심으로 모였다 흩어지는 것밖에 없다.") "차마 말하지 못했지만 그는 염소가 오지 않기를 바랐"다면서도, 왜 "염소처럼 큰 동물을 해부"해야 하는지, 염소 해부 실습의 목적이 "생명의 존엄성"과 무슨 관계가 있는지 등에 대한 일말의 회의(懷疑)도 없이 학생들은 그저 염소를 기다리는 중이다. 이 이야기에서 동물과 관련된 인간의 행위는 어떤 의미로 분석되지도, 정당화되지도, 옹호되지도 않는다.

인간과 동물의 '일반적'인 관계를 이들이 잘 이해하고 내면화했기 때문일까? 그렇지 않다는 사실에 주목해야 할 것이다. 인간과 동물의 일반적인 관계란 인간이 동물을 인간-동일화된 의미로 파악한 결과에 의해 형성된 것이다. 이 이야기들에서, 가령 인간이 필요한 것을 얻으려 하고 징그러운 것을 피하려 하는 등의 행위로 동물에게 일방적인 힘을 가할 때, 그 '인간 대 동물'의 구도에서 수행되는 것은 동물에 대한 인간-동일화된 '의미'일 뿐이지 각 상황에서 생겨난 심리나 내막이 아니다. 그래서인지 어떤 때 이들은 필요하지도 않은 것을 얻으려 하고 징그럽지 않은 것을 징그러워하는 것처럼 보인다. "노루 피라니…… 소름 끼쳐 하면서도, 그가 거절을 못 하고 선뜻 따라나선 것은 따돌림을 당할까 봐서였다." "의뭉스럽게 자신을 응시할 뿐인 자라가 그는 사납고 공격적으로 느껴진다"면서도 "이만 평에 달하는 물속에 생물이라고는 자라와 그 자신 그렇게 둘 뿐인 것" 같아 "자라를 쫓아"가기도 한다. 이들이 동물을 '일반적'으로 대하는 것은 다만 학습한 대로 움직이는 것일 뿐 실제 필요와 느낌에 따른 것이 아닌 듯하다.

그러므로 이 이야기들에서 인간의 행태와 동물의 운명은, 이야기마다 각각 발생한 사건(의 개별성)을 통과해 의미화되는 서사로 얽어지지 않는다. 김숨의 전작에 익숙한 독자들은 짐작했겠듯이, 이 소설집에서도 인물의 행위 또는 사건은 연속적인 스토리가 구현되도록 진행되지 않는다는 뜻이다. 의미로 분석되지 않고 인과로 통합되지 않는 이 서사들은, 하나 혹은 몇몇의 건조한 미장센으로 찍혀 강박적으로 반복되는 패턴을 취한다고 할 수 있다. 그런데 이 반복 속에서 인간-동일화된 의미로 '일반적'이었던 '인간 대 동물'의 구도는 어느 순간 '일반'을 지나쳐 버리는 듯하다. "자라 대가리를 하나라도 더 자르면 자를수록…… 자신이 사 달라는 걸 더 많이 사 줄 수 있다는 걸" 알게 된 아이는 더 이상 '똘똘'한 것이 아니라 잔혹한 것이다. 노루를 잡으러 가는 승합차에서 머리를 찧어 피범벅인 동승자 옆에 앉아 "아버지, 어서 노루 피를 먹고 싶어요.", "저처럼 어리고 순한 노루여야 해요."라고 말하는 아이가 여전히 "어리고 순한" 아이일 수는 없다. 동물을 대하는 인간들의 행태는 '인간적'이지 않고, 동물들과 대면하는 인간들의 영역은 일상적이지 않은 불가해한 공간처럼 느껴진다.

인간은 인간적인 의미화로 동물(성)을 길들이고 조정하려 하지만, 이는 곧 동물이 본래 인간에게 비일상적이고 불가해한 대상이라는 사실을 반증한다. 동물성, 인간적 의미로 온전히 거둬지지 않는 동물성은 인간에게 두렵고 위협적이므로, 인간은 그것을 대개 야만, 미개, 비이성 등으로 규정하고 배제하려 하나, 인간이 동물과 대면하는 매 순간 그것은 그림자처럼 어른거릴 것이다. 김숨의 인물들은 인간-동일화된 동물의 의미(동물 사용, 동물 규정 등)를 그 이유나 필요성은 삭제한 채 무감하게 혹은 자동적으로 수행하는데, 그럼으로써 역설적으로 인간-동일화된 의미로 수렴되지 않는 동물성, 즉 인간이 동물을 왜 필요로 하고 왜 징그러워하는지 설명되지 않는 부분을 노출시켜 버린다. 매끈한 서사 대신 장면의 반복과 이미지의 각인으로 그려진 이야기들에 인간-동일화된 의미로 정체화되지 않는 동물성이 명암처럼 드리워진 듯하다. 인간이 동물에 대해 신이 된 연유가 모든 동물을 인간(중심)적인 의미화의 대상으로 포획한 때문이라면, 김숨 소설에서 동물을 다루는 어떤 '인간적'인 행태들은 도무지 그것을 친숙하게 표출하(는 데 성공하)지 않음으로써, 동물에 대해 결코 신이 될 수 없는 인간을 고발해 낸다.

전도, 인간성을 폭로하다

다음, 이 이야기들에서 인간-동일화된 동물의 의미는 과연 (인간에게는) 합당한지, 실은 (인간에게도) 기괴한 것은 아닌지 생각해 보자. 「쥐의 탄생」은, "지어진 지 오 년밖에 안 된", 모든 문엔 "전자동 키"가 달려 있고 모든 배수구는 "스테인레스로 짠 망"으로 막힌, "밀폐 용기만큼 안전"한 십구 층 아파트에서 어디로 침입했는지 모르겠는 쥐를 잡으러 온 사람들이 소동을 피우는 이야기다. 스무 평 아파트에서 "어어", "잡아!", "거기, 거기!" 하는 호들갑스러운 소리를 내며 우당탕 우르르 몰려다니는 그들이 유리에 어른거리는 형상은 "우글우글 일그러져 괴상망측했"으나, 집주인 '그녀'는 금방이라도 쥐를 잡아 줄지 모른다는 기대로 참을 수밖에 없다. 하지만 몇 시간이 지나도 쥐는 나타날 기색이 없고, '그녀'는 마침내 "차라리 쥐가 낫지! 쥐가!"라고 투덜거리고 만다. 그들을 당장 돌려보내는 편이 낫겠다고 생각하지만 "한순간 무시무시하고 치명적인 무기로 돌변할 수도 있는 도구를 하나씩 손에 들고 있는 남자들"임을 깨닫고

는 조용히 기다릴 수밖에 없었다. 그러다가,

　자신도 모르는 새 꾸벅꾸벅 졸던 그녀는 소스라치게 놀라며 깨났다. 자신을 포위하듯 둘러싸고 있는 그들을 겁에 질린 눈으로 바라보았다. 그들은 그녀가 자신들이 찾는 쥐라도 되듯, 그녀를 향해 망치와 쇠막대와 쇠꼬챙이를 쳐들고 있었다.

　"쥐를 보긴 봤어요?"

　구가 그녀에게 물었다.

　"쥐요, 쥐!"

　김이 그녀를 다그쳤다.

　"봐……봤어요…….."

　그녀 스스로가 듣기에도 목소리가 몹시 떨려 나왔다.

　"정말로 봤어요?"

　김이 쇠막대를 그녀의 턱 아래에 불쑥 들이밀었다.

　"봐, 봤다니까요…….."

　그들은 한 발 또 한 발 내디며 포위하듯 그녀를 에워쌌다.

　"저, 정말로……봤어요…….."

　그녀가 간신히 그렇게 내뱉었을 때, 그들은 그녀를 완전히 포위해 버렸다.

　백이 어금니를 부드득부드득 가는 소리를 들으며 그녀는 스스로가 쥐가 된 듯한 착각에 사로잡혔다. 사흘 전 남편이 부엌에서 목격했던 그 쥐가. 순간 찍! 하고 비명이 터져 나오려는 입을, 그녀는 얼른 손으로 틀어막았다.

　쥐는 원래부터 없었던 듯 보이지 않고, 쥐를 잡으러 온 그들은 '그녀'를 독 안에 든 쥐처럼 포위하고 있다. 자기 입에서 찍! 소리가 나올 것 같아 입을 틀어막는 '그녀'는 쥐를 잡는 쪽인가, 쥐를 잡으려는 그들에게 잡힌 쪽인가. "그들이 유일하게 건들지 않은 요람 속"에서 평온하게 잠든 아기의 입이 벙긋 벌어지며 "쥐쥐쥐쮜쮜쮜쮜찍찍찍……" 소리를 냈을 때, 그토록 혈안이 되어 뒤졌으나 처음부터 한 번도 나타나지 않았던 쥐가 그때까지 뒤지지 않았던 가장 아늑한 곳에서 비로소 '탄생'한 것이 아닐까. 요컨대, 쥐를 잡으려는 이와 쥐처럼 잡힐 것 같은 이, 혹은 쥐가 부엌에 나타나서 생긴 혼란과 쥐를 잡겠다고 부리는 소란을 구별할 만한 확실성은 사라지고, 잡는 쪽과 잡히는 쪽, 즉 행위를 둘러싼 위치는 서로 전도된다. 사방 어느 곳으로도 쥐가 들어올 경로는 없을 듯한 아파트에 쥐가 나타난 것이 괴상한 일인지, 그 쥐를 잡겠다고 "무대 위에서 행위예술이라도 하듯 뒤엉켜서는 악다구니를 써 대던 그들의 동작"이 더 기괴한 것인지, 답을 하기 어려운 이 당혹감과 혼란은 김숨 소설의 독자들에겐 또 하나의 친숙함일 수도 있겠다. 「나는 염소가 처음이야」에서도 기다리는 염소는 오지 않고 해부되어야 할 대상과 해부해야 할 주체의 자리바꿈이 날인된 다음과 같은 장면을 쉽게 알아볼 수 있다.

그는 새삼 해부대를 응시했다. 스테인레스 재질의 해부대에 떠올라 어른거리는 형상에 시선을 고정했다. 흐릿하고 뭉개진 형상이 해부대에 비친 자신의 얼굴이라는 걸 깨닫고 그는 흠칫 어깨를 떨었다. 눈 코 입이 뭉개져 우스꽝스럽고 기이한 형상이 염소의 형상과 무척이나 닮아 있어서였다. "염소가 안 오네?"

(중략)

"아무래도 고무 다라이 밖으로 피가 흘러넘칠 것 같단 말이야."

윤이 투덜거리는 소리를 듣고서야 그는 자신이 해부대 위에 사지를 벌리고 누워 있다는 사실을 깨달았다. 해부대를 둘러싸고 선 학생들의 얼굴이 그의 눈에 들어왔다. 해부대 위에 누워 있어서인지 그는 자신이 염소가 된 것 같았다. 진즉에 보내졌지만, 아직 해부실에 오지 않은 염소가. 해부대는 위에서 내려다볼 때와는 다르게 아늑했다.

기다리는 염소가 놓일 해부대 위에 자기 자신의 사지가 놓이고도 어쩐지 "아늑"하게 느끼는 이 괴이한 장면에 이어, "염소 해부 실습의 목적을 뭐라고 써야 하지?"라는 물음에 "생명의 존엄성을 깨닫는 거라고 쓰면 되지"라고 답하는 동료 간 문답, "개구리나 쥐, 염소의 몸을 가지고 인간의 몸을 이해한다는 사실"이 이상하다고 하자 "쥐해부 실습 때 내가 분명하게 깨달은 게 있는데, 쥐하고 인간하고 다를 게 없다는 거야"라고 이어받는 대사 등등, 이런 아이러니들의 연속이 암시하는 것은 무엇일까? 인간-동일화된 '의미화'라는 것의 비합리성, 무논리성, 무차별성 등이 아니겠는가.

문명화된 인간의 세계가 비이성적이거나 추악한 것들을 가리고 눌러 쾌적함과 안온함을 유지하는 것이라면, 문명 세계의 어느 균열로부터 비합리와 야만의 힘들이 뚫고 나올 수도 있다. 김숨의 동물 이야기들은, 인간적인 의미화가 은폐한 동물적인 미개함이 얼마나 기이한 것인지를 알리는 것이 아니라, 인간적인 의미화가 얼마나 이상하고 비이성적인지를 폭로한다. 다시 말해, 의미화하는 이성의 이면이 미개한 것이 아니라 의미화하는 이성 자체가 더 잔혹하고 괴이하며 비인간적이라는 사실 말이다. 그리고 이 사실은 명백한 현실이되 이미 뒤집어진(전도된) 현실이어서 이를테면 '현실성'이라고 하는 '인간적인 의미'까지도 풀려 버리게 한다.

"아버지, 어서 노루 피를 먹고 싶어요."

"그래, 너처럼 어리고 순한 노루를 잡아서 네 입으로 피를 흘려 넣어 주마……."

"아버지, 저처럼 어리고 순한 노루여야 해요."

"응……?"

"저처럼 어리고 순한 노루여야 한다고요."

"그래……."

한 동네 도배장이들이 도배 일이 없는 비수기에 건달패처럼 모여 술이나 퍼마시고 화투장이나 뜯으며 노닥거리다가 몸 약한 아들놈에게 노루 피를 먹여야겠다며 길을 나선 이야기인 「피의 부름」에 나오는 대화 중 일부이다. 인간의 '비인간성' 혹은 인간화의 '비이성적 이상함'을 이보다 더 사실적으로, 동시에 판타지적으로, 무대화하는 방법이 또 있을까. 어리고 순한 것을 잡아먹는 습성이 동물적인 야수성이 아니라 '인간적'인 사회성에 가까워진 '현실'에서 동물적 삶/죽음의 양태는 인간 삶/죽음의 초현실처럼 다가온다. 꽃과 꿀을 찾아, 인간계의 도덕과는 상관없이 벌처럼 유랑하는 인생들(「벌」), 물속을 유영하는 자라들과 겹쳐지는 물속에서 죽은 자들의 익사체(「자라」), 노루 피를 찾아가는 차 안에서 "피가 다 빨린 노루"처럼 피 흘린 사람(「피의 부름」) 등등, 이 '인간'들의 삶과 '동물'들의 삶 사이에 얼마나 명확한 경계가 그어질 수 있을지, 확신하기가 쉽진 않을 것이다.

인간과 동물의 비대칭적 관계를 통해 인간중심주의를 비판하기, 이성과 합리의 이름으로 자행된 인간적 질서를 동물과 차별화된 문명의 우월함으로 이상화하는 기획의 한계를 지적하기, 이런 일은 어쩌면 내내 흔하고 빤하게 있어 온 작업처럼 느껴질지도 모른다. 그럼에도 '인간적'인 한계를 비관하여 인간의 이성/지성을 자제해야 한다는 주장은 지금보다 더한 문명과 진보만이 필연적으로 인간을 구원할 것이라는 주장과 똑같이 순진하고 편협할 뿐이다. 여전히 인간은 동물을, 생명을, 사물을, 기계를, 즉 타인/타자를 지배하는 동시에 지배당하는 모순에서 놓여나지 못하며, 그 모순의 비참을 끌어안은 채 다만 줄이기를 도모하며 살아가는 수밖에 없는 것이 아닐까. 다시 말해, '인간적인 의미화'의 방법과 과정을 더 관찰하고 더 다듬어 가기가 삶의 지속에 필연적임을 더욱 자각해야 한다는 이야기다. 동물을, 타자를, 인간-동일화하는 의미에 복속시키는 인간계의 사태들이 지금 이 순간에도 흔하고 빤한 식으로 반복되고 있으니까 말이다.

더 이상 그 '인간'이 아니다

신과 동물 사이에서 오래도록 우주의 주인공을 하느라 인간은 자꾸 중요한 사실을 잊어버리고 산다. 오늘날 인간은 친구인 동물들을 괴롭히고 지구상 무수한 생명체들의 역량을 무시 또는 파괴하고도 아무런 책임을 못 느끼는 위험한 존재가 되어 버렸으나, 우리는 처음부터 동물이고 동물은 우리의 동료였다는 사실을, 인간은 자기를 넘어서는 질서에 대한 믿음으로 겸허해질 필요가 있지만 신이 우리를 만든 게 아니라 우리가 신을 통해 규범과 질서를 만들었다는 사실을, 수시로 자각하고 다시 따져 보지 않으면 안 될 것이다. 과학기술과 산업을 통해 삶의 조건을 실질적으로 진보시키면서 세 번째 천년을 맞이한 인간의 능력은 놀라울 정도로 더욱 커졌으나, 그 능력은 정말로 자기가 원하는 것이 무엇인지 알고 스스로 만족하며 책임질 수 있는 능력과는 얼마나 가까운 것일까. 지구의 만물 위에 무책임하게 군림해 온 인간이 앞으로도 쭉 우주의 주인공일 수 있을 것인가.

　김숨의 소설(그가 이전부터 지금까지 꾸준히 해 오면서 이미 우리에게 수차례 경고를 준 것만 같은 그 작업 말이다)은 거의 언제나, 인간이 인간이라는 사실 자체를, 인간이라는 오만함이 좌절되고 인간이라는 수치심이 고개를 드는 그 '낯선 친숙함'을, 진중하고 주의 깊은 시선으로 예리하고도 생경하게 다루는 이야기들이었다. 인간적 의미화 혹은 인간의 자기 동일화가 실패하는 자리이자 불가능한 지점인 그 세계가 드러날 때마다 김숨 소설에서 '인간적인 것'의 형상은 이지러지고 두려워지고 끔찍해지기도 했다. 그것은 인간이 지구상의 위대한 종이라는, 다른 종들을 대표해 지구를 통치할 유일한 보편자라는 믿음에 경종을 울리는 징후였으므로, 그로부터 인간의 한계를 성찰하게 되는 것은 그의 소설이 던지는 과제를 맡는 일과도 같았다. 그런데 이번에 읽은 동물 이야기들에서는, 이전과 근본적으로 다른 것은 아니겠으나 독후감이 약간 달라진 듯하다. 인간적 의미화의 여러 기제에서 보이는 징후들이 전처럼 인간의 한계를 알려 오는 것이기보다 인간의 자리가 '앞으로' 어디에 위치해야 할지를 가늠하게 만드는 쪽에 가까워진 것 같다. 오늘날 우리는, 인간이 동물을 지배하고 지구의 주인, 우주의 주인공이 될 수 있었던 바로 그 이유들로 인해, 앞으로 우리가 지구상의 무엇으로 되어 갈지를 예측해야 하고, 동시에 우리가 여전히 지구상의 동물임을 기억하지 않으면 안 된다. 생태계를 황폐화하고 지구의 법칙을 유례없이 바꿔 버린 인간은, 기후변화가 생존 위기로 다가온 이 시대에 우리가 어떻게 주인의 자리를 차지했었는지, 그 자리에서 무엇을 자행해 왔는지를 반드시 물어야만 한다. 최근에 읽은 김숨의 이야기들이 '인간'에 대해 유례없는 질문을 갑자기 던진 것은 아닐 것이나, 오랫동안 동물의 신이었고 우주의 주인공이었던 그 '인간'을 다시 돌아봐야 한다는 요청이 마치 인간으로 존재하기 위한 요건처럼 이미 우리 삶의 매 자리에 깊숙이 퍼져 있었던 게 아닐까. (2018)

멜랑콜리 사회학
─안보윤의『비교적 안녕한 당신의 하루』로부터

경간의 인간

언젠가 한 좌담에서 안보윤 작가가 이런 말을 했다. "그동안 제 소설은 계속 폭력이 주체가 되어 왔어요. 그러다 보니 폭력을 부각시키기 위해 인간이 도구화된 면도 없지 않아요. (중략) 그걸 알게 된 후로 반성을 많이 하게 됐어요. 그동안 저는 계속 인간에 대해 쓰고 있다고 생각했거든요."[1] 그의 소설에서 자주 잔학한 사건과 비참한 사람들을 만났고 일그러진 힘들의 거친 양상을 보았으나, 그가 이 말을 했을 때 나는 "폭력이 주체"인 소설이란 말의 뜻을 잘 헤아릴 수 없었다. "인간에 대해" 썼는데 "폭력이 주체"가 되어 버린 연유를 이해하지 못했던 것 같다. 그런데, 다섯 권의 장편소설 이후 출간된 안보윤의 첫 단편집을 읽다가 나는 인간에 대한 관심이 '폭력이 중심'인 이야기가 되는 기묘한 필연을 얼마간 깨닫게 된 듯하다.

---

1 안보윤·정소현(좌담),「폭력 이전과 폭력 이후에 쓰인 소설들」,『문예중앙』, 2013.봄.

그가 언제나 인간에 대해 썼다고 했던 건 맞는 말이라고 생각한
다. 다만 '인간'에 대해 쓰려고 할 때마다 그에게 '어떤' 인간이 떠
올랐는지가 중요할 터인데, 『비교적 안녕한 당신의 하루』(문학동네,
2014)에 나오는 사람들이 그걸 알려 줄 것 같다. 심한 말더듬으로 혼
자 살고 있는 남자에게 어느 날 갑자기 나타난 딸이 아버지를 보
살펴 주겠다며 방에 자물쇠를 채웠다면 남자는 자유로운 인간인
가?(「어차피 당신은」) 아버지가 잡범이라고 동네와 학교에서 만날 좀도
둑 취급당하는 아이는 주위 친구들과 평등한 인간인가?(「구체성이 불
러오는 비루함에 대하여」) 학생들이 욕하고 놀리고 때려도 아무 대응도
하지 못하는 뚱뚱한 학원 선생은 존엄한 인간인가?(「도그 하우스」) 혼
자 힘으로 살 수 없는 아이와 노약자, 비만이나 말더듬으로부터 신
체 기형이나 정신착란에 이르는 심신의 선·후천성 장애인, 좀도둑
질에서 살인에 이르는 범죄자, 그들의 직계가족, 월급의 반 이상을
고향으로 보내는 외국인 노동자, 비행 청소년, 학폭 피해 학생, 성소
수자, 그리고 살아 있는 모든 순간에 생계유지가 최대 걱정인 빈곤
자. 이런 이들이 안보윤에게 유난히 잘 보이는, 이제껏 줄곧 그가 써
온 '인간'들이다.

이들의 공통점은, 이 세상에서 살아가기가 힘에 부치는 '약자'들
이라는 것과 그럼으로써 사는 일 자체가 이들에겐 불행의 연속이라
는 것이다. "불행의 집결지와도 같은" 이들의 삶은, 자기 스스로 통
제할 수 없기에 자기 외부의 힘이나 제도, 운 또는 숙명 등에 따르는
것처럼 보이기도 한다. 실패와 굴욕과 동정에 과하게 노출되어 있으
나 세상의 이해는 받지 못하고 스스로 고립된 상태의 이중고를 겪는
사람들. 이들을 일러 우리 사회의 '소외계층'이라 할 수도 있겠다. 한
사회의 특정 부류이지만, 자본주의적 계급사회에서 하나의 계층/계

급(class)에 소속되지는 않는 이들. 노동계급, 전문가계급, 상류층, 중산층, 하류층 등의, 사회 체계 안에서 사회 전체를 위해 작동하도록 배정된 기능을 수행하는 계층/계급 분류에, 소외계층이 속할 자리는 없다. '소외'라는 말에 함축된 바 그대로, 계급사회 안에서 소외계층은 사회의 일반적 기능이 미치지 못하는 바깥 부분을 가리키므로 사회 '안'에 있으면서도 사회의 일부가 아니게 된다. 즉, 소속도 아니고 공동체도 아닌 이 상상적 범주는 사회 전체의 유기체적 입장에서는 차라리 없어지거나 최소한 줄어들어야 바람직한 것이기도 하다.

사회학자 지그문트 바우만은, 전기회로에 과부하가 걸리는 순간 가장 먼저 망가지는 부품은 퓨즈라는 사실, 다리 전체의 운명을 결정하는 것은 교각들의 '평균 지지력'이 아니라 가장 약한 경간(徑間) 하나의 능력에 있다는 사실은 어떤 구조물에든 적용되는 상식적인 진리라고 하며, 이를 "다른 어떤 구조물들보다도 훨씬 더 심하게 망각하거나 감추고, 무시하고, 경시하거나 심지어 대놓고 부인하는 구조물"이 있으니 "바로 사회"라고 말했다.[2] 사회 전체의 질과 역량 평가에 구성원의 소득, 건강, 생활수준 등의 '평균치'는 고려되지만, 최고치와 최하치의 격차나 평균치와 최하치의 이질성 등은 지표로 취급되지 않는 까닭이다. 이 어리석고 완고하고 부실한 구조물인 사회의 가장 취약한 경간이 바로 안보윤 소설이 줄곧 관심을 기울여 온 약자들, 우리 사회의 소외계층이다. 그는 사람들의 이야기를 썼는데 쓰고 나면 '폭력이 중심'인 이야기가 되었던 바로 그 소설 속의 사람들 말이다. 안보윤 소설이 과도하게 느껴질 만큼 불행에 잠식된 이웃들로 가득한 것은 그가 우리 사회의 통상적인 양태에 무지했기 때

---

2 지그문트 바우만, 『부수적 피해』, 정일준 역, 민음사, 2013, pp.7-9.

문이 아니라 우리 사회의 통상적인 안녕을 위협하는 병리적 현상들에 무감하지 않았기 때문이다. 그의 촉수는 사회의 평균 지수를 가늠케 하는 척도가 아니라 사회의 안녕과 존속을 최전선에서 담당하는 퓨즈를 알아보는 데 거의 본능적으로 곤두세워진다. 이로부터 안보윤 소설의 사회학이 시작된다.

불평등한 피해자들

행복과 행운은 똑같은 뜻이 아닌 줄 아는데, 불행과 불운은 거의 같은 것으로 생각되는 때가 적잖다. (행운이든 불운이든) '운'이란 분명한 원인으로 설명할 수 없는, 예측이나 보장이 안 되는 불확실성을 암시하므로, 일시적 요행의 기운이 드리워진 '행운'이란 말이 삶의 다양한 질감에 대한 주관적인 느낌을 표현하는 행복이란 말을 대체하지 못하는 것은 당연하게 느껴진다. 불행과 불운은 어떤가? 여자로 자랐는데 어느 날 제 몸에 남자의 성기가 있다는 사실을 알게 된 이가 친구나 연인은 물론 부모 형제도 떠난 자리에서 외롭고 서럽다면, 그의 불행은 만 명에 한 명이나 될까 말까 한 기형을 타고난 불운의 탓인 듯만 싶다(「비교적 안녕한 당신의 하루」). 도둑놈의 자식이라고 멸시와 구타를 당하는 아이는 지지리 부모 복이 없어 도둑놈의 아들로 태어난 것이다(「구체성이 불러오는 비루함에 대하여」). 그런데 이렇게 믿으면, 불행의 이유를 아는 게 아니라 불행의 원인과 필연성에 눈감아 버리는 것이 아닐까? 자기통제가 불가능하니 차라리 아무도 통제 못 하는 운명의 힘이라 믿으며, 우리는 모든 불행을 오로지 불운의 산물처럼 생각하는 데 길들어 있지는 않은가?

나들이 갔던 한 가족의 승용차 전면 유리 위로 앞서가던 트럭의 목재가 쏟아져, 앞 좌석의 부모는 즉사했고, 그 파편이 목에 박힌 형은 목소리를 잃었고, 동생은 경상으로 화를 피했다(「나선의 방향」). 목소리를 잃은 형에게 이것은 물론 '불운'이다. 그러나 그가, 서로 말로 소통할 필요 없는 이집트 여인 마리암과 딸을 낳고 바다가 보이는 외진 들판에서 살아야만 했던 것, 그러다가 고열로 아픈 딸을 병원에 데려가지 못해 끝내 잃고, 누군가 아내까지 데려가 마침내 모든 것을 잃고 만 것까지 다 그의 '불운'인가. 지난밤 하숙집 옆방 사람에게 삼만 원을 빌려주지 않았는데 다음 날 그이가 혀를 빼물고 죽어 있다면, 하필 그 옆방에 살았던 자의 괴로움은 우연의 몫이기만 한가(「아무 말도 하지 마」). 아내가 아이 둘을 한강에 던지고 난 후, 매일 밤 강물로 뛰어들 듯한 자세로 강변을 서성이다 다리가 직각으로 굳어진 남자의 불행은 그에게 '아내 운'이 없기 때문인가(「괜찮아요, 아빠」).

이 "끈질기게 달라붙는 불행"들은 우연의 연속이 아니다. 개인 각자가 소유한 '운'의 소치로 여길 수 없다. 앞에 열거했던 사연들을 다시 생각해 보자. 교통사고로 목소리를 잃은 것은 불운이라 해도, 그가 병원도 없는 외딴곳에서 살아야만 했던 것은 돈에 팔려 온 외국인 여인과 함께 살기 위한 궁여지책이었다. 생활고로 자살한 사람이 옆방에 살고 있었고 내게도 돈을 빌리러 왔다는 것, 그런데 빌려주지 않았다는 것은, 생활고가 없는 사람들에게는 아예 안 생기는 일이지 누구나 겪을 수도 있는 일이 아니다. 정신이상의 문제는 각양각색이고 배우자가 정신병을 겪을 확률은 어디에나 있지만, 정신병에 걸린 여자가 자기 아이를 강물에 던지는 사건이 모든 계층에 동일한 비율로 일어나지는 않는다. 연속된 불행을 지나며 점점 더한 위험에 처하고 점점 더 약해진 사람들이 "이제 무엇을 원망해야 하는지, 어떤 것을 반성해야 하는지 알 수 없"(「나선의 방향」)게 된 데는 불운보다 더 힘센 다른 원인이 있다. 행복과 행운이 똑같은 뜻이 아니듯이 불행과 불운은 동일한 사태를 가리키지 않는다.

안보윤이 그리는 다양한 불행들이 알려 주는 바가 이런 사실이다. 불행은 불명확한 이유에서 오는 것이 아니고, 불확실한 결과로서 나타나는 것도 아니다. 누군가 뚱뚱하다고 해서, 말을 더듬는다고 해서, 그 때문에 불행하지는 않다. 날 때부터 성기 모양이 기형이라 해도 반드시 불행하리란 법은 없다. 그러나 안보윤이 감지하는 것들은, 그런 우연한 결함들이 한 사람의 인생을 기필코 파탄에 빠뜨릴 만큼 결정적이 되고야 마는 함정들이다. 약함, 못남 등의 개별 능력 차이 또는 결함, 사고, 실업 등 개인적 불운들이 숙명적인 불행으로 귀결되는 것은 그것들이 유독 이들에게 결정적으로 작용했기 때문이다. 그래서 이들이 겪는 비참과 고통에는 개인적인 불편이나 아픔보다 더 큰 사회적인 수모와 굴욕이 있다. 바꿔 말하면, 불운이 닥친 사람들이 이 사회의 소외계층으로 밀려나는 것이 아니라, 사회 '안'에 있으나 사회적 시스템으로부터 소외된 이들에게 불운이 닥쳐 헤어날 수 없는 불행한 상태에 처해지는 것이다. 요컨대 그런 불행은 불운이 아니라 불평등의 산물이다. 불평등의 수혜자들, 즉 우리 사회의 '소외계층'은, 따라서 그냥 약자가 아니라 '피해자'다.

이런 '피해'는 극단적이고 특수한 경우일 뿐 '평범한' 이들과는 무관한 것이 아닐까? 그렇게 생각하는 이가 있다면, 그는 불행과 불운을 동일시할 뿐만 아니라 이 사회의 '평균' 생활수준의 사람들이 대체로 "비교적 안녕한" 하루하루를 살고 있다고 여길 것이다. 이제 이곳은 어느 정도 살 만한 사회가 아닌가? 구성원의 소득, 재산, 건강, 생활수준 등의 평균치는 지난 반세기 동안 계속해서 증가했고, 전반적으로 삶의 질이 윤택해진 것만은 사실 아닌가? 이런 생각이 생겨날 수 있었다면, 그간 우리 사회에 불평등에 관한 논의가 (있었다 해도 법이나 질서의 문제로 환원한 것이었지) 거의 없었음을, 불평등의 실질적인 영향을 받는 사회 구성원의 삶이 좀처럼 다루어지지 않았음을 반증하는 것이다. 그러나 이런 피해를 특정 부류의 사례로 치부할 수 없다고 느낀다면, 우리 사회가 점점 불평등을 심화하는 쪽으로, 돈과 계급의 이동이 더욱 불가능해지는 쪽으로 기울어 간다는 사실에 둔감하기가 어렵기 때문이겠다.

이것은 오늘날 인간 사회의 유일하게 바람직한 모델로 추앙되는 '민주주의'의 약점에 관한 이야기이기도 하다. 모든 인간이 자유롭고 평등하게 존엄하다는 민주적 권리의 (형식적) 보편성과, 그 권리 행사의 (실질적) 비보편성 사이, 그 좁지 않은 간극 말이다. 사회는 그 간극이 개인의 자원과 기술로 메워질 것이라 기대하지만, 그런 자원과 기술이 개인 모두에게 있지 않다는 것이 또한 딜레마다. 그리고 이 딜레마를 개인의 능력 차로만 돌릴 수 없다는 데서 개별적 고통은 '불운'의 탓으로 돌려지고, 사회 구성원들의 고통은 사회 시스템에 대한 실망이 아니라 '불운'에 대한 수모인 듯 느껴지는 것이다. 다시 말해, 안보윤 소설은 특정 계층 혹은 부류의 사람들이 개별적으로 겪는 삶들의 면면이 아니라 한 사회의 전체적인 취약점에서 비롯한 비인간적 양태들 일반을 문제 삼는다. 안보윤은 '나는 누구인가'를 묻기보다 '나는 누구가 되었는가'를 추적하려 하고, '그는 어떤 인간인가'를 알기보다는 '어떻게 그런 인간이 되었는가'를 파헤치려 한다. 이것이 바로 그가 인간에 대해 썼을 때 "폭력이 주체"가 되는 이야기가 된 까닭이겠다. 바로 여기서 안보윤 소설은 인물론(인정)과 풍속학(세태)이 아닌 사회학으로 전화(轉化)/상승한다.

센티멘털 모랄리아

안보윤 소설의 관심이 우리 사회의 가장 취약한 부분, 즉 불평등의 피해자들에 있다고 했다. 그런데 여기에는 피해의 억울함을 호소하거나 피해의 불가피함을 강변하는 식의, 말하자면 어떤 정치적 스탠스가 부각되어 있지 않다. 작가는 대개 삼인칭 '그'를 주인공으로 삼고 스스로 관찰자의 자리에서 화자 역할을 하지만, 그 '몫 없는 자들'의 입을 대신하거나 그들의 궁지를 이끌어 연대를 도모하지 않는다. 이 인물들 중 '훌륭한/멋진/사랑스러운/매력적인' 캐릭터가 거의 없다는 것, 누구도 전적으로 신뢰할 만하거나 전적으로 정당한 것으로 옹호(혹은 미화)되지 않는다는 사실도 시사적이다. 안타까움도 연민도 없다. 인물들 사이에는 해소되지 않는 오인과 교감되지 않는 불안이 스며 있을 뿐이다.

그런 면에서 안보윤 소설의 정서는, 이 사회의 불평등을 문제 삼는 다른 소설들에서 주로 피해자의 육성으로 터져 나오는 절규의 감성과 차별화된다. 이는 그가 어떤 불행을 사건/상황으로 대한다기보다 불행에서 파생되는 심리적·정서적 상태로 겪는다는 뜻도 된다. 그런 때 그 정서는, 말하자면 '불행하지 않음'에 대한 일종의 '소외감' 같은 것이다.('소외계층'이라고 할 때의 그 '소외'와 같은 말이겠으나, 소설 속 인물들의 계층의식을 가리키는 것은 아니다.) 이 정서는 이른바 현대인의 '소외감'(현대사회의 서로 단절된 인간관계와 상호 불통으로 인해 내면적 주체들이 겪는 막연한 외로움과 같은 감성, 또는 만사가 다수 위주로 결행되는 사회적 절차에 반대하고 사회 전반에 비판적 거리를 견지하는 소수자들의 반사회적 지성)과도 조금 다른데, 사회적 가치나 중요성에서 배제된 이들에게 짙게 드리워진 슬픔 혹은 두려움의 기분 같은 것, 어떤 '입장'으로서의 '심리'라고 할 수 있을 듯하다. 이전에 작가가 말했던 구절로 표현하자면 "깊고 기름진 우울"(『사소한 문제들』, 「작가의 말」)이라 부를 만하다.

우울, 그의 소설 속 한 문장 한 문장에 짙게 밴 "깊고 기름진 우울"의 요소들은, 분노나 원한, 복수심 등이 아니다. 그것은 차라리 불안이나 자조, 무력감 등에 가까워 보인다.

아무에게도 어떠한 말도 하지 않은 채 오래된 방에 스스로를 유폐한 채로, 고는 그렇게 살아 나갈 작정이었다. (「아무 말도 하지 마」)

어차피 당신은 아무것도 하지 않을 것이었다. 어차피 당신은 고작 이 정도의 인간이었다. (「어차피 당신은」)

삐거덕, 소리와 함께 열린 문 바깥쪽은 바닥도 천장도 없이 다만, 허공이었다. (「다만 허공」)

위의 세 문장은 각각 세 소설의 마지막 문장이다. 이런 문장으로 끝을 맺는 이야기들이 전달하는 '우울'의 정서는 팽팽한 정념이라기보다 무르익은 분위기 같은 것이다. 이 마지막 문장들이 말해 주듯, 아무것도 변하지 않은 채로 무엇도 바꾸지 못한 채로 마감되는 이 이야기들에서, 우울은 뭔가 해소되지 않은 찜찜함의 다른 이름인 듯도 싶다.

이 우울의 정체를 다시 구분해 볼 수 있다. 숱한 불행이 발생하는 이 사회구조의 폭력성에 대한 불만/불안으로서의 우울이 그 하나이고, 그런 폭력을 인지하고도 거기에 유폐된 자신조차 탈출시키지 못하는 무력감으로서의 우울이 또 하나다. 그리고 하나 더, 그런 저항감과 무력감이 소설 속의 인물들에게서 직접적으로 발산되는 정서라면, 인물을 대하는 독자들에게 돌아오는 또 다른 우울. 그것은 이 소외된 삶들을 엿보며 '비교적 안녕한 (자기의) 하루'에 안도한 자신에게 은연중 생겨난 죄책감 같은 것으로, (『사소한 문제들』의) 「작가의 말」을 한 번 더 빌리면 "빚진 기분"과도 같은 무거워진 마음일 것이다.

이 무거운 마음은, (사회 구성원의) 무지와 무심에 대한 하나의 태도이자, 그 자체로 불식간에 무지와 무심에 대한 반성을 촉구하는 역할까지 하고 만다. 설불리 다수의 책임을 규탄하는 계몽적인 태도나 다수를 무조건 가해자로 돌리는 손쉬운 태도 양쪽을 경계하면서도, 겉으로 중립을 가장한 무지와 무심이 실은 사회적 폭력의 일부 혹은 그 원인임을 깨닫고 기억하는 마음이기 때문이다. 그리하여 이 우울한 정서는 단순히 사적인 감회가 아니라 모종의 공적인 자세로서, 말하자면 어떤 도덕감(moral sentiments)으로, 고양된다.

안보윤의 소설이 우리 사회의 구성원들에게 유의미한 지점이 바로 여기다. 죄책감이라는 정서로서의 도덕감이란, '악덕한' 구조를 고발하고 '악덕한' 인간들의 행태에 분노하는, 즉 직접적인 '반악(反惡)'의 의식과는 다르다. 그것은 차라리 '악'에 대한 무지, 둔감, 외면, 방치를 통해 결과적으로 그것을 조장하는 다수에게 촉구하는 일종의 상상력과 유사하다. 우리 시대의 진짜 도덕적 재난은, 거짓, 배신, 착취, 음탕함 등의 악덕으로부터만 비롯되는 것이 아니라, 사회의 현상들과 사회 구성원들의 상상력이 분리된 틈새에다가 뿌리를 내리는 것이 아닐까. 안보윤은 우리 사회의 불행을 개인들 내부에 유폐하지 않고 외부 구조의 폭력을 환기할 수 있도록 서사를 입힌다. 그 서사가 개인과 사회를 연결하고 양쪽 모두를 질문하게 만드는 일에 죄책감보다 더 필연적인 것은 없어 보인다. 민주주의 이후의 사회, (현실적으로든 상상적으로든) 개인적 자율성의 범위가 지극히 확대된 이 사회에서는 이런 죄책감이야말로 마지막까지 유효할 '한 줌의 도덕'인지도 모르겠다. (2014)

더 나은 고통이 있을까
―정소현의『가해자들』로부터

이 단자화된 시대에 그 고통을 직간접으로 경험하지 않은 이가 없으니 '층간소음'이야말로 나의 바로 옆, 내 집과 똑같이 구획된 그 공간에, 나와 아주 유사한 '남'이 있다는 사실을 가장 확실하게, 감각적으로 일깨워 주는 일상의 조건이다. 층간소음의 고통은 소음을 듣는 쪽만큼이나 내는 쪽도 함께 겪는 것이어서, '함께 살기 위해선 모두 노력해야 한다'는 상식을 내면화한 우리 평범한 이웃들은 대개 나의 소리는 낮추고 남의 소리에는 무뎌지고자 노력하며 산다. 위층 아이들이 자정까지 쿵쾅대는 소리로 밤잠을 설쳤다는 불평만큼이나 어린아이들이 다 자랄 때까지 가장 저층만 골라 이사 다니는 고충도 작지 않다. 아파트 관리인들이 "층간소음 문제는 내가 근무했던 아파트 어디에서나 있었던 일"이고 대개 중재가 부질없는 일이라고 하는 말은 일반적으로, 맞는 말이다.

누가 더 잘못이냐

맞는 말이긴 한데, 그러니 층간소음에 대해선 각자 조금씩 참고 상대를 이해해 보자고 점잖게 끝내기가 잘 안 된다는 게 진짜 문제다. 참고 이해할 만한 소음이었다면, 고통도 아니었을 것이다. 아니, 문제는 소음이 아닐 수도 있다. 우리 사회의 공동주택 거주자들, "천장과 바닥과 벽을 타인과 공유하고 사는 주민들은 누군가가 만들어 내는 소음과 진동에 어느 정도는 지쳐" 있을 정도니 '시끄러운 소리'가 고통스럽다기보다 그로 인해 생기는 갈등의 구도가 고통스러운 것이다. 대개 "가해자는 뻔뻔했고 피해자는 예민했으며 둘 중 하나는 거짓말을" 하는 듯한 이 구도에서는 어떤 중재도 "화를 돋우기만 할 뿐, 해결과는 거리가 멀"어진다. "누가 가해자인지 피해자인지 그들의 이야기만 듣고는 알 수 없는 지경이" 되고, 가해자-피해자로 직접 대치하지 않은 주민들은 그 고통을 알면서도 자기가 갈등의 당사자가 아닌 것에 안도할 뿐이다. 갈등의 구도에서는 피해자의 자리만 괴로운 게 아니라 가해자의 자리도 피하고 싶은 건 마찬가지다.

그러므로 이 고통의 원인은 아기 울음소리, 아이들 뛰는 소리, 부실 공사, 벽을 타고 진동하는 음악 등이 아니다. 소음을 당하는 쪽의 고통은 대개 소리 자체보다도 "내가 혹시 환청을 듣는 게 아닐까" 하는 의심과 그 의심을 확인하거나 하소연하려는 마음에서 비롯된다. 또한 "어디서 오는지 알 수 없는 그 소리가 나에 대한 공격일지 모른다는 생각"과 그런 생각을 나의 예민한 성격으로 몰아붙이는 가족 때문에 증폭된다. 소음을 내는 쪽도 마찬가진데, 아기가 울 때마다 "가슴이 터질 것처럼 뛰고 혈압이 올라 얼굴이 화끈거리고 어지"럽거나, 아기가 울지 않을 때는 "언제고 항의가 들어오겠지 싶어 마음이 조마조마"하며 마치 아기가 "나를 괴롭히기 위해 우는 것처럼 느끼"는 등, 남이 내는 소리에 시달리는 것보다 더 큰 괴로움을 당하는 것이다.

소음만이 원인이 아닌 이 고통에 시달리게 되면, 소음의 발생에 대한 짐작도 뒤틀리기 시작한다. 내게 고통을 준 그 이웃은, 내 집과 똑같은 구조의 친근한 공간에서 아침, 점심, 저녁 나와 비슷하게 바쁠 평범한 사람일 리 없다. 그는 "누군가를 괴롭히고 복수하기 위해 매일을 보내는 사람"이 확실해지고, 대체 왜 그러는지 "생각을 곰곰이 하다 보면 점점 더 알 수 없는 지경이 되"어 마침내 "그 미지의 것에 대한 두려움을 지울 수가 없"게 돼 버린다. 그러다 보면, 나 또한 "어떻게 하면 여자를 더 괴롭히고 힘들게 만들어 효과적으로 복수할 수 있을지 궁리"하면서 급기야 아기의 울음소리는 "달래야 할 것이 아니라 윗집을 공격하는 좋은 무기"로 쓰이게 된다. 결국 모두가 "보복하면서 희열을 느끼는 그런 인간이 되어 가"던 중, 문득 자기를 해친 것은 "갑자기 나타난 위층 여자가 아니라 바로 내 자신"임을 깨닫지 않을 수 없다.

이 고통의 이름은

정소현의 『가해자들』(현대문학, 2020)은, 층간소음이라는 일상적 소재로 이 시대 이웃의 조건을 전면에 둘러놓은 이야기라고 할 수 있으나, '이웃'을 생각할 때 흔히 그러듯 타인의 논리 또는 공존의 윤리를 향해 나아가는 이야기는 아니다. '타인'과 '공존'이라는 사회적 화두에 대해, 가령 서로 입장 바꿔 상대를 헤아리고 조금씩 양보하기를 도모하는 그런 (불가능한) '대응법'에 대해서는, 이 소설의 어떤 부분도 가리키는 바가 없다.(이 소설이 처음 발표되었을 때의 제목 "층간소음 대응법"이 "가해자들"로 바뀐 것은 매우 적절했다고 생각한다.) 차라리 이 소설은 '타인과의 공존'이라는 화두를 끝내 불가능하게 만드는 조건, 그

나약한 인간의 심리를 지켜보며 어떻게 대응할지 몰라 괴로워하는 이야기라고 해야 한다. "한번 트인 귀는 막히지 않고 사람은 쉽사리 변하지 않으며 상한 마음과 망가진 관계는 고치기 힘들다"는 소박한 깨달음은 사회적 대응을 오히려 어렵게 몰아갈 것이다. 이 소설에서 층간소음은 여럿이 합심하여 해결해야 할 난제 같은 것이 아니라 각자 내밀하게 고통스러워하는 증상-원인이고, 그 고통은 인식되기보다 파헤쳐지는 쪽에 가깝다.

예컨대, 아랫집의 인터폰이 그토록 신경질적으로 울려 댄 것은, 이십 년 가까이 아래위 층 살면서 서로 의지가지였던 두 노년의 사이가 소원해진 까닭이 아니었다. 두 집이 서로 더 이해하고 돌보았다면 층간소음으로 싸울 일은 없었을까? 그렇지 않다는 게 진짜 문제라는 얘기다. 일단 갈등 구도가 생겨나면 "아는 사람이 더 무서워. 윗집 할머니도 좋은 사람이었고, 우리한테 엄청 잘했어. 그런 건 다 상관없어."라는 말이 힘을 얻는 것이다. 이웃들이 모인 곳에는 근거 없는 수군거림이 소문을 사실로 바꿔 증오를 키워 간다. 악담과 악의로 "귀가 썩어 들어갈 것 같"은 공기 속에선 나와 가까운/유사한 이도 금세 정체 모를 괴물이 되곤 한다. 이들에게 이웃과의 공존은 (함께 고통 없이 지내는) 평화가 아니라, (자기와 똑같이 타인도 고통받아야 하는) 투쟁의 상태다. 평화로운 공존을 목표로 모두 친밀한 관계 속에서 서로 돌보는 이웃, 그런 건 애초에 말로만 가능한 것일지도 모른다. 오직 분명해 보이는 것은 이웃들이 모두 친밀하게 지낸다 해도 층간소음의 고통이 사라지진 않으리라는 것뿐.

요컨대 이 소설은 이웃 간의 평화로운 공존이라는 사회적 목표와 관련한 윤리적 요청을 숙고하게 만드는—'공존'이라는 하나의 목표 아래 우리는 이웃을 어떻게 대해야 하는가, 이웃을 내 몸처럼 아끼고 가까이 돌보면 될까, 공존을 위한 윤리적 책임은 그렇게 완수될 수 있나 등등의 질문을 던지는—이야기는 아닌 듯하다. 그런데 과연 '공존'이 공통의 목표라는 데는 의심의 여지가 없나? 문제는, 공존이라는 목표에 이른다 해도 각자의 고통이 종결되지 않는다는 데 있지 않을까? 모든 구성원들이 일정한 의무와 책임을 다해 서로 이해와 배려를 공정하게 주고받기로 합의하고 실천한대도 좀처럼 사라지지 않는 고통의 주체가 왜 가해자인가? 이런 질문들을 이 소설은 더 깊게, 오래 생각한 것 같다. 윤리적 책임으로 완수될 만한 해결책에는 공정과 균형이 필요하지만, 공정과 균형으로 고통을 사라지게 할 수는 없다. 고통은 편파적이고 고통은 부당한 것이다. "둘 다 잘못했으니 저쪽 입장도 이해해 주자며 세상 좋은 사람처럼" 구는 건 고통을 더 깊어지게 할 뿐이다.

더 나은 고통이 있을까

이 아파트에서 마침내 벌어진, 1112호가 1212호를 찌른 사건은, 주민들 말마따나 "일어날 일이 일어난" 것일 수도 있다. 관리인과 경찰은 "다툼을 적극적으로 중재하지 않"았고 이웃들은 "이상한 낌새를 알고도 모르는 척"했기 때문이 아니라, 이웃이 "영원히 사라져 버리기를 바라는 악의"에 짓눌린 사람의 고통이 끝내 터져 나오지 않을 수 없었으리라는 뜻이다. 그 고통은 1111호의 것이었다. 그녀는 "못마땅한 얼굴로 사람이 사람에게 하지 말아야 할 말들을" 하는 시어머니의 박대와 "싫은 소리를 하고 나쁜 역할을 맡는 것을 죽기보다 싫어하는" 남편의 냉랭함으로 점점 더 병들어 갔다. 복수심에 붙들려 결국 칼부림을 하고 만 그녀를 옹호할 수는 없지만, 아무도 "우리 편을 들어주지 않"아서 "세상에 엄마와 나 단둘이 남아 있는 것 같은 기분"이었다는 말에 "오죽 괴로웠으면 그랬"을까 싶은 생각도 안 들 수 없는 것이다. 사건은 엉뚱하게도 한때는 1111호에 우호적이었던 옆집으로부터 저질러졌으나 이미 두 집 모두를 빨아들인 그 고통이 결국 수군거림과 악의로 가득 찬 이웃 전체의 공기를 파열시킨 것은 불가피했다.

물론 이 결말은 합리적인 대응도 최선의 해결도 아니다. 다만, 자기가 망가지는 줄 모르고 상대를 괴롭히는 데만 온 힘을 기울이는 저 고립된 고통들조차 서로 마주쳤기 때문에 생겨나게 된 그 슬픈 공감을, 그 이상한 위로를, 먹먹한 기분으로 다시 돌아보게 된다. 파국의 직전, 막힌 벽을 두드리기를 그치고 창문을 열어 마주한 1111호(의 딸)와 1112호는, 직접 오가는 항의와 추궁 중에도 "마음이 약해져 위로받는 기분"이 들고 "이런 말을 듣는데도 혼자 있는 것보다 낫다"는 생각을 한다. 벽을 사이에 두고 공격할 때완 달리, "너무 외로"운 이들이 마주친 곳에서 문득 사과와 이해와 위로와 슬픔이 뭉그러져 고이는 것을 본다. 여기서 섣불리 '고통의 연대'를 말한다면 이 파국에 걸맞지 않은 비약이겠지만, 비약 없이 '공존의 고통/운명'으로 이미 망가진 사람들이 택할 수 있는 "더 나은 방법"을 상상할 수 있을지 모르겠다. 누구도 내 편이 아닌 바에, 같이 망가지는 것("저희도 그렇다는 걸 아시면 좀 덜 속상하실까 봐 그래요.")보다 더 나은 연대로 고통에 대응하는 법을, 누가 뭐라고 말해 줄 수 있을 것인가. (2020)

공생의 밤

서로의 밤을 나누어 가지면

제목이 기가 막힌 소설을 읽었다. 안보윤의 「밤은 내가 가질게」(『자음과 모음』, 2020.겨울). 무슨 뜻일까. 환한 낮의 반대편을 내가 가질 테니, 밤을 모르는 당신들 편의 세상은 더욱 밝아지기를 바란다는 뜻? 아니면, 밤은 내가 낮은 네가 마치 공평한 듯 나누어 가지면 우리의 하루는 동등하고 세상의 균형은 유지되리라는 뜻? 어떤 의미일지 아직 몰라도 끌리는 제목이었다. 무슨 이야기일까.

밤과 낮처럼 정반대여서 함께 지내는 건 물론 서로 만나는 것도 어려울 듯한 자매가 있다. 동생인 '나'는 계산하고 대응할 줄 아는 사람. 어린이집 교사로 일하는데, 자기는 선생님이 아니라 서비스업자라고 생각한다. 선생의 역할보다는 친절한 서비스를 요구하는 이들에겐 원하는 대로 서비스만 해 주면 충분하다는 생각. 세상의 공평이란 "하는 만큼 받는 거"로 이루어진다고 말하는 그녀는 어쩌면 요즘 세상에서 평범하게 현실적인 타입이다. 책임지지 못할 일이면 벌이지 않고 주어진 일에는 준칙대로 대처하기에 그녀의 업무는 대체로 합리적이고 스스로 믿듯 "정의롭고 타당하다"고 합리화될 수도 있을 것이다. 이런 동생과 정반대 타입의 언니라면 벌써 "뭔지 알 거 같"지 않나. 아무튼 언니는 "소파 아래 앉는 사람"이다. 하는 만큼 받기는커녕 하면 할수록 더욱 잃고, 주는 만큼 받지 못해도 쏟아붓는 사람. 계산도 안 해 보고 믿고, 속고, 돈을 뜯기고, 버림받지만 지치지도 않고 또 믿고 속는 사람이다. 동생이 보기에 언니는 "열심히 살수록 불행해지고 남의 호의에 기생하는 것 외엔 아무것도 할 줄 모르는" 사고뭉치, 골칫덩어리, 민폐 제조기인 것만 같다.

　둘의 이런 차이를 뭐라고 말하면 좋을까. 현실적인 성격과 이상적인 성격? 이성적인 타입과 감성적인 타입? 누가 밤이고 누가 낮일까? 한쪽이 선이고 다른 한쪽은 악인가? 정반대처럼 보이긴 하지만 이런 식의 구별은 무의미할 것이다. "언니가 늘 그렇게 멍청한 선택을 하는" 것을 한심해했던 '나'는 누군가 선을 가지면 다른 누군가는 악을 갖게 되는 세상에서 짓밟히는 쪽이 선이라면 차라리 악을 택하는 것이 합리적이라고 생각했을 뿐이다. 책임지지 못할 감정적 '선의'보다 책임을 증빙하는 절차적 '악역'이 더 낫다는 걸 '나'는 현실의 원리로 믿었고, 그건 보호자에게 학대당하는 아이를 돌보는 일에 있어서도 마찬가지였다. '나'의 보육 방식에 대해 '방치도 학대'라며 이의를 제기한 보조교사의 선의도 결국 나의 악역으로 현실적 어려움을 처리할 수 있었으니 말이다. 때문에 상황에 대한 계산 없이 그저 "선하기만 하려는 사람" 옆에서 "매일을 필사적으로 살고 있는 내가 바보가 된 기분"이 들었다 해도, '나'의 악역은 오히려 "정의롭고 타당"한 균형 맞추기에 필요불가결한 개입인 것으로 여겨 왔던 것이겠다.

　그런데 이런 자매가 함께 지내게 되었고, 그러자 '선의'와 '악역'

에 대해 다시 물음을 던져 보는 일이 안 생겨날 수가 없다. '나'의 애인 '이선'이 개 돌봄 봉사 활동을 한다는 말을 들은 언니가 유기견 센터에 나가기 시작했는데, 서른이 훌쩍 넘도록 엄마에게 생활비를 받아 쓰며 동생한테 얹혀사는 언니의 '봉사 활동'이 '나'에게는 곱지 않았으니, 단지 같이 가 보지 않겠냐는 애인의 권유에 '나'는 화를 터뜨리고 만 것이다. '이선'과 서로 "넌 아무것도 몰라!"라고 소리 지르며 "서로가 모르는 것을, 앞으로도 모를 게 분명한 것을 잣대로 서로 비난하는 이상한 싸움"을 벌인 밤, '나'는 "대체 이 사람들의 무엇이 나를 자꾸 악인으로 만드는가" 자문한다. 그 자체로는 선만도 악만도 아닌, 그러니까 서로 반대 항이 아니라 한 세트인, 선의와 악역의 결정적 차이는 무엇일까. 대개 "만만하고 짓밟히기 좋은" 쪽을 선으로, 그에 반응하여 "제멋대로 굴어도 되는 줄 아는" 쪽을 악으로 여겼지만, 짓밟거나 짓밟히거나 둘 중 하나로 선과 악을 나누는 것이 타당할 것인가. 물색 모르는 선의와 뒷감당하는 악역이 한 세트처럼 작용한대서 이것이 실로 세상의 '공평'한 원리인가.

이런 물음에 전혀 예상치 못한 답변이 따라온 건 아니지만 막연한 선입견이 물러나면서 다르게 드러나는 것이 없지 않다. 책임, 자격, 증빙 등에 철저한 동생이 보기에 연민, 죄책감, 믿음 등에 휘둘리는 언니는 무지하고 비합리적이어서 결국 남을 위하려다 남에게 짓밟히는 꼴이었다. 그런데 기어이 늙고 병든 개 한 마리를 데려온 언니는 이렇게 말한다. "아무 의심 없이 대할 수 있는 존재가 내 앞에 있다는 거. 그래서 내가, 아직 상냥한 채로 남아 있어도 된다는 거. 그게 나한테는 정말 중요해." 그러니까 언니는 끝도 없이 남을 믿고 남에게 속을 때 자기를 짓밟히게 둔 것이 아니라 자기에게 중요한 것을 지킨 것이었다. 희망이나 끈기가 무서운 줄 모르고 그저 선한 것으로 그 밝음을 가지려는 사람들 옆에서 희망과 끈기의 책임을 먼저 계산해야 하는 어둠은 자기 몫이 되어 버린다고 그동안 '나'는 억울하기도 했었을 것이다. 그런데 버려졌던 개 '밤톨이'의 새 이름을 '토리'로 지어 주며 언니는 이렇게 말한다. "밤은 내가 가질게." 그러니까 그 개의 밤을, 그 개의 불안과 두려움과 상처를 가져간 언니는, 책임을 모르는 무지가 아니라 책임을 계산하면서 치워 버리려 했던 불안과 두려움과 상처를 껴안으려는 것이었다.

결국 '밤'은 언니의 한심함도 동생의 냉정함도 아닐 것이다. 무책임한 선량함도 아니고 냉정한 책임감도 아니며, 선이나 악 중의 하나는 더욱 아니다.(어떤 일을 끝까지 책임지도록 노력해야 한다는 것과 책임질 수 없다면 아무 일도 해선 안 된다는 것은 같은 말일까? 내가 상냥한 상태이고 싶어서 상대를 믿고 대하는 것은 상대를 위해서인가, 자기를 위해서인가? 남을 위하면 선이고 나를 위하면 선이 아닌가? 남을 위하는 일이 악이 되고 자기를 위하는 일이 선이 될 수는 없나? 이런 의문들이 이어질 뿐이다.) 밤과 낮이 이루는 하루 동안 우리는 선악을 말하기 어려운, 혹은 말할 필요도 없는 일들로 다만 살아갈 뿐이고, 그런 하루들에는 반드시 잘 살펴서 책임을 맡아야 하는 일도, 아무 의심 없이 상냥한 채로 대할 수 있는 일도, 따로따로 벌어지는 게 아니라 다 섞여서 닥쳐온다. 어느 아름다운 하루가 대낮의 열기와 활력으로 기억될지라도 고요한 밤 동안 있었던 차가운 일들이 다 지워진 것은 아니다. 다만 누군가 그 밤을 가져갔기에 또 다른 하루를 따뜻하게 보낼 수 있었으리라.

함께 지낸다는 건 서로 돌본다는 뜻에 다름 아니다. 돌봄은 상대를 끝까지 책임져야 하는 일이기도 하지만, 무엇보다도 상대의 '밤'을 내가 가지는 일이 아닐까. '밤'은 내가 가져다 치우거나 사라지게 하는 것이 아니라 함께 덜 어둡고 덜 차가운 밤을 보낼 수 있는 것

뿐이니, 그것이 곧 돌보는 이의 책임과 희생을 의미하는 것도 아니다. '가족'이라는 단어로 "정체성이나 이성, 합리적 태도 등"을 헐값에 팔아넘기길 강요하며 의무를 들이밀 때나, 친절한 서비스와 박봉의 근무로 대체된 보육 산업의 허울이 드러날 때, 돌봄은 무자비한 고행이나 부조리한 책임 부담과 별로 다르지 않게 느껴진다고 해도 말이다. 혼자서만 살 수 없는 인간은 모두 공생의 운명 속에 있으니 "정체성이나 이성, 합리적 태도 등"의 제값을 각자 지키면서 서비스 수급 이상의 관계를 맺고 타인과 함께 지내는 일보다 삶에서 더 중요한 것은 거의 없다. 이렇게 생각할 때 돌봄은 상대를 보살피는 것만이 아니라 자기를 건사하는 일이고, 상대의 밤을 치워 주는 것이 아니라 서로의 밤을 나누어 가짐으로써 낮 동안의 원기를 함께 북돋는 일일 것이다. 새 식구 '토리'와 집으로 돌아온 자매가 (먼저 와서 요리 중인 '이선'도 함께) 서로의 '밤'을 알아보고 가져가는 앞날을 섣부르게 기대해 보고 싶은 것도, 이 멋진 제목이 남겨 준 따뜻한 기운 때문인 것 같다.

부부의 밤이 7년 지나면

"밤은 내가 가질게." 이 말이 절실한 또 한 편의 이야기가 있다. 서수진의 「골드러시」(『현대문학』, 2021.1). 이민 중인 젊은 부부 '서인'과 '진우'의 이야기다. 호주 서부의 퍼스에 살고 있는 이들은 결혼 7년 차다. 결혼 기념으로 "골드러시 체험" 여행을 하는 중인데, 캥거루가 뛰어드는 고속도로에서나 가이드가 몰고 다니는 폐광 안에서나, 운전을 못 하는 '서인'과 영어를 못 하는 '진우', 둘 중 누구랄 것 없이 "차를 돌려서 집으로 돌아가고 싶"은 마음은 똑같지 않은가 싶다. 함께 산 세월이 어느새 7년이란 데 압도되어, 첫 번째 결혼기념일 이후 처음으로 챙긴 세레모니인데 이 모양이다. 이 부부는 대체 "무슨 생각으로 7년이란 시간을 보내온" 것일까. 셰어하우스에서 처음 만나 연애를 시작한 지 3개월 만에 한국에 가서 혼인신고를 했고, '서인'의 영어 점수로 비자를 받아 2년 더 일한 후 영주권을 받았다. 마스터룸에서 아파트로 렌트를 옮기고 다시 대출을 받아 단독주택을 사는 동안이기도 했다. 집 뒤뜰에서 '서인'이 가꾼 채소들로 만든 샐러드를 '진우'는 먹지 않았다. 이제 뒤뜰은 흉한 잡초로 뒤덮여 있다.

결혼 7년 차 부부에게서 사랑-로맨스 이야기를 기대하는 건 아니지만 이들처럼 냉랭하고 딱딱한 사이도 부부라고 할 수 있을까? 함께 여행하는 중에도 애정의 무드는커녕 아예 마음이란 건 몽땅 빼놓고 길을 나선 것처럼 메마른 동선만 있을 뿐이다. 의논 없이 혼자 여행을 예약했던 아내와 위약금은 자기가 물 테니 취소하라던 남편, 이들의 결혼 생활은 여행 이전부터 파탄 나 있었고, 이유 없는 파탄이랄 수도 없긴 하다. "서인이 다른 남자와 잤다는 걸" 알고도, 한국으로 돌아가겠다는 '서인'에게 영주권이 나올 때까지만 기다려 달라고 한 건 '진우'였다. 물론 한참 지난 일이다. 그러나 영주권을 받은 이후에도 둘은 헤어지지 않았고, 그 이전보다 긴 세월을 같이 살았으며, 여전히 같이 살고 있다. 연애를 시작하자마자 함께 비자 문제를 고민했던 이 부부에게 상대와의 결별은 이국에서 일군 삶의 기반 또는 현재 삶의 거의 전부를 무너뜨리는 것과 같을 것이다. 어쩌면 모든 이별이란 하나의 인연이 끊어지는 것만이 아니라 자기 생을 부수고 다른 생으로 건너가는 일일 테지만, 부부의 결별, 그것도 이민자로 사는 부부의 결별은 더욱 그러할 것이 분명하기에, 이들은 그 파탄을 봉합해 놓은 채 그토록 메마른 세월을 속절없이 보내고 있었으리라.

이미 끝난 사랑을 부여잡고 있다고 말하기도 어려울 듯한 이 결혼 생활이 더 이어질 수 있을지에 대해서는 낙관적이기 어렵거니와, 이제라도 더 지체 말고 헤어지는 것이 둘 모두에게 낫다는 생각이 들게 하는 소설이다. '진우'는 여행 가는 길에는 도로의 다친 캥거루를 그대로 놓아두고 가 버렸던 것과 달리, 여행에서 돌아오는 길에는 차로 친 캥거루를 아예 죽이고 가야겠다고 한다. 뜨거운 해 아래서 산 채로 딩고와 까마귀에게 뜯어 먹히며 죽음을 기다리게 놔두는 것보다 차라리 캥거루를 위해서도 나은 것이 아니겠냐는 것이다. 마치 되살아날 가망 없는 이들의 관계를 이제는 완전히 끝내고 싶다는 듯 캥거루의 머리를 타이어 레버로 내리치는 '진우'와 그를 끝내 말리지 못하는 '서인', 이들도 "이미 죽은 거나 마찬가지"인 결혼 생활에 종지부를 찍는 것이 옳으리라는 결정이자 다짐을 이 소설은 '캥거루의 살해'로 드러낸 것이 아닌가. 서로 사랑하지 않으면서 다만 필요에 의해 서로를 딛고 각자 버티는 결혼 생활은, 다리가 부러져 어차피 죽을 캥거루와 다를 바 없다는 메시지를 말이다. 이 부부에게서 이런 메시지를 받는 건 조금도 이상하지 않다.

그런데, 수차례 내려찍힌 캥거루가 그만, 죽지 않고 살아 움직이는 것을 '서인'이 보았다는 것이다. 곧 죽을 것 같다 해도 "며칠이라도 더 살게" 두자고 했던 '서인'은 "캥거루가 살아 있다고" 말했고, 죽었다고 확신했던 '진우'는 "정말 캥거루가 움직였어?"라고 재차 다그쳐 묻고 만다. 그렇게 캥거루를 내려친 것이 정말 캥거루를 위해서도 잘한 일이었을까? "죽은 거나 마찬가지"인 그 동물을 그 자리에서 죽여 편하게 해 줄 생각이 아니라 병원에 데려가거나 신고해서 치료해 줄 생각을 할 수는 없는 것일까? '진우'와 '서인'이 잘못했다는 얘기가 아니라, 캥거루처럼 최후를 맞이하는 편이 나을 이 둘의 공생관계에 다른 선택지는 없을지 묻게 되고야 말았다는 얘기다. 이들의 결혼 생활은 이제 끝나게 될까? 사랑이 빠진 이 부부의 세월은 마치 "끝없이 펼쳐진 붉은 흙 위를 달리고 있"는 이 여행길처럼 팍팍하고 지루하지만, 차 옆으로 에뮤 떼가 지나가기도 하고, 딩고가 가만히 앉아 둘의 차를 바라보기도 하고, 위험하게 차에 뛰어드는 캥거루도 심심찮게 보이는 그 길은 여느 부부의 세월과 크게 다르지 않을지도 모른다. 폐광된 지 150여 년 된 광산에서 "골드러시 체험"을 하겠다고들 하지만 금광에서 금이 나온 건 겨우 18년 동안이었다.

결국, 정말 캥거루가 움직였다면, 아니 둘 중 한 사람이라도 캥거루가 움직이는 걸 봤다면, 그렇게 잔혹하게 캥거루를 내리치지 않았어야 했다고 생각하게 만드는 소설이다. 아직 죽지 않았다면 기적처럼 살아날 기회를 만날 수도 있다. 그걸 바라며 견디는 고통의 시간을 미리 죽음과 맞바꿔야만 할까. '서인'과 '진우'가 "빛나는 순간"을 기다리며 지나온 시간들이 아무리 무상하게 느껴질지라도 이제 와 서둘러 멈추는 것이 이들에게 최선일까. 그들은 한 번도 "빛나는 순간"을 가져 본 적이 없었다고 생각하지만, 그것을 기다리며 지나온 세월은 그들이 "빛나는 순간"을 알고 있다는 걸 증명하는 걸지도 모른다. 이런저런 안타까운 마음의 끝에서, 이들이 서로에게 "밤은 내가 가질게"라고 말할 수만 있다면, 아니, 지난 7년의 밤은 이들이 이미 나누어 가진 상처, 불안, 두려움이었다는 것을 이들이 지금 알 수 있다면, 집으로 돌아오는 차 안에 가득 들어찬 그 붉은 햇빛은 "빛나는 순간"으로 바뀌진 않을지라도 그들을 더 이상 춥게 하지는 않으리라는 기대가 슬며시 일어난다. 이 소설을 처음 읽을 땐, 서로 사랑하진 않지만 서로 없으면 안 되는 결혼 생활, 그런 것을 지속하는 삶은 얼마나 나쁘고 아프냐고, 사랑 없는 삶에 의미는 없다고 말하려고 했었다. 그런데 사랑 있는 결혼 생활, "빛나는 순간"으로 가득한 부부의 이야기는 어느 소설에 있나. 아직도 떠오르지 않아서, 붉은 햇빛이 가득 찬 차 안에서 '진우'의 주머니 속 오팔 반지가 '서인'의 손가락에 끼워지는 장면을 나도 모르게 바라게 되었나 보다. (2020)

제2부 모쪼록, 우리를 지키는 말

일탈이냐 탈선이냐

문화계 각 분야에서 동시다발적으로 성폭력·성추행 사건들이 폭로되었다. '#OO_내_성폭력'으로 분류되어 분야별로 나뉘어 이야기되기도 하지만 대개 유사한 패턴으로 묶여 보이기도 한다. '문단_내_성폭력'으로 드러난 사례들을 보니 대개 다음과 같은 유형들이다. 자신이 업계에서 아주 영향력 있는 사람인 양 행세하며 위계 의식을 이용하여 성관계를 유도한 형, 예술 혹은 문학을 알려면 '틀을 깨야 한다'고 운운하며 주로 자신이 가르치는 학생들(미성년자를 포함하여)을 성추행한 형, 친밀한 사이도 아닌 상대, 그것도 여러 명의 상대에게, 자신이 심신이 불안한 상태라며 도움을 청하는 척하다가 성폭력을 저지른 형 등등. 말하자면 범법형, 권력형, 사기형, (예술)모독형 등으로 지칭될 만한데(이 중 한 유형으로만 폭력이 자행되는 건 아닐 것이다), 여기에 회식 자리의 성희롱적 언행이나 데이트 폭력 등이 합쳐지면 종류는 더 다양해질 것이다.

알량한 권력을 무기 삼은 폭행은 악랄하고, 여러 사람을 기만하여 제 욕정의 수단으로 삼은 추행은 흉악하다. 그중에서도 더욱 졸렬하여 문학예술인들의 공분을 산 것은 '예술은 본래 뭔가를 넘어서야 하는 것'이라든가 '일탈을 해야 문학을 알 수 있다'고 하며 저지른 폭력이 아닌가 싶다. 문단 내 성폭력 고발자에 대한, 고양예고 문창과 졸업생 연대 '탈선'의 지지문에 있는 다음의 질문을 인용한다.

'상상력이 너무 부족하다', '시를 쓰려면 사회적 금기를 넘어야 한다'며 가해지목인 B 시인이 성폭행을 일탈로 은폐시키는 데 공헌한 '문학'은 어디에 있는가. (중략) 고발자와 피해자들의 목소리를 앗아 간 '문학'은 어디에 있는가. 가해지목인이 자신이 저지른 폭력을 엮어 시집으로 출간할 때, 가해지목인의 든든한 조력자가 된 '문학'은 어디에 있는가.

저 뒤틀린 '문학', 지독히도 저급한 언행으로 옹립된 이상한 (가짜) 문학에 대해, 뭐라고 주석을 달기도 괴로운 일이지만, 이런 사태를 그간 문학예술계 내부에서 눈감아 온 것 아니냐는 비판의 근거를 추정해 보지 않을 수도 없다. 한국문학에 한정해 간략하게 말해 본다면, 전근대사회에서 '문예'를 여기(餘技)로 여기고 풍류와 일탈을 동일시하던 관습과, 근대 초기 서구의 낭만주의적 문학관을 오로지 전통적 인습 및 도덕에 대한 반발로써 얄팍하게 수용했던 과오가 문학에 대한 어떤 틀려먹은 선입견을 조장했던 바가 있었으리라고, 그런 그릇된 인식이 편협하고 우매하게 드러나 버리곤 하는 것을 그때그때 바로잡지 못하고 반성하지 못하여 오늘의 사태에 이른 것이라고, 할 수 있을 것이다.

이제 하나의 운동으로 번지는 저 '고발자 지지'에 대한 연대는, 그런 그릇된 문학관을 청산하려는 움직임에 다름 아니다. 이 연대가 그릇된 문학관에 던지는 판결의 말을 '탈선'의 지지문에 적힌 다음의 구절로 대신해 본다. "가해지목인에게 말한다. 틀을 깨야 하는 것은 당신이다. 상상력이 부족한 것 또한 당신이다. 당신이 가진 상상력은 스스로의 기득권에 의존한, 뻔하고 비루한 성질에 불과하다. 스스로의 도덕적 타락에 대해 변명하고 스스로의 죄를 은폐시키기 위하여 불러낸 이름일 뿐이다." 여기에, 정리 차원에서 두 가지 정도만 덧붙이겠다. 문학은 세상의 법과 도덕과 관습을 추앙할 의무가 없다고 말할 수 있다. 왜냐하면 세상의 법과 도덕과 관습이 때때로 인간을 목적으로 작동하지 않아서 부당한 질서와 사악한 힘으로 인간을 소외시킴을 알기에 그 사실을 적시하고 거기에 저항하고자 하기 때문이다. 예술은 언제나 상식과 공리에 도전한다고 말할 수 있다. 왜냐하면 상식과 공리로 굳어진 편견들이 대개 인간을 억압하거나 퇴행시키는 현장을 목도했기에 그것들의 불합리한 근간을 캐내어 착오를 바로잡고 새로운 합리성을 도모하고자 하기 때문이다.

한국문학에 대한 실망과 부끄러움이 가실 줄 모르는 시절이, 이미 짧지 않게 지속 중인데 앞으로 언제까지 이어질지 아직 몰라 암담하다는 얘기도 들린다. 나는 살아온 세월의 반 이상을 한국문학에 대해 적잖은 관심을 기울여 온 입장으로서, 물론 이런 입장이 아니라 문학·예술에 대한 일반적인 선망과 기대에 입각해서도 크게 다르지는 않을 테지만, 작금의 뒤숭숭한 분위기가 문학(인) 자신에게 오로지 참혹한 일은 아니라는 생각도 분명히 든다. 고발, 항의, 지지, 연대, 결단, 처벌, 단죄 등의 다발적인 실천들이 터져 나오고 지속되어 해결을 향해 나아가는 미래에 필시 어떤 바람직한 변화가 생겨나리라는 추측과 기대를 잠재울 수 없기 때문이다. 이 부끄러움과 분노는, 적어도 지금까지 우리가 믿고 의지했던 문학에 관한 어떤 지독한 편견을 해체하는 데 들인 정당한 값이어야만 한다. (2016.11)

우연인가

　어느 날 잠에서 깬 한 남자는 지난밤 자기가 잠든 사이 인도(人道) 한복판에 자신의 하반신이 파묻혔다는 것을 깨닫는다. 도로 위에 상체만 내놓은 채로 꼼짝달싹할 수도 없으나, 그는 속수무책이고 아무도 그를 꺼내 주지 않는다/못한다. 이 어처구니없는 불행에 대해, 그는 당연하게도 "왜 다른 사람이 아닌 나인가"라는 의문을 떨칠 수가 없지만, 그 답은 어디에서도 찾을 수가 없다. 억울하고도 억울한 그가 세상을 향해 할 수 있는 단 한마디는 이것뿐, "구멍은 어디에나 있어요." 이것은 구병모 작가의 한 단편소설의 이야기다.

　생각해 보자. 이 소설은 어디에나 있는 구멍에 우연히 빠져 버린 한 인간의 불운에 관한 이야기일까? 이 이야기에서 "그는 우연히 선택된 피해자인가"라고 질문한다면, 답변은 "그렇지 않다"일 수밖에 없다. 우연성은 이 괴상한 폭력 자체와는 아무 관련이 없다. 왜 다른 사람이 아닌 그 사람인지는 아무도 모르지만(우연이지만) 그 구멍이 생겨났다는 것은 부동의(마치 필연처럼) 사실이다. 문제의 핵심은 누구나 구멍에 빠질 수 있었다는 게 아니라 저런 구멍이 세상에 나타났다는 사실이기 때문이다. 만약 하필 '그'가 그렇게 된 것이 우연이라고 한다면, 우리는 어느새 '그'의 불행이 그 자신의 어떤 한계-원인 때문이라고 믿어 버리는 것과 같다. 어딘가에 어떤 이유로 나 있는 구멍을 '그'가 피하지 못한 것이 '그'가 불행에 처한 이유가 되는 것이다. 그러나 '그'는 구멍을 못 피한 것이 아니었다. '그'는 그냥 있었는데 그곳이 바로 구멍이 되었다. 구멍은 '누군가'를 택하는 '예외'의 문제가 아니라 '누구나' 포함된 '전체'의 문제다. 누구나, 어느 날 갑자기, 구멍 속에 처박힌다.

지난 2016년 5월 17일 서울 강남역 인근의 한 노래방 화장실은 저 구멍의 상징이 되었다. 화장실에 숨어 있던 한 남성이 일면식도 없는 여성을 흉기로 수차례 찔러 살해하고 그 이유를 '여자들이 나를 무시해서'라고 밝혔다. 이 사건을 두고, 정신이상자의 돌발 행동이 부른 '우연한 피해'인가, 여성 혐오적인 사회에서 불거진 '위험한 신호'인가를 가리겠다는, 소위 "수준 낮은 논쟁"도 있었으나, 피해자에 앞서 화장실에 들른 여섯 명의 남성이 아닌 오직 여성만이 범죄의 대상이 되었다는 점에서 이 사건이 이른바 '묻지 마 범행'이 아니라 '페미사이드(femicide, 여성 혐오 살인)'라는 사실에 이견의 여지는 없어 보인다. 그리고 이 사건이 '여성'과 관련하여 더 중요한 점은, 범죄 자체의 특이성으로 마무리되지 않고 이 범죄에 대해 수많은 사람들, 특히 여성들이 드러낸 반응들로 이어져 갔다는 데 있다.

5월 18일 아침부터 강남역 10번 출구에는 흰 국화가 놓이고 추모의 글귀가 적힌 포스트잇이 하나둘씩 붙기 시작하였다. "살女주세요, 살아男았다." 이번 사건에 대한 여성들의 비참과 분노를 압축한 이 표현은 "우연히 살아남았다"는 여성들의 생각을 강력하게 드러내 보인다. 이는 '강남역 살인'이 우연히 발생한 혹은 우발적으로 가해한 범죄라는 뜻이 아니다. 그런데 우연한 범죄가 아니라면서 왜 여성들은 우연히 살아남았다고 말하는가? 왜냐하면, 이 범죄의 가해는 우연이 아니지만 피해는 우연이기 때문이다. 다시 말해, '한 여성을 살해'한 이 사건에서 '여성'은 우연이 아니지만 '그녀'는 우연이고, '살해'는 우연이 아니지만 그 '살해를 피한 것'은 다른 여성들에겐 우연이다. 모든 여성들은 이번엔 피했으나 다음번엔 피하지 못할 수도 있는 것이다. 그러니 여성 모두가 잠재적 피해자가 아니라고 할 수 있을까? 살해는 피했지만 강간, 희롱, 멸시, 차별, 억압을 다 피하고 사는 여성은 없다. 이 비참한 자각이 여성들의 공포와 분노를 일깨웠고 그것이 강남역이라는 구멍을 에워싸게 했다. 이것은 우연인가, 필연인가.

여성 혐오 살인 사건의 피해자를 추모하는 사람들에게 '모든 남성을 잠재적 범죄자로 취급하지 말라'고 외치는 것은 이 사안에 대한 가장 멍청한 오해라고 말할 수밖에 없다. 이 사건을 통해 드러난 '잠재적'인 것은 가해자가 아니라 피해자다. 모든 남성을 가해자로 몬다고 억울해하는 항변도 이 사태의 핵심을 착각하는 목소리다. '여성 혐오자'가 가해자라는 것이지 남성이 곧 가해자라는 것이 아니지 않은가. 남성이면 자동적으로 여성 혐오에 가담한다고 생각하는 걸까?(당연한 말이지만 여성도 여성 혐오를 한다.) 살인, 강간, 성희롱만 여성 혐오가 아니고 여성이라는 이유로 혹은 여성성이라 이름 붙인 어떤 것을 멸시, 조롱, 차별, 억압, 심지어 경고, 걱정하는 현상들이 다 여성 혐오다. 그러니 이번 사건을 '남녀 대립 문제로 파악하지 말라'고 말하는 사람들도 뭔가 잘못 알고 있는 건 마찬가지. 여성 혐오를 그만두라는 얘기는 그것을 남녀 대립의 상황으로 파악해서가 아니고, 남성들에게만 그 얘기를 하는 것도 아니며, 모든 남자를 범죄자라고 하는 얘기도 아니기 때문이다.

한국 사회에 일상적으로 만연한 여성들의 비참과 공포가 '강남역 살인 사건'을 통해 분노처럼 표출된 것은 조금도 우연이 아니다. 앞서 소개한 구병모의 소설을 다시 생각해 본다. 길바닥에 상반신만 내놓고 파묻힌 이 남자는 아무리 이유를 생각해도 "도무지 기억나지 않"음으로써 아무래도 '그'의 불행은 우연의 장난일 수가 없게 된다. 이 불행은 어떤 우연한 폭력의 발생이 아니라 어떤 폭력이 있다는 사실의 필연인 것이다. 이처럼, 우리가 여성 혐오에 의한 고통과 피해를 자각하게 된 이상 이 사회의 여성 혐오를 "도무지 모르는 척할 수는" 없을 때, 그 고통과 피해는 우연한 폭력의 결과가 아니라 어떤 폭력이 있음을 드러낸 필연이 된다. 현실의 한복판에 불가해하게 뚫린 구멍과 함께 나타나 마침내 모두가 외면하는 한 주체를 그려 낸 저 의미심장한 소설의 기억할 만한 제목은 "타자의 탄생"이다. 만약 당신이 서울 강남역이라는 도심 한가운데서 벌어진 피해자 추모를 반대하고 외면했다면, 모든 남자가 범죄자는 아니라며 억울함 또는 부당함을 자꾸 들먹였다면, 그것이 혐오인 줄도 모르고 '여성'을 타자화하는 조롱, 멸시, 걱정, 경고 들을 오늘도 당신은 집에서, 일터에서, 커피숍에서, 술자리에서 끊임없이 탄생시키고 있는 중이리라. (2016.5)

Yes는 Yes, No는 No

　일련의 성폭력 사건 폭로와 공방을 접하며 어떤 '잘못된 생각(들)'이 놓인 맥락을 새삼 검토해 보게 된다. 사람 사이에서 벌어진 일이니 '오해', '착각', '혼동' 등이 있었다고 말하는 것, 말 그대로 오해, 착각, 혼동은 '틀린 판단'이기는 하지만 거기에 '나쁜' 의도는 없었다고 말하는 것, 이런 말들을 대충 넘기기엔 석연찮아서다. 다른 사건들에서도 이와 유사한 구도가 생길 수는 있겠으나, 특히 성폭력 사건에서는 가해자, 피해자, 주변인, 그 셋의 입장 혹은 판단에 공통적으로 개입된 어떤 교착이 있어 반복적으로 유사한 정황(들)을 꾸며내는 것 같기도 하다. 성폭력 가해자, 주로 남성들은 대개 "그것은 합의에 의한 일이었다"고 말한다. 성폭력 피해자, 주로 여성들은 "내게도 잘못이 있는 건 아닐까 하는 생각으로 괴로웠다"고 말한다. 성폭력 사건의 주변인 혹은 방관자들은 "그들의 사적인 관계에 관여할 수 없었다"고 말한다.

성폭력은 성의 문제가 아니라 폭력의 문제라는 사실을 인지하지 못했을 때 이러한 반응들이 있었던 것이겠다. 처음엔 사과했다가 다시 명예훼손 등의 고소를 하는 가해자들은 하나같이 '서로 원해서 한 일'이라고 우긴다. 또는 자기는 구애의 신호를 보냈고 응답을 받은 것이었다고 생각한다. 피해자들은 대개 당시 거부 의사를 표했음에도 가해자가 주도하는 그 상황이 바뀌지 않아 차라리 그 상황을 빨리 끝내기 위해 스스로 참을 수밖에 없었다고 토로한다. 또는 애초에 가해자와 함께 있게 된 상황 자체에 피해자 자신의 잘못이 있었다고 자책한다. 방관자는 두 남녀 사이에 일어나는 일은 오직 둘만이 느끼고 아는 은밀한 일이므로 제삼자는 알 수도, 참견할 수도 없었다고 믿어 버린다. 또는 자신도 그와 유사한 행각을 (아마도 구애나 연애의 상황에서) 저지른 경험이 있기에 남을 비난할 수 없다고 말한다.

요컨대 이 사회에는 어떤 성폭력 상황을 남녀 사이의 구애나 관심, 짝사랑, 어긋남 등과 헷갈리게 해 온 인습적 맥락이 있다. 성폭력의 어떤 시작은, 이 사회의 남성들에게 '해도 되는 짓'으로 묵인되어 온 구태의 애정 행각과 유사한 데가 없지 않아서, 자주 그 비열함과 폭력성이 가려졌던 듯하다. 한 남자가 한 여자를 동굴 속으로 끌고 들어가 완력으로 그녀를 껴안고 입을 맞추려 하자 여성이 "안 돼요"라고 했는데, 동굴 속에서 메아리가 "안 돼요, 돼요, 돼……"라고 울렸다는 이야기를 우스갯소리랍시고 주고받던 시절이 있었던 것이다. 바꿔 말하면, 이 사회에서는 구애의 행동 혹은 연애의 과정에 성폭력과도 같은 일방적 완력과 모욕적 응대가 오랫동안, 너무 오랫동안, 용인되어 왔다.

성폭력 사건에 대해서는 '터질 게 터졌다'는 말이 자주 나온다. 너무나 당연한 어떤 사실이 그동안 무시되어 왔기 때문이다. 그것, 즉 성폭력 문제에서 가장 중요하게 깨달아야 할 그 사실은 어쩌면, '내'가 '남'을 '존중'하는 '방법'에 대해 더 숙고하고 연습해야만 한다는, 가장 기본적인 에티켓의 문제라고 할 수 있다. '가장 기본적인' 이라고 표현할 만큼 누구나 알 만한 그것을 설명한 「Tea Consent」 (https://www.youtube.com/watch?v=oQbei5JGiT8)라는 동영상이 있다. 누군가 SNS에 링크해 놓은 그것을 최근에 보게 된 나는, 세상에 이것 안 본 사람 없도록 여기저기 소개하고 싶어졌다. 성관계 또는 그 외에도 '둘이 함께하는 일'이라면 무엇에서든 '동의'란 어떤 것인지를 심플하고 명쾌하게 알려 주는 애니메이션 영상이다.(기업이나 공공기관, 학교 등의 사업 단체에서 실시하는 '성폭력 예방 의무 교육'에서 교육용으로 사용된다고도 하니 이미 보신 분들도 많을 것이다.)

"차 한잔할래요?"라고 물었을 때 상대방이 "좋아요, 함께 마십시다"라고 대답하고 찻잔을 들어 마시면, 이때 차 마시기는 서로 합의한 일이다. 상대가 "글쎄요, 지금은 좀……."이라고 머뭇거린다면 나는 미리 차를 끓이지 않는 것이 좋을 것이다. "음…… 그럴까요……."라고 해서 일단 차를 끓였는데 상대가 차를 안 마시겠다고 한다면, 속으로 좀 섭섭하겠지만 그의 입에 차를 억지로 부어 넣을 수는 없다. 차를 끓이는 동안 상대가 잠들었거나 정신을 잃었다면 더욱이 차를 같이 마실 수는 없고 말이다. 지난 주말에, 심지어 지난주 내내 함께 차를 마셨다고 해서, 오늘도 함께 차를 마셔야 할 의무나 마시자고 강권할 권리는 누구에게도 없다. 「Tea Consent」는 이런 내용으로 된 동영상인데, 물론 성관계와 차 마시는 일이 동일한 행위는 아니므로 여기에 덧붙여 생각해야 할 사항도 없지 않겠으나, 최소한 자기 손으로 찻잔을 들고 차를 한 모금 마셔야 함께 차를 마시자는 '동의'가 성립한 것이라는 단순 명백한 사실을 되새기는 데는 부족함이 없을 것 같다.

한편, 대체로 차를 함께 마시자고 청하는 쪽은 남성이어야 한다거나, 여성들은 자기가 차를 마시고 싶을 때도 상대가 권해 주길 바란다거나, 심지어 남녀가 일정 기간 동안 교제했다면 서로 상대를 위해 차를 함께 마셔 주는 것이 당연하다거나 하는 식의 (어처구니없는) 관념이, 이 사회의 연애 문화 특히 이성애 관계에 뿌리 깊이 스며 있던 게 아닌가 하는 생각이 들 수도 있다. 그렇다고 해도, 아니 그럴수록 더욱, '동의'를 구별하는 방법이 이와 따로 있지 않음은 더욱 분명해질 뿐만 아니라, 이성애 관계에 관한 그런 인습과 통념이 비단 여성에게만이 아니라 남녀 모두에게 얼마나 거북한 억압이었는지를 새삼 또렷이 깨닫게 되는 것이다. 그러니 '동의란 무엇인가'에 대한 이런 이야기를 남성들에게만 하고 싶은 게 아니다. 차를 함께 마시자는 요청이 간절한 구애도, 진실한 고백도 아님을 모르는 건 아니었음에도, 다만 상대의 감정과 행동을 배려하려던 의도 때문에 오히려 자책에 빠지게 되곤 했던 여성들 역시 상호간 '동의'가 성립하는 맥락을 정확히 판단해야만 한다.

함께 차를 마시자는 권유는 누구나 할 수 있고, 그에 대한 응답이 긍정이든 부정이든 더 좋고 더 나쁜 쪽이 따로 있지 않다. 그런 만큼, 그 일을 함께하자고 청할 만한 관계인지 먼저 판단하고, 그런 요청에 대한 자신의 솔직한 요구를 스스로 알고, 그 의사를 상대에게 분명하게 전달할 수 있는 것 등이 '둘이 함께하는 일'의 기본 혹은 최선이라고 말할 수는 있을 것이다. 그리고 그 과정 중에 오해, 착각, 혼동 등의 '틀린 생각'만 하지 않으면 된다. 무엇이 어려운가? 스스로 찻잔을 들고 차를 마시면 오케이, 좀처럼 찻잔을 들지 않는다면 지금 차 마시기 싫다는 뜻. 그러니까 마시면 Yes고 안 마시면 No다. 대답을 뒤집어 자기의 바람대로 해석하는 것, 가령 "안 돼요"가 울려서 "돼요"로 들린다는 것은, 대부분 자기 욕망만 움켜쥔 얼간이의 이기적인 상상일 뿐이다. 그러니 함께할 건지 묻는 이나 답하는 이나 한 번 더 명심합시다. "Yes는 Yes이고, No는 No입니다." (2016.12)

죽어야 사는 남자

내가 기억하는 가장 오래된 그것은 '캡'이다. '넌 캡이야', '캡좋아' 등부터 '캡쏭 못생겼어', '울트라 캡쏭 사랑해' 등등으로 진화해 가면서 꽤 오래 쓰였다. 그다음이 '짱'. '짱예뻐', '짱싫어', '캡짱이야', '울트라짱짱짱' 등등. '왕짜증나', '왕재수야', '왕입니다요', '킹왕짱' 등의 '왕'도 있었다. 최근엔 '대박', '찐' 등이 그렇게 쓰이는 것도 같고. 아무튼 요즘은 이런 것도 있다. 언제부턴가 중고생들이 먼저 쓰기 시작했다던데 바야흐로 아무 데서나 팡팡 들려오는 '개어이없다', '개빡치다', '개웃김', '개좋음' 등등. '매우', '굉장히', '극도로', 혹은 '최고야', '훌륭해' 등을 뜻하는 유행어로 한 시대를 풍미한 음절들인데, 때마다 그 유행이 얼마나 대단했던지 지금도 저 말들 중 하나를 들으면 당대의 분위기가 휘익 감싸는 것이다. tvN 드라마 '응팔'에서 대사 중에 '캡'이 등장하자 곧바로 핍진성이 훅 높아진 그 느낌을, 아는 사람은 알 것이다.

여하간, 그 '개'. '개꿈', '개망신' 같은 게 아니라 '개이득', '개공감'
이라니, 참, 어감이란 것도 시절 따라 퍽 크게 달라지는 거구나 싶
다. 신조어는 당시에 흔히 발생하는 사회적 상황에 딱 들어맞는 어
감 덕분에 언중의 입에 자주 오르내리다 정착되거나 사라지는 것이
보통이라지만, 요즘 같은 매체 환경에서 하루도 빠짐없이 생겨나고
있을 새로운 말들이 다 사회상에 딱 맞는 어감으로 언중 일반의 입
을 사로잡으리라 생각하기는 어려울 것이다. 그럼에도 이 사회에서
'개'라는 말이, 그 발음이, 그 뉘앙스가 이토록 심상찮게 통용될 수
있게 된 분위기를, 가령 최근 들어 반려견의 위상이 많이 올라간 현
상과 관련지어 생각한다면 너무 천진한 것이 아닐까 싶다. 더욱이,
요즘 많이 쓰이는 '개' 붙은 용어 중에는, 앞의 예들과는 조금 다른
활용이지만 이 단어를 빼놓을 수 없다는 걸 생각할 때 말이다. '개저
씨'. 사전 등재어인 '개망나니'보다 이 단어가 쓰이는 때가 더 많다는
것은, 오늘날 사회·문화적 정서에서 다른 말이 아닌 꼭 이 말이 필
요하다고 느껴지는 순간들이 부쩍 많아졌다는 뜻일까.

처음 들어도 바로 짐작하겠다시피, 중장년 연령층 남자들의 추악
한 행실을 꼬집으려는 목적으로 '개저씨'란 말은 생겨났고 또 자꾸
쓰이게 됐을 것이다. 사람을 개에 빗댈 때 주로 성적 행실을 두고 그
러듯이, 성희롱, 성추행에 대해 죄의식조차 없는 남성들을 비하할
때 쓰이곤 했었는데, 점차, 범일상적으로 목격되는 시대착오적 가부
장 의식이나 그것에서 기인하는, 각종 차별에 대한 남성들의 무감각
과 몰이해에 대해 자주 사용하게 된 듯하다. 얼마 전에는 「Gaejeossi
Must Die」(http://www.koreaexpose.com/in-depth/gaejeossi-must-die/)라
는 영문(英文)의 글이 회자되면서, 그즈음 논란이 있었던 조선일보

부장의 '간장 종지 칼럼', 새누리당 김무성 대표의 '흑인 피부색 발언' 등이 '개저씨 현상'으로 화제가 되기도 했다. 한국 특유의 문화적 분위기 속에서 '모두는 아니지만 많은 아저씨들이 개저씨(처럼 행동한다)'라는 인식이 이 신조어의 배경이자 저 글을 널리 알린 이 시대의 핍진성이다.

「Gaejeossi Must Die」란 글에서 예로 들어진 '개저씨'의 다채로운 사례들은, 갑질, 사기, 자기중심, 철면피, 무자비, 막무가내, 안하무인 등 각종 악덕과 무례를 보여 준다. 그 글에서 '갑질'의 사례로 든 '땅콩회항'의 주인공이 알려 주듯 그런 행각을 저지른 사람들에 대해 특정 연령과 성별을 지정할 수는 없음에도 불구하고, 그런 행각을 저지른 사람들 중에 사십대 이상의 남성들이 가장 많다는 사실은 비교적 확연하다. 하지만 작금의 '개저씨' 이슈에서 주목할 것은, 이러저러한 '악행'의 주체, 종류, 정도에만 있는 것이 아니다. 문제의 핵심은 이러저러한 악행을 저지르는 이 중에는 '왜' 중장년층 남성이 압도적으로 많은가에 있고, 이는 한국 사회에서 그런 행각에 따른 대가(代價)가 특히 중장년층의 남성에게 유독 가혹하지가 않다는 사실에 있다는 것이다. 그리하여 그들 자신도 안하무인을 정당한 분노로, 무례함을 친근함의 표시로, 뻔뻔함을 남자다움으로 오해하고 있으며, 그러니 당연히 자기가 '개저씨'라는 사실을 자신은 알지 못한다.

저 글에 따르면, 불과 얼마 전까지도 '한국의 남자아이들이 개저씨로 자라게 되는 것은 피할 수도 없고 예외도 없는 운명으로 보일' 정도였다. 남자로 태어났다는 '성취'만으로 부모에게 떠받들어지고, 야만적인 힘을 찬양하는 군대 문화에 세뇌되고, 가정에 대한 책임감에 억눌린 채로 어른이 되어 결혼을 하고 가정을 꾸린 남자들의 어떤 '개저씨' 행태는, 때로 비판이나 반성은커녕 가부장 숭배와 먹고사니즘에 의해 부추겨지기까지 했다는 것이다. 비이성적으로 자기 가족만 위한다는 한쪽 측면에서 그와 유사성을 보일지라도, 한국의 '아줌마'는 섹슈얼리티를 잃는 대가를 치르지만 '개저씨'는 오히려 '남자다운' 혹은 '아버지 같은' 이미지를 보상받는 면도 있다고 말하는 것을 듣고 나니 이 지적의 의미는 더 분명해진다. '개저씨'나 '개저씨 주변'이나, 정당한 것이 무엇인지, 그것이 왜 부당한지, 잘 알지 못한다는 것이다.

모든 아저씨들이 다 엉망인 것도 아닌데, 비하와 조롱의 뉘앙스가 짙은 말을 자꾸 입에 올리는 것이 왠지 껄끄럽다는 느낌이 있을지도 모르겠다. 하지만 이 신조어의 유행에 어떤 기능이 있으리라는 사실을 외면할 수도 없을 것이다. 이 말은, '개저씨'인 누구누구를 적발하여 그에게 반성을 촉구하는 일보다 '개저씨스러운' 행각들의 추악함을 인식시키고 근절하고 추방하는 데 제 역할이 있다. 자기가 행한 일이, 또는 자기 주변에서 일상다반사로 벌어지는 일들이 얼마나 파렴치하고 어리석은 일인지 경각하는 데에 바로 이 말의 모욕적인 어감이 어쩌면 아주 적당하게 쓰일 수 있을 것이다. 그리하여 이 땅에 '개저씨'가 진정 사라진 어느 때에 '개저씨'의 '개'가 '개좋음', '개이득'의 '개'와 같은 뜻으로 여겨질 수는 없을까. 아니면, '개저씨'가 시대에 뒤떨어진 말이 된 어느 날에 무슨 드라마에서라도 이 말을 듣게 됐을 때 이 유행어(?) 덕분에 어떤 못돼 먹은 비합리성들이 폭로되어 점차 사라지기 시작했던 한 시기의 분위기가 그 나름 활기찼던 것으로 떠오를 수는 없을지. 이런 생각들을, 지금으로선 망상이 아

닌 기대감으로 두고 지켜보는 수밖에. (2016.2)

이야기는 계속되어야 하는데

    '헬조선', '지옥불반도', '亡韓民國', 'Infernal hellfire Peninsula'
······. 도처에 지옥이다. '입시지옥', '취업지옥', '안전지옥', '생계지
옥'. 작년의 세월호 참사와 올해의 메르스 확산을 겪으며 마구 지어
지고 퍼져 나간 유행어라고 하지만, 한두 해의 재난에서만 기인한
말이 아닐 것이다. 주로 SNS상에서 2030들이 과장적으로 쓰는 말에
불과하다지만, 방송과 신문에서도 세태 진단에 동원하는 지경이 되
었다. '헬조선'은 어법에 안 맞는 말인데, 왜냐하면 '시원한 냉수', '나
쁜 악인'처럼 중복된 의미를 겹쳐 쓴 단어이기 때문이란다. 더한 얘
기도 있다. 사실 '헬조선'은 지옥이 아니다, 지옥은 죄지은 자가 벌을
받는 곳이 아닌가. 연관 검색어로는 '미개', '탈출', '노오력'이 가장
빈번하게 나타난다.

    무엇이 '미개'한가? 작년에 세월호 유가족을 향해 정몽준 의원의
아들이 했던 말을 계기로 자주 쓰이게 된 이 말은 그때와는 반대의

맥락으로 통용된다. 대형 참사 뉴스에 '잘 죽었다'는 댓글을 다는 사람들이 미개하다. 지난봄 '가뭄과 역병이 창궐'했을 때 사태에 대응하는 정부, 기관, 단체 들의 대응이 미개하다. 공부만 잘하면 처벌하지 않는 학교, 성희롱당한 자가 결국 그만두는 회사가 미개하다. 불공정을 조장하는 강압이 모두를 짓누르고, 짓눌린 사람들은 질시, 냉소, 무관심으로 무장한다. 지금 이 나라는 '현대적' 시스템으로 돌아가지 않고('헬(hell)'에 '한국'이 아니라 '조선'이 붙었다), 시스템의 결함을 보완할 인간적 온정도 남아 있지 않다는 거다.

왜 이렇게 되었는가? '노력'이 부족해서인가? 올해 어린이날 행사에서 박 대통령이 "나라가 발전하고 국민이 편안하게 살기 위한 노력을 계속하다가 대통령까지 됐다"라면서 "간절하게 원하면 온 우주가 나서서 도와준다"라고 말한 이후로, '노오력'은 분노와 환멸의 단어가 되었다. '헬조선'의 가장 확연한 구도인 '금수저 VS 흙수저' 이분법 위에서 '노력' 강조는 자책과 좌절을 불러일으킬 뿐이다. 지옥같은 환경에 맞서 화도 꾀도 못 내고 자책, 좌절하는 것보다는 차라리 "내가 이렇게 힘든 것은 온 우주가 도와줄 만큼 노오오오력하지 않았기 때문"이라거나 "금수저로 태어나려는 노오력이 부족했기 때문"이라고 빈정대는 편이 나을까. 이 또한 신랄한 풍자가 되지 못하고 처량한 자조로 돌아오니 나을 리도 없겠지만.

어떻게 '탈출'해야 하나? 『한국이 싫어서』라는 제목으로 최근 더빨리, 더 많이 유명해진 장강명의 소설은 한국에서 살기 힘들어 호주이민을 선택하는 이십대 여성의 이야기인데, 최근 '헬조선'이란 단어와 엮여 왕왕 언급된다. 젊은 세대들 사이에 취업 이민 스터디나 이

민계가 유행한다는 얘기도 들린다. 그것도 다른 나라에서 할 일을 찾을 수 있거나 가져갈 재산이 있는 경우에나 해당될 것이다. 일명 '흙수저'들에게 '탈조선'의 통로는 보이지 않으며, 이는 공정하고 평등한 삶의 기회는커녕 그에 대한 희망조차 불가능하다는 절망으로 이어진다. '헬조선'에서 모두가 평등한 것은 '죽창' 앞에서일 뿐이라니, 극에 달한 절망과 환멸이 파괴충동에 이른 최악의 결말이다.

인터넷 헬조선닷컴(hellkorea.com)과 포털사이트에서 검색되는 몇몇 조각들과 일간지 기사를 참고해 이 정도 소략하게 정리하는 데만도 나는 다스리기 힘든 정신적 괴로움에 시달렸다. 과격한 언사들에 충격당하고 환멸과 절망에 전염되지 않기 어려우니 당연한 것일지도. 오늘의 한국에 대한 이 묘사들이 너무 과장이거나 사실을 왜곡하는 것이어서 불쾌한 것은 아닌 듯하다. 오히려 한국 사회의 적폐와 부조리를 맞닥뜨렸던 무수한 때의 막막함이 떠올라 이 저주와 자폭의 말들이 한순간 통쾌한 해소감을 주었다고 말해야 솔직한 것인지도 모르겠다. 그러나 순간의 통렬함은 너무 짧고, 내 안에 '헬조선'의 영상으로 남아 지속되는 것은 혐오감과 수치심이라 불러야 할 부정적인 감정이다. 분노를 넘어 환멸에 휩싸이고, 자괴감이 아니라 모욕감에 시달리게 된다.

문제는 이 '헬조선 이야기'가 '미개한 헬조선에서는 노오력도 탈출도 불가능하니 죽창을 달라'로 마무리된다는 데도 있다. 발단-전개-위기도 없는 이것은 형편없는 서사라기보다 아예 서사도 아니다. 여기엔 이야기하는 주체의 '다른' 행동, 혹은 행동을 위한 선택과 결단이 전혀 없기 때문이다. 이야기는 현실의 고정된 조건들로 채워진 그림이 아니라 움직이는 행동들로 지속되는 현실이어야 한다.(또는, 현실은 고정된 조건들의 그림이 아니라 움직이는 행동의 이야기여야 한다.) '헬조선'을 채우는 이런저런 현상과 에피소드가 얼핏 어떤 현실 논리를 반영한 서사처럼 얽혀 보이지만, 실상 그것은 형편없는 현실을 반영한 이야기가 아니고, 현실이라는 이야기를 미처 옮기지 못한 형편없는 말들에 불과했다.

좌절을 하고 화가 치밀고 무력감이 밀려올 때, 더 중요한 건 현실(이야기)은 끝나지 않는다는, 끝날 수 없다는 사실이다. 그런데 저 과도한 복선('죽창')이 벌써 빤히 드러나 버렸으니 '헬조선'(이야기)은 이제 진전이 불가해진 것이다. 어쩌면 당연히 이렇게 끝날 것이었으리라, 언제 어떻게 시작되었는지 모를 괴이한 이야기였으므로. 다만 성찰도 판단도 행동도 봉쇄돼 버린 듯한 이 막다른 세태에서, 스스로 더 비참해질지라도 그것을 짚어 줄 언어가 우리에게 필요했었다는 사실만은 뚜렷이 남았다. 그래도 '헬조선'은 그리 온당하지 않은 말인 것 같다. 막다름을 가리키는 언어가 아니라 막다름을 돌파하는 언어가 필요하다. (2015.9)

지도 말고 의도

행정자치부가 만들어 발표한 '대한민국 출산 지도(birth.korea.go.kr)' 라는 것이 있는데, 거기엔 '가임기 여성(20-44세) 인구수'를 지역별로 표시한 분포도가 포함되어 있다. 가임기 여성이 많은 지역은 진한 핑크색으로, 적은 지역은 연한 핑크색으로, 즉 핑크색의 명도 차이로 분포를 표시했고, 시군구 지역에 마우스를 대고 클릭하면 기초지자체별 가임기 여성의 수와 그 수의 전국 순위가 나타난다. 임신·출산 자료로 제시된 그 밖의 다른 통계는, 지자체별 출생아 수와 합계 출산율, 여성의 평균 출산 연령, 남녀 초혼 연령 등이다. 보건복지부도, 여성부도 아닌 행자부에서 저출산 문제의 심각성을 알리고 극복할 목적으로, 출산 장려책의 지자체 간 '자율 경쟁'을 유도하기 위해 (즉 아기를 많이 낳는 동네에 돈을 더 주겠다며) 전국민 공개 자료로 만들었다고 한다.

저출산 문제를 왜 '가임기 여성의 수'로 연결 짓는가를 물어야 하는 것만도 어이없는 일이지만, 그보다 먼저 여성을 '임신 가능성' 여부로 분리/위계화하고 그것을 수치화, 순위화한 행태 자체가 경악스럽다는 반응이 터져 나왔다. 여성에게만 '가임기'란 말을 붙여 특정 연령대의 여성만을 지정하곤 하는 현상이 이상한 것인 줄 알았으나, 가령 다음과 같은 영문(英文) 표현을 보면 더욱 해괴하게 느껴진다. "South Korea takes down website that maps its most fertile female citizens."(영국 『인디펜던스』지) 이 문장에서 "its most fertile female"이란 구절은, 한영사전에 등재된 'fertile'의 한국어 뜻('비옥한', '기름진', '다산의' 등)이 먼저 떠오르는 우리에겐 너무나 거북한 단어 조합이 아닐까. 행자부에서는 "'여성을 가축으로 보느냐', '건강한 남자 정자 수도 공개하지 그러냐'는 항의 전화가 많이 걸려 오고 있는데 그런 의도가 결코 아니었다"고 말했단다.

'그런 의도'? 행자부가 여성을 '가축'으로 보겠다는 '의도'를 갖지는 않았을 것이다. 그럼 무슨 의도였을까? 가임기 여성 수에 대한 통계가 전에 없던 게 아니지만, 출산율 저하의 위기에 대응하기 위해서라며 임신 가능한 (이른바 '젊은') 여성의 수적 분포를 한눈에 알게 해 주려는 '의도'를 무엇으로 알아들으란 말인가. 우선, 대체 이 지도는 누가 보라고 만든 것인가? 가임기 여성이 보고 "우리 동네엔 가임기 여성이 적으니 분발해야겠다"고 생각하라는 것인가? 출산율을 높이려면 가임기(생산 능력이 있는) 남성은 핑크색이 짙은 동네로 이사 가야 하나? 최대한 양보해서, 이 지도가 지자체의 출산 지원의 규모를 정하는 데 도움이 되리라는 판단으로 만들었다 해도, 출산을 원하는 사람은 더 많은 지원을 받기 위해 어떻게 하란 말인가? 가임여성이 많은 지역을 찾아야 지원이 많아지나? 반대로 가임여성이 더 적은 동네로 가야 지원 경쟁이 낮아져서 유리한가? 정말이지, 답이 없다.

답 없는 이런 용렬한 행태에 대해 항의가 빗발치자 "국민이 오해하신 부분은 송구하다"는 행자부의 해명이 있었다고 한다. 여성을 '가축'으로 본 것은 아니라며, 여성에게 모욕감을 주려는 뜻은 없었다며, 여성 공무원의 아이디어였다며.('가임기 여성 지도' 이렇게 탄생했다」, 『한겨레』, 2017.1.12) 이런 해명의 부당한 면면들을 다 말하자면 끝이 없을 테고, 다만 여기서 좀 더 이어지는 생각은, 대체 '그런 의도'가 없다는데 왜 그런 행태가 나타나는가이다. 여성이 새끼를 낳는 효용으로 환산되는 가축이 아닌데, 왜 저출산의 위기를 임신 가능한 여성과만 직접 연결하는가. 저출산에 대한 힐난과 요구를 여성에게 돌림과 동시에 여성을 '출산-매체'로써 여긴 것이라 할 수밖에 없지 않은가. 여성의 삶을 임신과 출산으로 자동 환원하는 사고가, 어떤 '의도'도 없이 나타나는 것은 왜인가.

임신과 출산만이 아니라 육아와 돌봄의 역할을 여성(mom)에게 전가하는 한국 사회의 작동 방식(algorithm)을 '맘고리즘(momgorithm)'이라 명명하고 "맘고리즘을 넘어서"라는 제목으로 연재된 몇 편의 칼럼(『경향신문』)이, 특히 남성/아빠들에게 많이 읽히면 좋겠다. 출산과 동시에 시작되는 '엄마'의 생애주기는 전업주부, 정규직, 비정규직을 막론하고 '기-승-전-육아'로 수렴된다는, 잘 알고 있고 잘 알려져 있는 현상을 되짚어 본 평범한 스토리일 수도 있다. 한데 이 구구절절 현실적인 맘고리즘의 서사는, 남녀 모두의 공감을 얻는 데는 차이가 없으면서도, 공감 이후 여성/엄마들과 남성/아빠들의 심리에 작용하는 바에는 차이가 없지 않은 듯하다. 맘고리즘의 작동에 대한 공감이, 누구의 인생에나 육아 혹은 돌봄과 연관된 과정/시기, 고됨/보람이 있음을 모두가 받아들여야만 하는 전제가 될 때, 이 작동을 한시바삐 멈추게 할 장치가 불가피하다고 생각하는 쪽과 이 작동 자체가 불가피하다고 생각해 버리는 쪽으로, 여성/엄마와 남성/아빠의 감성이 갈리는 것 같아서 하는 말이다. 불필요하게 덧붙이는 말이겠지만, 이렇게 '맘고리즘'에 대해 이야기하는 까닭은 이런 신조어가 있다는 걸 단지 잘 알라는 데 있지 않다. 이런 게 있다는 걸 알았으면 당장 망가뜨리라는 데 있다.

임신, 출산, 육아(돌봄)의 시간을, 이 세상에 낳아지고 키워진 모든 인간의 생에 반드시 한 번 이상 개재된 소중한 사랑의 시간이라고 말할 수도 있다. 그러나, 아니 그렇기에, 그 시간이 오로지 한 성(性)의 생에만 밀착돼 있다는 사실은 어찌 생각해도 너무나 파행적이지 않을 수 없잖은가. 사실 '맘고리즘'의 가장 우울한 대목은, 장성한 자식의 출산으로, 특히 딸의 경력 단절이 안타까워 또다시 '황혼육아'에 접어드는 노년 여성의 삶이다. 그런(엄마가 딸을 안타까워하는) 여성 간 연대감이 곧 세대를 이어 멈추지 않는 맘고리즘의 연쇄에 힘을 보태게 된다는 부조리 때문이다. 이 부조리를 기이하게 느끼지 못한다면, 술은 마셨으나 음주 운전은 안 했다는 주장처럼 여성을 가축으로 보려는 의도는 없으나 임신, 출산, 육아는 여성이 해야 한다고 생각할지도 모른다. 여성(의 삶)을 임신, 출산, 육아와 떼어 생각하기가 어렵다면, 그럼 차라리 남성(의 삶)을 임신, 출산, 육아와 떼지 말고 생각해 보기를 권한다. 말할 필요도 없이, 임신, 출산, 육아는 남성 없이 여성에게만 일어날 수는 없는 일이고, 다른 많은 일이 그렇듯 남성도 여성만큼 주도적으로 잘할 수 있는 일이다. 남성이 끼어들어야 맘고리즘이 멈출 수 있다. 임신, 출산, 육아를 멈추지 않으려면 맘고리즘을 멈춰야 한다. 이때 필요한 자료가 있다면, 가임여성을 계몽하려는 '지도'가 아니라 남성(의 삶)을 개조하려는 '의도'일 것이다. (2017.2.)

너도 꼭 너를 지켜

조우리의 「미션」(『내 여자 친구와 여자 친구들』, 문학동네, 2020)에는 '사회
생활'을 하는 두 여자의 이야기가 있다.

먼저, 물류회사에 근무하는 '미경'의 이야기. 그녀는 신입 사원 교
육 때부터 사수였던 정준석에게 마치 일을 배운 대가를 치르듯 "후
배 직원이 아니라 개인 비서나 다름없"이 사사로운 일들을 도맡아
해 주었다. 정준석은 늘 미경이 자기가 원하는 것을 재빨리 알아채
기를 원했고, 미경은 매 순간 신경을 곤두세우며 한 번도 그것을 무
시하지 못했다. 그는 사무실에서는 미경을 깍듯이 대하다가도 둘만
있을 땐 '너', '야', '어이'라고 불렀는데, 술자리에서 그가 미경의 어
깨에 팔을 둘렀을 때 미경은 그가 자신의 목을 조르는 줄 알고 식겁
했으나, 물론 그에게 항의하지 못했다. 회사 대표의 사촌 동생인 정
준석은, 영업력 약한 그 팀에서 유일하게 자기의 거래처 라인을 갖
고 있어 팀장의 각별한 자랑이었다. 정준석은 자기가 미경을 "선택"

한 이유에 대해 "미경이 웃어야 할 때 웃을 줄 알았기 때문"이라며 미경의 웃음이 "사회생활을 하는 기본자세"라고 말하곤 했다. "그래, 그렇게 웃어야지."라고. 어쩌면 미경은 정말로, 많은 젊은 여자들이 그러듯이, 웃기지도 않고 웃고 싶지 않을 때도 자주 웃었는지도 모른다. 사회생활의 기본자세를 지키려고 그랬을까? 아니, 많은 젊은 여자들과 마찬가지로 "그 시간을 견디는 다른 방법을 알지 못해서였을 것이다."

그리고 미경의 친구 '수아'의 이야기. 수아는 박물관에서 '사회생활'을 했다. "학예사마다 연구원을 한 명씩 데리고 있었는데", 학예사들 사이에서는 연구원의 이름이 "볼펜을 빌리듯이" 오가곤 했다. 박물관의 업무에 대해 "수아에게는 거부할 권한이 없었다"는 뜻이다. 과로에 지친 수아가 지하 수장고에 쓰러져 응급실에 실려 갔던 날 수아의 학예사는, 많은 조직의 상사들이 그러듯이 '사무적인 미소'를 띤 채 아무 동요도 하지 않았다. 수아의 말에 따르면 그는 "나쁜 사람은 아닌데, 사람은 참 좋은데, 아무래도 귀가 너무 얇은 게 문제"일 뿐이라지만, 그의 '미소'는 수아에게도 사람 좋은 미소였을까. 수아가 다른 학예사가 시킨 일을 하다 유물을 파손했을 때 그는 "수아의 눈을 피"하며 사실을 밝히는 척 "자신이 지시하지 않은 일"이라고 변명했을 뿐이다. 훗날 수아가 한국을 떠난 뒤의 어느 날 미경은 전시실 앞에서 카메라에게 둘러싸여 "웃고 있는 그"를 보았다. 미경이 다가가 수아를 아느냐고 묻자 그는 "아뇨"라고 답하며 "사무적인 미소와 함께" 가벼운 묵례를 하고 지나가 버린다. 그 미소가 그에게는 '사회생활'의 기본이었을 것이다.

두 여자의 사회생활에서, 누군가의 웃음이 작용하는 바는 명백히 다르다. 역사상 처음으로 서울시가 주관하는 장례식이 있었던 오늘, 얼마 전 읽은 소설에서 보았던 너무 다른 저 두 웃음이 다시 떠올랐다. "50만 명이 넘는 국민들의 호소에도 바뀌지 않는 현실은 제가 그때 느꼈던 위력의 크기를 다시 한 번 느끼고 숨 막히게 합니다"[1]라는 문장이 포함된 호소문을 읽으면서였다. 어떤 시간을 견디는 다른 방법을 알지 못해, 소리 지르고 울부짖는 대신 택할 수밖에 없었던 인고의 행위가 '사회생활의 기본자세'로도 간주되지 못한 한 사람의 고통은 어떻게 위로될 수 있을까. "50만 명이 넘는 국민들의 호소"를 무시하고 거행된 장례식의 영정 사진 속 '사람 좋은' 웃음이야말로 저 고통스러운 한 사람을 침묵 속에 가두고 자책과 후회로 더욱 괴롭게 만든 주범이 아니었을까. 왜, 어떤 웃음은 자책과 후회가 되고, 어떤 웃음은 "진실의 왜곡과 추측이 난무하는 세상"에서 아무 동요도 하지 않을 수 있는 무기가 되는 것일까. 「미션」에서 수아가 미경에게 또렷이 했던 말, 그리고 미경이 수아에게 다시 해 주고 싶은 말, 그 말을, 오늘 "저는 앞으로 어떻게 살아야 할까요"라고 물었던 한 여성과 '#박원순_시장을_고발한_피해자와_연대합니다'에 참여한 사람들을 생각하며, 여기에 다시 적어 본다. "어디서든, 너도 꼭 너를 지켜. 그게 우리를 지키는 일이 될 거야." (2020.7)

---

1 2020년 7월 13일 오후 '서울시장에 의한 위력 성추행 사건 기자회견'에서 김혜정 한국성폭력상담소 부소장이 읽은 '피해자의 글'에서 인용.

추억이 미래를 향해야 할 때

    요즘 트렌드는 아니지만 '트렌디드라마'란 말이 트렌드였던 시절은 짧지 않았다. 요즘이라고 '유행하는(trendy)' 드라마가 없지 않으나, 지난주 케이블TV 드라마 사상 최고 시청률 20.3%를 낸 「도깨비」를 '트렌디드라마'라고 부르지는 않는다. '추억의 90년대 트렌디드라마'라는 모순어법이 불편하지 않게 들리는 것은, '트렌디드라마'라는 명칭이 특정 시대에 밀착된 스타일로 장르화된 분야의 것으로 안착되었다는 뜻일 터이다. 한국 최초의 트렌디드라마라 불리는 「질투」는 1992년 여름에 방영되었는데, 이후 「파일럿」(1993), 「마지막 승부」(1994), 「사랑을 그대 품 안에」(1994) 등 유사한 분위기의 드라마들이 뒤를 이어 대중적인 성공을 크게 거두자 후에 그것들을 동류로 생각하면서 「질투」로부터 트렌디드라마가 시작되었다고 말해진 듯하다. '트렌디드라마'라는 명칭은 그전부터 일본에서 있었고, 당시 「질투」가 따라 했다고 소문났던 일본 드라마 「도쿄 러브 스토리」가 "젊은이들의 사랑 이야기를 중심으로 한 감각적, 즉흥적 내용"의 대표 격으로 알려져 있다.

그러니까 '트렌디드라마'란 주로 1990년대 도시 공간에서 젊은 남녀 주인공이 일하고 연애하는 현재적 사건들을 따라가며 세속의 유행하는 풍경들을 영상화한 TV 방송 드라마를 가리킨다. 만약 삼사십대 층에게 TV 드라마의 대표 속성이란 게 본래 그런 것 아닌가 하는 생각이 들었다면, 바로 그런 생각이 '트렌디드라마'의 현재적 역할과 위상을 알려 주는 것이겠다. 「질투」가 트렌디드라마의 시작이라고 할 땐, 세 가지 정도의 뜻이 있다. 당시 엄청난 시청률(최고 56.1%)을 내며 유행했던 드라마, 당대의 (첨단) 트렌드를 특히 잘 표출/묘사한 드라마, 그리고 이전까지의 드라마 흐름을 바꾼 새로운 트렌드의 드라마. 시청률 높은 드라마는 언제나 있고, 드라마에 당대의 트렌드가 직간접 드러나는 것도 당연할 수 있다면, 가장 중요한 건 세 번째다. 「질투」 이후의 트렌디드라마는 한국 드라마를 체질적으로, 구조적으로 변하게 했고, 이후 그것은 드라마의 한 전형이 되었다. 어떤 변화들이 그것이었을까?

「질투」는 드라마 서사의 몸통을 바꾸었다. 1980년대 말까지의 드라마들이 대개, 권력자들의 숨겨진 비극, 대가족이나 소촌의 일상 소동극, 배신과 복수의 활극, 아니면 반공 서사가 주를 이뤘다면, 「질투」는 두 젊은이의 취업, 승진, 데이트, 연애 등의 일상을, 세목이 아닌 골조로 하여 미니시리즈 16부작을 완성했다. 요식업계에 피자와 편의점 라면 붐을 일으켰다는 게 농담이 아닌 것이, 「질투」에서 사람들이 먹고 입고 쓰고 타고 노는 품목들은 서사의 디테일이 아니라 서사의 뼈대를 이루었다. '보통 사람들'에게 스민 '소비 자본주의'

의 라이프스타일이 삶의 풍경이 아니라 삶의 양식으로 드러났다. 이 것은, 이를테면 삶의 중심이 역사주의적 시대 의식이나 계몽주의적 이념에 밀접하게 닿아 있다는 인식에 의한 익숙한 '현실'의 모양새를 제쳐두고 전혀 다른 형태의 실제성을 삶에 부여한 것이었다. 말하 자면 「질투」는 사람들에게 주어진 '현실'에 관한 '리얼리티'의 부피와 질감을 변경했다.

개인들의 삶이 놓인 '현실'이, 가시적인 일상을 이루는 품목과 풍 속의 조합으로써 가장 '현실적으로(realistic)' 보이게 되었다는 뜻이 다. 그리하여 그 이전의 리얼리티가 강요해 온 어떤 인식, 가령 삶의 순간들은 인생이라는 하나의 총체적 스토리의 지나칠 만한 일부 또 는 과정이라거나, 개인은 사회변동이나 역사 전환에 구속된 기능소 일 뿐이라거나 등의 인식은 희미해진다. 「질투」에서 그 새로운 '현실 적인 것'의 양태는 이른바 '영상 세대의 기호를 충족하는' 방식으로 (세련된 도시 풍경, 말쑥한 의상, 어여쁜 소품, 경쾌한 배경음악 등과 함께) 전면화 되었다. 시대의 유행을 반 발짝 당겨 반영하는 감각적 사물과 즉흥 적 행위가 스토리를 이끈 것인데, 이는 사건 사고 없는 일상의 사소 한 순간들을 대중의 관심을 끌 만한 서사로 만들어 내는 새로운 코 드의 창출이라 할 수 있었다. 또한 이전까지는 주요 사건의 진행 중 에 디테일로 놓이던 사물(상품)들을 의미 있는 미장센으로 구성하는 새로운 촬영 기법 같은 것이 계발됐다는 뜻이기도 하다.

영상 서사와 영상 촬영 등의 관습을 두루 조정한 것이야말로 「질 투」와 트렌디드라마의 주요 공로다. 전에 없던 기상천외한 새로움이 아니라 낯익지 않음에도 단숨에 설득되는 편안한 새로움으로 등장했기에, 「질투」의 보기 좋은 장면(영상)들은 별 여과 없이 '현대적 라이프스타일'의 재현으로 이해되었고, 그 라이프스타일은 곧 현대인들의 주요 '취향'으로 수용되었다. 피자를 배달시키고, 야간 근무 중에 편의점 샌드위치를, 길거리에서 소프트아이스크림을 먹고, 야구장이나 롯데월드에서 데이트하고, 리본 머리띠를 달고 빨간 소형차를 타고, 또 미국으로 연수를 가는 등의 행위-화소들이, 마치 도시생활의 필수인 듯, 혹은 도시인들의 세련된 취향인 듯 받아들여졌다. 그리고 결과는, 당시 벌써 간접광고의 수준이 도를 넘었다는 비판이 있었을 만큼, 실제 소비의 경향이 움직였다는 것이다.

드라마 외적으로 강력한 트렌드를 몰고 온 이 현상, 바로 이로부터 「질투」와 트렌디드라마에 대해 오늘날 특히 재고해 볼 수밖에 없는 대목이 부각된다. 개인이 자기 존재의 기반을 확신할 공통의 의제나 신념이 회의되는 현대사회에서, 더 구체적으로 보자면 집단 이념의 시대라 불리던 1980년대가 막을 내리고 사적 체험과 욕망의 가치가 부각되던 1990년대 초반에, 새롭게 퍼진 라이프스타일을 구성하는 취향은 개인의 자율적 체험을 정초하는 기반이자 한 개인을 다른 개인과 구별하는 척도처럼 여겨졌다. 그런데 「질투」와 트렌디드라마로부터 오인된 도시적 취향(들)은, 취향의 주체인 개인, 즉 인물(들)에게 개별적 주체성을 부여하기보다, 취향의 대상인 물건이나 공간, 즉 상품과 장소를 집단적인 욕망의 소비 대상으로 이끌었다. 결국 개인의 취향이 되지 못한 그 라이프스타일은 오히려 대중에게 획일적인 취향을 주입했을 뿐이었다.

어릴 때부터 친구로 지낸 '하경(최진실 분)'과 '영호(최수종 분)'가 이른바 '사랑과 우정 사이'에서 각자 자신의 감정을 정확히 알지 못하고 서로 상대에게 자기표현을 하는 데 실패하는 지난한 '밀당'의 과정으로 된 이 단순한 스토리가 독창적이기 위해서는, 두 주인공의 개성이 필수적일 수밖에 없다. 젊음, 건강함, 발랄함 등 청년 인물의 매력에 두 스타 배우의 인기도와 연기력까지 합쳐져 '하경'과 '영호'는 분명 특별해 보였고, 그 특별함을 중심으로 「질투」의 이야기가 마련된 것은 틀림없을 것이다. 그럼에도, '하경'이라는 캐릭터, '영호'라는 캐릭터는 어떤 주체로 기억될 수 있었을까? 그들은 사회적 역할이나 입장으로 자기 정체성을 체현하지 않았고, 그들이 추구한 라이프스타일은 독립적이고 개별적인 삶을 지향하는 취향으로 남지 못했다. 자기를 실현하려는 그들의 고민과 결심 등에 영향을 미친 것은 그들 각자의 개성이나 욕망이 아닌, 사랑 또는 우정이라는 예쁜 이름에 막혀 버린 습관적 정서가 아니었을까.

당시로서는 학원물이 아닌 정통 드라마에서 남녀 관계를 '사랑과 우정 사이'에 두고 여성의 대사를 경어로 하지 않은 것만으로도 조금이나마 변화된 젠더 구도의 재현을 기대하게 했던 것 같다. 중장년층을 주요 시청 층으로 삼는 정통 멜로가 우세였던 한국 드라마에 지적·문화적으로 진보한 2030 여성들을 끌어들이는 데 기여하기도 했다. 그러나 세대, 계급, 젠더 간 갈등이 거의 전무한 채, 이야기의 진행을 위한 최소한의 계기가 감정과 오해, 꿈(이라는 미래의 환상)과 작심 등에서 발생하는 단순화된 허구 속에서 성차 의식이나 남녀 성역할에 관한 구시대적 이데올로기의 진전은 거의 찾아지지 않았다. 한 남자('영호')를 사랑하는 두 여자('하경'과 '영애')의 '진심'을 눈물과 빗물 속에서 어여쁘게 연출함으로써만 상황의 '진정성'을 이해시키려 했을 뿐이었다.

「질투」와 트렌디드라마가 재구성한 리얼리티는 이후 최소 십여 년 이상, 소설, 영화, 만화 등 드라마 외의 장르에도 막강한 흐름이 되어 한국 문화 전반을 지배했다고 해도 과언이 아니다. 2000년대 중후반 이후의 드라마 판에는, 출생의 비밀, 무목적적 복수심, 끝 모르는 도덕적 타락 등을 계기로 하는 극단적인 설정에서 오직 선정적 자극으로만 이야기가 끌려가는 이른바 '막장 드라마'가 넘쳐나기도 했고, 또 언젠가부터 과거와 현재를 넘나들고 전생과 유령이 대도시에서 활극을 펼치는 일종의 '판타지' 코드가 대유행하여 현재까지 진행 중이지만, 한국 드라마의 리얼리티가 여전히 트렌디드라마의 자장 속에 있다는 사실은 부인할 수가 없다. 다만, 2017년 현재, 새로운 연대와 공동체적 상상력의 요청을 이미 받아안은 한국 문화 전반에서 「질투」가 낳은 '트렌드'의 현재성이 어떻게 (재)발현되고 (재)진행될 수 있을지는, 지금부터 천천히 다시 생각해 봐야만 한다. 아직 잘 모르겠지만, 개인적 가치와 공동체적 삶의 공존을 향해 머리를 돌린 우리의 미래에 「질투」의 추억이 잘 쓰일 데가 없지는 않을 것 같다. (2017.8)

제3부 도무지, 무지한 무시의 말

무시와 무지는 하나

한 보수 단체에서 '이승만 시 공모전'을 주최했는데 수상작을 입상 취소했던 일이 있었다. 그냥 헛웃음 한 번으로 넘길 일이 아니라, 조금 더 신랄한 비웃음으로 규탄해야 할 일이 아닐까 싶다. 일부 관계자들 사이에서만 쉬쉬하고 지나간 해프닝은 아니었고 이미 알려질 만큼 알려져 주최 측도 얼마큼은 망신을 당한 사태이므로 자초지종을 여기서 자세히 밝힐 필요는 없을 테니 대충만 소개하겠다. 2016년 당시 자유경제원(현 자유기업원)에서 "건국 대통령 이승만의 업적과 삶을 기리는 시"를 공모했더랬다. 심사하고, 수상하고, '시 낭송회'까지 다 했는데, 뒤늦게 밝혀진 사실은 수상작 중 두 편이 대상을 '찬양'하는 시가 아니라 '비판'하는 시였다는 것이다. 그래서 "대회 취지에 반한 글을 악의적으로 응모"하였으니 "입상을 취소하고 법적 조처를 포함해 강력하게 대처할 것"이라고 했다는 것이 이 사건의 간략한 전모다.(후에 자유경제원은 이 글의 응모자를 상대로 낸 손해배상청구소송에서 원고 패소 판결을 받았다.) 문제가 된 최우수작과 입선작의 제목은 각각 「To the Promised Land」와 「우남찬가」. 앞의 것은 물론 영시(英詩)다.

최우수작인 영시에 대해서는, 영어니까, 조어가 좀 어색하거나 뜻하는 바가 마음에 와닿지 않았다 해도 즉각 알아채기 어려웠을지 모르지만, 「우남찬가」에 대해서는 사실 주최 측 또는 심사자 측이 비난을 피할 길은 어디에도 없어 보인다. '시'라고 했지만 사실 그 말들은, 천천히 음미할 필요도 없이 한 번만 훑어보아도 너무나 억지스러워 읽는 이가 민망해질 정도다. 한국어 화자라면 이것이 과연 '시'로서 상을 받을 수 있었다는 사실이 가장 먼저 의아하지 않을 수 없다.

> 민족 번영만을 품고 계셨으리라
> 족함을 모르는 그의 열정은
> 반대편 윗동네도 모르는 바 아니라
> 역사가 가슴 치며 통곡을 하는구나
> 자유는 공짜로 얻을 수 없다고
>
> 한 줌 용기의 불꽃을 흩뿌려
> 강산 사방의 애국심을 타오르게 했던
> 다부진 음성과 부드러운 눈빛의 지도자
> 리승만 대통령 우리의 국부여
> 폭력배 공산당의 붉은 마수를
> 파란 기백으로 막아 낸 당신

각 행의 첫 글자만 모으면 "민족반역자 한강다리폭파"가 되는 12-22

행 부분이다. 영어로 '어크로스틱(acrostic)', 우리말로 '이합체시'라고 부르는 기법을 사용한 셈인데, 첫 글자를 자유롭게 할 수 없으면서 어구들의 조합이 말이 되게 하려니 정확한 낱말을 구사하기 어려운 것은 당연하다. 어구들의 의미는 차치하고, "족함", "강산 사방", "반대편 윗동네", "폭력배 공산당" 등이 이 시대 한국어 사용자들에게 쓰일 만한 말들일까? 이 표현들로 어떤 의미를 전달받을 수 있었을까? 평범하게 쓰이는 말들이 아니어서 더 정확하고 효과적인 표현이라고 생각할 수도 있었을까? '리승만', '린민군' 등의 표기가 있는데도 수상쩍다고 생각지 못한 이들이니 그렇게 생각할 수 있었나 보다. 두음법칙이 잘 안 쓰이던 시절에는 민족과 번영을, 용기와 불꽃을, 애국심과 타오름을 붙여 말하는 것이 '시적'인 표현으로 느껴졌으려나. "다부진 음성"과 "부드러운 눈빛"의 조화라니 가히 "우리의 국부"에 합당한 단정한 묘사로구나 하며 감탄했던 것일까. "붉은 마수"를 막아 낸 "파란 기백"의 대조는 색채 대비까지 동반한 기막힌 대구(對句)로구나 하며 무릎을 쳤기에 이 글을 '시'로 여기고 수상작으로까지 결정했으리라.

이 공모전의 취지가 시재(詩才)를 찾는 게 아니라 "우남을 추모하는 사람들의 잔치"를 벌이는 데 있다는 걸 몰라서 하는 말은 아니다. 그렇다 해도, 특정 인사를 '찬양'하는 '시'를 쓰라는 요구부터가 애초에 어불성설임을 짚어 봐야 할 것이다. 찬양이든 비판이든 오직 한가지 의도로, 그 의도만을 선포할 목적으로 쓰인 글을 '시'라고 부를 수는 없다. 차라리 '이승만의 업적과 인품을 설득력 있게 칭송하라'고 의뢰를 한 후 주최 측 마음에 든 글을 찾으려 했다면 이 글을 안 뽑지 않았을까? "한 송이 푸른 꽃이 기지개를 펴고/반대편 윗동네로 꽃가루를 날리네/도중에 부는 바람은 남쪽에서 왔건만/분란하게 회오리쳐 하늘길을 어지럽혀/열사의 유산, 겨레의 의지를 모욕하는구나"로 시작되는 이 글을, "푸른 꽃"이니 "도중에 부는 바람"이니 "분란하게 회오리쳐"니 하는 어구들의 조악한 엉뚱함을 용인하면서까지 좋게 평가하지는 않았을지도 모른다. 무엇을 '시'라고 할지 한번 진지하게 생각해 본 적도 없이, 턱없게도 '시'를 적어 내라고 해 놓고는, 저 억지스럽고도 구태의연한 말들의 조합을 무턱대고 시로 받아들인 것이 아닐까. 그리하여 괴상한 말들의 무더기가 시의 특별한 효용인 듯 전시되었을 때, 응모자와 수상자, 이 행사의 관람자들, 그리고 그들 자신(의 모국어)까지 기만당했다. 시는 모독당했다.

말할 필요도 없겠으나, 정작 「우남찬가」를 지은 이가 스스로 '시'를 썼다고 생각할 리는 만무하다.(그는 처음에 그 글을 '유머 게시판'에 올렸는데 반응이 좋아서 응모했다고 한다.) 그렇다 해도 그의 응모가 "주최 측의 정치적 의도에 응모자가 문학적으로 맞받아친 것"(정홍수 평론가)이라고 판단한 코멘트는 정당하다고 생각한다. 「우남찬가」는 시가 아니고, 진지한 말도 아니며 심지어 현대 한국어로서도 부적합하지만, 시에서 종종 쓰인다고 알려진 기법을 사용해 어구를 만들어 그것을 응모한 행위의 어떤 기민함과 그 해방적 효과를 '문학적'이라고 부를 수도 있다는 뜻이다.(어떤 말이 사회적 장 안에서 독특하게 기능하는 현상을 '문학적'이라 지칭할 수 있다면 말이다.) 이런 황당한 사건이 벌어진 건, 자유경제원 측의 심사 위원이 이합체시를 몰라볼 만큼 문학에 '무지'해서가 아니다. 구습에 매몰된 인식으로 문학을 치장하고는 (문학의 핵심인) '말의 위의(威儀)'를 '무시'했기 때문이다. 아니다. 무지하니까 무시하는 거고, 무시하니까 무지한 거라 말하는 게 더 맞겠다.

무엇에든 매몰된 인식으로는 말의 위의를 살릴 길이 없고, 말의 위의를 무시하는 것이야말로 가장 비문학적인 것이다. 이런 일은 어쩌다 일어난 해프닝이고 주최 측으로서는 불상사이며 심지어 만천하에 알려져 웃음거리가 됐으니 그것으로 끝이라고 생각하고 말면 될까? 아니, 그러고 말기엔 뭔가 미진한 느낌, 더 통렬하게 망신당했어야 한다는 아쉬움 같은 것이 남지 않을까? 문학에 대한 무지든 무시든 그런 것 다 떠나서, 놀림을 칭찬으로 알고 잔치를 벌인 바보들이 자기가 바본 줄 모르고 되레 속았다며 분통 터뜨리는 모양새가 황당할뿐더러 퍽 우스꽝스러운 것이다. 실수한 이들을 자꾸 약 올리는 건 비겁하다고? 아니, 말의 위의를 무시하는 비문학적인 일은 어쩌다 실수한 해프닝이 아니고, 이번에 그 당사자들은 반성이라고는 하지 않았으며, 심지어 비웃음을 당해도 창피함조차 없는 듯 보인다. 태만함에 대한 죄책감도 조롱에 대한 수치심도 없는 그런 비문학적인 사람들이 아무 데서나 활개 치며, 이 5월엔 또 (실은 옛날부터 쪽) 「임을 위한 행진곡」의 '임'이 김일성이나 김정일이라고 우겨대고 있는 거, 하루가 멀다 하고 또 들려오는데 못 들어 보셨는지. (2016.5)

'오만하고 무례하다?!'

2016년 노벨문학상은 미국의 싱어송라이터 밥 딜런(Bob Dylan)에게 돌아갔다. 스웨덴 한림원은 그가 "미국의 위대한 대중음악 전통 안에서 시적 표현을 창조했다"라고 하면서 "노래의 형태로 시를 쓰는 것은 고대 그리스의 호머와 다르지 않다"라고 선정 이유를 밝혔다. 가수가 이 상을 탄 것은 처음이므로 종이 위의 문장이 아니라 노래에 실린 말이 문학의 범주로 인정되었다는 사실에 많은 이들이 모종의 해방감을 느낀 것 같다. 시인이자 뮤지션인 성기완은 "구르는 돌(rolling stone)이 노벨상을 받았다. 길고양이가 왕관을 쓴 것이다. 스웨덴 한림원은 펜이 아니라 혀에, 책이 아니라 발성기관에 노벨문학상을 바쳤다"라며 "저작권이 있는 책을 문학의 개념과 동일시해 온 서양 근대문학 제도의 암묵적인 검열"이 더이상 유효하지 않게 되었다는 사실에 기쁨을 표했다.(『중앙일보』, 2016.10.14.)

노벨문학상은 주로 소설가, 시인, 극작가들이 받아 왔지만, 상이

제정된 두 번째 해에 이미 역사학자가 수상했고 이후 철학자, 정치가 등도 더러 수상한 전적이 적지 않다. 지난해 수상한 벨라루스의 스베틀라나 알렉시예비치(Svetlana Alexijevich)도 저널리스트이자 구술 역사가로, 에세이와 르포와 소설을 오가는 '목소리 소설(Novels of Voices)'이라는 독특한 장르로 이 상을 받았으니, 이번 수상에 '문학제도'의 폐쇄성을 타파한 사례로서의 의미만 강조해서는 안 될 것이다. 그럼에도, 밥 딜런의 수상 소식에 대한 사람들의 즉각적인 반응은 대체로 '문학'이 '커지거나' 혹은 '다양해지는' 것 같다는 느낌과 관계된 것이었는데, 아마도 그 느낌은 파격 혹은 해방의 쾌감과 유사한 것이었기에 열렬한 환영과 축하가 따랐던 것이겠다.

문학작품이나 작가의 우열(優劣)을 객관화하기 어렵다는 기본적인 사실만 고려해도 문학상의 선정 기준을 척도화하기가 얼마나 어려운지 짐작 가능하다. 모르긴 몰라도, 노벨문학상의 선정에서도 그 어려움은 마찬가지일 터인데, (해마다 후보로 거론되는 이들이 있다지만) '객관적'으로 우수한 후보를 먼저 정하는 것부터 난관이 클 것이거니와, 후보들의 전작(全作)을 거의 섭렵한 심사 위원들이 각자 일정한 기준에 의한 점수를 매겨 그것을 모아 최우수를 가려낸다고 해도 그 객관성에 대한 공방이 완전히 불식되기는 어려울 것이다. 어떤 경로와 경위를 거치건, 노벨문학상 선정의 전제가 전 세계 모든 문학(가)에 고르게 두는 공평한 관심이랄 수는 없고, 밥 딜런의 수상 역시 그가 '(음유)시인'이어서 가능했던 것은 아니라는 말이다. 어쩌면 그의 문학상 수상이 '가수'로서의 명예로 여겨질 때, 그 의미는 더 제대로 짚어질 수 있다. 왜냐하면 그의 노랫말이 우수한 '문학'이라기보다 그의 우수한 '노래'가 문학적으로 높이 평가되었음을 더 존중해야 하기 때문이다.

무슨 말이냐 하면, 중요한 건 노랫말에 기존의 '문학성'이 들어 있는 게 아니라 노래에서 발생한 무엇을 새롭게 '문학'으로 판정했다는 것이다. 한림원의 발표에서나 그의 수상을 환영하는 쪽에서나 하는 말대로 "노래와 시는 항상 가까이 연결돼 있었"고, "펜이 아니라 혀", 즉 글만이 아니라 말도 문학이라는 사실은 이번이 아니어도 그다지 힘주어 강조할 필요는 없다.(오늘날 시와 노랫말은 전혀 다르다고, '시적인 것'은 문자 안에만 눌러 박혀 있어야 한다고 주장할 이가 있을까?) 물론 그렇다 해도 대부분은 여전히 종이에 갇힌 문학의 '제도'를 다시 검토해볼 또 한 번의 계기가 되기도 하겠으나, 정녕 문학의 범위가 넓어지는 건, 펜이 아닌 혀에 상을 줄 때가 아니라 오히려 혀가 받을 상을 펜이 받을 때가 아닐지. 노래에 (기존의) 시가 있다고 시가 쇄신되지는 않는다. 노래의 어떤 부분을 (금후의) 시로 명명할 때에야 시는 자기를 갱신할 것이다. 밥 딜런의 별명은 예전부터 음유시인이었고 그의 노랫말이 '시적'이라는 평가는 어제오늘의 일도 아닌데, 이제 와서 굳이 그를 주목했다면 노래가 시 같은 것(시처럼 쓰인 것) 때문이라기보다, 시가 노래같이 될 수 있다는 것(노래처럼 향유되는 것) 때문이 아닐까.

당연히, 딜런의 수상 소식에 긍정적인 반응만 있었던 것은 아니다. 한 뉴스 미디어에서 편집한 "세계 곳곳에서 엇갈"리는 반응 중에는 이런 것들이 있었다.[1]

---

1 「밥 딜런의 노벨문학상 수상에 대한 반응은 세계 곳곳에서 엇갈린다(반응모음)」,

노벨상 위원회에 공감한다. 책 읽는 건 힘든 일이다.(I totally get the Novel committee. Reading books is hard.) (작가, 게리 슈테인가르트)

올해 노벨상 수상자 중엔 여자가 하나도 없는데, 여기에 대해 누군가가 가슴 저리고, 걸걸하게 부르며, 담담한 어조의 포크송을 써 봐도 좋겠다. (뉴스 에디터, 클로이 앤젤)

나는 밥 딜런 팬이지만 이번 수상은 노망난 히피들의 썩은 전립선이 추억에 젖어 주는 상이다. (작가, 어빈 웰시)

솔직히 밥 딜런이 제일 놀랐겠음. (작가, 교사, 사라 노빅)

이번 노벨문학상 소식의 충격에는, 수상자가 가수라는 사실에 더해 대체 '언제적 딜런인가'라는 의아함도 적잖은 듯하다. 위에 옮겨 놓은 반응들을 보면, 밥 딜런의 가사가 훌륭하다는 평가에 대한 반대보다도, 2016년에 불쑥 '노래'도 문학이라며 '미국' '대중' '가수' '(75세 백인 남성) 밥 딜런'을 호명한 저의에 대한 반감이 훨씬 더 큰 것 같으니, 과연 이 수상의 '파격'이 어디에 있는지도 재고하지 않을 수 없다. '책'을 벗어난 문학이 확장되어 간다는 건 다만 인쇄매체가 밀려나고 '책 읽기'를 회피하는 시대의 징표뿐인 건 아닐까?(위의 인용 중 첫 번째 줄에서 심사 위원에 대한 공감으로 비꼬아 표현되었듯 말이다.) '문

『허핑턴포스트코리아』(www.huffingtonpost.kr), 2016.10.14.

학'은 "세상에서 생각되고 말해진 최선의 것"[2]을 가리키는 (주어가 아니라) 술어(여야 한)다. 그 술어는 글, 책, 도서관에서만 찾아지는 게 아니라 노래, 거리, 자연에서도 발견된다고 할 때, 그때 갱신되는 요소는 어떤 것들일까? 주로 문학작품에서 만났던 '최선의 것'이 다른 데서도 똑같이 보일 때가 아니라, 문학작품으로는 보지 못했으나 다른 데서 '최선의 것'으로 나타난 무엇을 만났을 때에야, 파격 또는 해방의 쾌감을 조금이나마 맛볼 수 있는 것이 아닐지.

밥 딜런의 수상에 딱히 유감 있는 건 아니고, 가수에게 문학상을 수여하면서도 문학을 개방하는 에너지가 발산되는 방식이 이보다 더 적절할 수는 없을까 하는 의구심이 들었을 뿐이다. 수상 발표 열흘이 지난 오늘까지 묵묵부답인 밥 딜런도 혹시 선정 이유에 불만을 품고 있는 건 아니려나. 그는 심사평으로 '그의 노랫말이 어떤 '문학'보다도 멋진, 또는 어떤 '문학'과도 다른 인간사의 의미를 건드려 주었다' 정도를 기대했을 수도 있지 않겠는가. 오늘 기사를 보니 한림원은 이제 그에게 "오만하고 무례하다"는 말로 불편한 심기를 표시했는데, 이야말로 대체 무슨 권위 의식에서 나온 오만무례함인지 알 수가 없다. 밥 딜런의 묵묵부답이 반드시 마땅한 처사는 아니겠으나, 언제나 배타적인 특권을 요청하지 않는다고 주장하는 '문학'의 입장에서라면 묵묵히 수상자의 반응을 조금 더 기다려 보는 편이, 버럭 내심을 드러내는 편보다는 훨씬 더 온당할 것 같은데 말이다. (2016.10)

---

2 매튜 아놀드의 말이라는데, 정홍수의 「밥 딜런이 보내온 질문」(weekly.changbi. com,20161019.)을 읽으며 든 단상을 말해 보려고 굳이 (재)인용했다.

자기가 오직 자기여서는

　나도 그렇지만 주변의 남들도 대부분 여유가 별로 없어 보인다. 모두 급박한 일에 내몰려 눈코 뜰 새 없이 바쁜 것일까? 대개 두 경우 중 하나인 듯한데, 직업과 관련된 일만으로도 너무 바빠 여유를 내기 어려운 편이거나, 직업을 안정적으로 유지하지 못해 시간은 있어도 여유랄 만한 것을 누리기 어려운 편이거나. 삶의 여유란 것이 양적인 넉넉함만을 뜻하는 게 아님에도, 요즘 한국 사람들에게 그것은 소박하고 자연스럽게 주어지는 삶의 조건은 아닌 듯하다. 지난달 '구의역 참사(지하철 스크린도어 정비 업체 직원 사망 사건)' 직후 안철수 의원이 본인의 SNS 계정에 "조금만 여유가 있었더라면……"이라 적은 것이 구설수에 올랐던 것도, 어쩌면 그저 평범한 말일 '여유'란 단어가 요즘 이 사회에선 좀처럼 평범하게 쓰일 수 없는 어떤 '현실'이 생각보다 강고하기 때문일 것이다.

　삶의 여유란 경제적 여유, 시간적 여유, 심리적 여유 등 각각 다른 부분을 뜻할 수도 있지만 대체로 그 모두를 동시에 품은 상태를 가리킨다. 구의역 참사의 피해자 김 군의 가방에서 나온 컵라면을 보고 안 의원이 한 말이 꼭 경제적 여유만 뜻한 건 아니겠으나, 그 맥락에서 경제적 여유를 의미하지 않았다고 여기기도 어렵다. 조금만 더 여유가 있었다면 "다른 일을 택했을지도 모릅니다"라고 했으니 말이다. 그 뜻이 불편했던 건, 그것이 사실과 다르거나 실제로는 그렇지 않은 '현실'의 문제를 심각하게 왜곡했기 때문이 아니다. 심각하게 문제적인 어떤 '현실'을 바로 그런 식으로 규정했기 때문이다. 안 의원의 말대로 김 군이 위험한 직업을 택한 큰 이유는 경제적으로 여유가 없는 여건에 있었을 것이다. 하지만 바로 그 점을 가리킨 안 의원의 말은 그 자체로 최소한 다음 두 가지 사실을 경시한다.

첫째, 안 의원의 말 속에서 김 군은 오직 경제적 이유로만 그 위험한 일을 했다. 위험한 일에 따를 수 있는 사명감이나 책임감은 아마 김 군에게 거의 무의미했으리라 여겨진 듯하다. 그러면서도 오직 경제적 이유로 일을 택한 사람이 왜 하필 그런 위험한 직종에 가게 됐는지는 물어지지 않았다. 둘째, 안 의원의 말 속에서 스크린도어를 정비하는 위험한 일은 경제적 여유가 없는 사람들만이 택하는 일이다. 그의 말에서 그 일의 공공적 중요성에 대한 인식은 옅고, 목숨을 잃을 정도로 위험한 직종은 당연히 가난한 사람들이 택한다는 인식은 짙다. 요컨대 안 의원의 표현에서, 위험과 관련된 노동자(김 군)와 노동(김 군의 직업)은 동시에 비하된다. 김 군은 (저)임금을 대가로 한 노동자, 김 군의 직업은 (저)임금으로 환원되는 노동일 뿐이다. 이 노동에 "위험을 무릅쓰고"의 문제는 감안되지 않는다. 아니, 마이너스로 감안되어 있다.

"여유가 있었더라면"이란 말이 물의를 빚자 안 의원은 곧 그 문장을 지우고 다음과 같이 바꿔 적었다. "앞으로도 누군가는 우리를 위해 위험한 일을 해야 합니다. 완전하지는 않더라도 조금이라도 위험을 줄여 줘야 합니다. 그것이 우리 모두가 할 입니다." 사회구조적 문제를 개인의 비극으로 치환했다는 항변에 대해 '우리는 누군가의 위험을 줄여 줘야 한다'는 해명을 함으로써 이 사태가 김 군에게 국한된 사건이 아니라 이 사회의 문제임을 말하려고 했던 것이라 믿고 싶다. 이 말 역시 '현실'에 대해 틀린 발언은 아닐 터이다. 그렇다면 처음에 안 의원의 본심은 오해받았던 것인가? 안타까운 마음으로 트위터에 올린 문장을 가지고 사람들이 예민하게 반응했던 걸까? 단지 사건 당시 김 군에게 조금만 여유가 주어졌더라면 그렇게 위험한 상태에 이르진 않았으리라는 안타까움이, 그의 표현력 부족으로 인해 그렇게 적힌 것이었을까?

도무지 그렇게 이해할 수가 없어서 더 답답한 것이다. 해명 조로 바뀐 두 번째 문장에서, 대체 '누군가'는 누구이고, '우리'는 누구인가. '누군가'는, 제때 식사할 짬도 없이, 생명에 위협을 느끼는 일을 하면서도, 거의 최저 수준의 임금을 받는 '여유 없는' 계층의 사람일 것이다. '우리'는, 이런 사고의 원인 규명과 책임자 처벌을 요구하지만, 적은 임금의 험한 노동을 스스로 선택할 리는 없는, 그런 노동은 자기 아닌 누군가의 일이기에 그런 노동의 위험을 '줄여 줄' 방법에 대해선 여전히 무지하고 게으른, 무엇보다도 그 '누군가'가 속한 계층에 자기는 결코 속하지 않으리라고 믿는 일부 사람들일 것이다. 이 구조, '누군가'와 '우리'를 가르는 이 문장의 구조가 바로 정확히 한국 사회의

'현실'을 '구조적으로' 반영하고 있지 않은가? 이 구조는, 이런 참사가 무고한 개인에게 닥친 불행이 아니라 나쁜 사회가 낳은 재앙이라고 말할 때의 그 나쁜 사회의 구조, 바로 그것과 정확히 일치한다.

열아홉 살의 김 군이 끼니도 때우지 못하고 목숨이 위협당하는 일을 해서 받은 박봉의 2/3 이상을 대학 진학을 위해 저축했다는 기사 때문에 많은 이들의 가슴이 더 미어졌더랬다. 그는 주말에 민주노총의 피켓 시위에 참여하기도 했지만, 여유 없는 삶을 벗어나기 위해 현재 하는 노동에 정당한 대우를 요구하기보다 대학을 나와 다른 직업에 종사하는 편이 더 '현실적'인 방법이라 생각했을 것이다. 위험을 감수하는 '누군가'이기보다는 '누군가'의 안전을 그저 걱정하는 '우리'가 되어야 안전한 삶이 보장된다는 것, 한국에서 위험한 일을 벗어나는 방법은 그 일의 위험을 줄이는 것이 아니라 위험하지 않은 다른 일을 택해야 한다는 것, 따라서 더 여유 없는 계층이 더 위험한 직종에 종사하는 게 당연하고 "위험을 무릅쓰는" 일에는 대가가 따르는 게 아니라 차별이 따른다는 것, 이런 것들이 바로 안 의원의 저 발언에 반영된 한국의 '현실'인 것이다.

'쓸데없이 바쁜' 나의 여유 없는 삶도 아마 이런 현실과 관련 있는 것만 같다. 주위를 둘러봐도, 업무는 항상 너무 많거나 너무 적거나 둘 중 하나고, 업무가 적다는 건 아예 직업이 없거나 아주 고위직이거나 둘 중 하나다. 편하고 안전한 일은 고임금, 힘들고 위험한 일은 저임금. 일을 많이 해도 돈을 많이 벌지 못하고, 돈을 많이 버는 일은 상대적으로 일이 적다. 그런데 이건 효율성만 따지는 경제 논리도 아니고 돈만 중시하는 자본 논리도 아니지 않은가? 이게 바로 이른바 '한국적인' 특수함이 아닌가 싶다. "땀 흘려 일하는 사람, 시간제, 위험 작업장 노동자에게 더 많은 임금을 주기보다는 사무실에 앉아 있는 관리자들에게 더 높은 보상과 직업 안정성을 보장하는 것은 자본주의 일반의 특징이 아니라 한국적 관존민비, 노동 천시의 관행이고, 그 최대 수혜자들은 관료와 기업가들이다."(김동춘, 「구의역 사고, 노동 존중이 답이다」, 『한겨레』, 2016.06.15.)

　마인드 컨트롤에 의한 심리적 여유는 논외로 하고, 삶의 (경제적·시간적) 여유를 결정하는 건 단순히 업무와 임금의 교환 차원에서만이 아닌 듯하다. '우리'는 위험을 감수할 '누군가'가 되기를 원치 않고, 그러는 한 '누군가'의 여유는 무조건 희박할 테니까 말이다. 안 의원의 멘트에 대해 어떤 이는 국회의원으로서 자기가 할 일을 모르는 유체 이탈 화법이라고도 했지만, 앞으로도 스스로 그 '누군가'가 되지는 않을 안 의원으로서는 실상 자기를 이탈하지 않았기에, 자기가 속한 계층 안에서, 어쩌면 정치인인 자신으로서, '우리'를 대변한 것일 수도 있다.(책임자인 자기를, 아랫사람에게 호령하는 왕으로 이탈시키는 다른 경우와는 구별된다.) 그러나 정치인이여, 자기가 오직 자기여서는, 정치적으로 올바르기가 바늘구멍 통과하기인 것을 정말 모르시는가. 우리 중 누구나 여유를 추구할 수 있는 사회, 이것이 그토록 어려운 것일까? 논리적으로는 간단할 수도 있다. '누군가'의 일이 '우리'가 원하는 일이면 되니까. 어떻게? "위험을 무릅쓴" 대가를 많이, 아주 많이, 안정적으로 지불하라. 그리고 적은 업무에는 당연히 적은 돈을 지불하라. 명료하지 않은가? 그렇게 안 되는 이유가 너무 많다고? 글쎄, 이성과 합리를 벗어난 탐욕의 문제를 본격적으로 따져 보면 되려나……. 아, 그러기엔 지금은 너무 여유가 없다. (2016.7)

좋은 게 좋은 것이 가장 나쁘다

명절 연휴 때면 한복 입은 외국인들의 노래자랑 대신 '아이돌'의 체육대회를 보게 된 게 벌써 수년째다. 일명 '아육대'라 불리는 MBC 명절 특집 프로그램 「아이돌 스타들의 육상(수영, 씨름, 풋살, 양궁) 선수권 대회」를 비롯해 이번 명절에는 유사 프로그램 「사장님이 보고 있다」(SBS)와 「본분 금메달」(KBS2)도 방영되었다. 「아육대」는 2010년 추석 첫 방송에서 시청률 15.8%를 낸 후 2016년 설 특집까지 '자타 공인 명절 스테디셀러'다(자체 최고 시청률은 2011년 추석 특집의 18.7%다). 평균 20팀, 200여 명의 아이돌이 출연, 각 그룹의 팬클럽으로 구성된 관중이 평균 3,500명, 12시간 이상 녹화를 진행하는 대규모 프로그램인데, 출연자들의 부상이 속출하고 이제는 화제성도 줄었으니 그만 접을 때가 아닌가도 싶지만, 시청률 때문에 방송사 쪽에선 '놓고 싶지 않은 포맷'이란다.

홍보가 필요한 신인들은 출연을 원하고 이미 충분히 알려진 축에

선 출연을 꺼리는 가운데, 음악 방송 출연권을 쥔 PD가 연출하는 프로그램이라 「아육대」 출연에 대해 아이돌 자신과 그들의 소속사는 자유롭지가 않다고 알려져 있다. '아이돌'은 더 이상 아이돌 '가수'나 대형 '스타'인 것이 아니라 노래, 춤, 연기, 진행, 패널 등 각종 방송 프로그램에 투입되는 엔터테인먼트 산업 종사자 중 하나처럼 취급되기 시작했으니, '아이돌'이라는 특이한 '직업'에 투영된 한국 대중문화 산업의 기형성에 대한 비판은 새삼스러울 것이 없다. 방송사 갑질 논란도 생경한 것이 아니다. 하지만 「아육대」 방영 때마다 반복적으로 지적된 문제들에도 불구하고 아직도 그 프로그램이 건재하다는 사실과 더불어 이번에 새로 방영된 프로그램들이 내세운 소위 방송의 '콘셉트'라는 지점은, 황당함을 넘어 좀 경악스러운 데가 있다.

시청률을 보장하는 아이돌을 모아 체육대회를 하는 프로그램 자체가 이상하다고 할 바는 아니다. 뜀틀을 넘든 성대모사를 하든 자기 매력을 뽐내는 것이든 자기 자신을 상품화하는 것이든, 출연자들의 액션이 심히 괴상할 것도 없다고 하겠다. 처음 「아육대」에서 의아했던 건, 출연자들이 소속 그룹만이 아니라 소속 기획사별로 분류되어 호명되고 또 경쟁한다는 점이었다. 아이돌을 좋아하고 즐기고 이해하는 데 그들의 소속사가 무관하지 않다는 건지 뭔지 알 수는 없으나, 그들의 '회사', 그들을 운용 또는 경영하는 조직이 얼마만 한 규모와 자산의 어떤 기업인지가 왜 그들의 명패처럼 내세워져야 하는지는 알기 어려웠다. 다만 알 수 있는 건, 놀랍게도, 방송사의 '갑질' 행태가 그 프로그램의 이면에서 암암리에 자행되는 것만이 아니라 바로 그 프로그램을 구성하는 포맷의 일부로서도 작동한다는 사실뿐인 것이다.

말하자면 아이돌은 이제 대중의 환상을 장악한 스타가 아니라 엔터테인먼트 회사의 말단 사원에서 출발해 치열한 경쟁을 뚫고 살아남은 '승리자'의 이미지를 장착하게 되었다는 것이다. 그 경쟁은 물론 노력과 능력만이 아니라 호기를 잡는 운과도 맞물려 있어, '아이돌'이라는 이미지에는 경쟁이란 (본래) 순수하게 공정할 수 없는 메커니즘이라는 사실을 공공연히 드러내는 효과까지도 따른다. 스타는 나타나는 게 아니라 만들어지고 우상화되는 동시에 상품화된다는 사실이, '아이돌' 산업의 이면에 있는 것이 아니라 아이돌을 '포장'하는 전략에 동원되어 있다는 얘기다. 특히 '노사화합 생존경쟁'으로 홍보된 「사장님이 보고 있다」는 그 전략이 너무나 노골적이어서 빈축을 사지 않을 수 없었다. "거친 예능과 불안한 아이돌과 그걸 지켜보는 사장님!"이라는 카피가 투명하게 일러주듯 기획사 사장들의 '내 자식 챙기기'로 '일반인의 공감대'를 연출하겠다는 의도라는데, 그런 의도는 대체 출연자와 시청자에 대한 어떤 공감에서 나왔다는 것인지, 전혀 짐작이 안 된다기보다는 짐작하자니 너무나 아연해지는 것이다.

어쨌거나 이제 '불안한' 아이돌은 정녕 '생활인'들의 공감을 얻을 만한 직업인으로 안착한 것일까. 열 살 전후쯤부터 '연습생'으로 살기를 스스로 원하고 또 부모와 사회로부터 승낙 '당한' 아이들에게 '아이돌'이란 포지션이 만 가지 직업 가운데 하나일 리는 없다. 부와 명예를 좇는 것만이 아니라 춤과 노래라는 예술적 자기실현도 추구하는 그 욕망에는, 이전 세대 고시 패스의 꿈과도 같은 '신분 상승'의 열망이 들끓고 있다. 연예인을 '일반인'과 구별하는 기묘한 언사들이 이미 반영하듯 '아이돌'은 실로 직업이 아닌 신분처럼 여겨지는 게 현실이다. 「본분 금메달」이라는, 제목도 괴이쩍은 한 파일럿 프로그램에서는 시종 '(특히 여성) 아이돌은 어떤 상황에서도 예쁘고 침착하고 친절해야 한다'는 전제로 일관한 진행 때문에 시청자들의 불쾌감만 일으켰다고 악평이 자자하다. 여자 아이돌만 모아 놓고 각종 테스트를 한다며 눈속임과 몰카로 그들을 괴롭히고 즐거워하는 그 포맷이야말로 방송이 아이돌이라는 직업을 어떻게 악질적으로 '대접'하는지 적나라하게 드러내는 것이었다.

그나저나 「본분 금메달」에서 금메달을 딴 '헬로비너스'의 '나라'는 "방송에 나와 1등을 한 건 처음이라며 감동의 눈물을 흘렸다"고 전해졌다. '헬로비너스'란 그룹도 '나라'란 멤버도, (생존경쟁의) '승리자'가 되었기에 이 글을 쓰는 나 같은 사람에게까지 그 존재와 이름이 알려지게 됐으니 어느 기자의 말처럼 "윈-윈"일 수도 있는 것일까. 놀랍다기보다 차라리 처연한 것은 이 프로그램에 대한 불편과 불쾌가 정작 출연자 아이돌에게는 다른 감정과 의미라는 사실이 아닐까 싶다. 「본분 금메달」에 대한 비난에 대해 제작진 쪽에서는 "현장의 분위기는 화기애애"했다며 "아이돌이 불편해했다면 방송을 내보내지 않았을 것"이라고 답변했다. 방송은 "여성 아이돌을 대상화한 것이 아니라 그들의 매력을 뽐낼 기회를 주었다"는 것이고, 기회를 얻는 것이 생존경쟁의 일부인 아이돌은 기꺼이 그 기회를 누렸다는 것이다.

제발 그런 식으로 말하지 좀 말았으면 좋겠다. 프로그램 자체의 천박함보다도, 그것을 '좋은 게 좋은 것' 아니냐며 엉너리 치는 뻔뻔함과 심지어 스스로 그것이 진짜 '윈-윈'이라고 여기는 비열함이 더 역겹다. 더 이상, 스타의 화려함을 좇는 헛된 환상이라 치부할 수도 없게 된, '아이돌'이라는 이름의 욕망. 그것은 공명과 허영을 부추기는 문화 산업의 마케팅이나 로또식 인생 역전을 꿈꾸는 신분 상승의 목적으로만 움직이는 것도 아니다. 거기엔 이미 이 시대 '미생'들의 고난과 애환이 있고 노래와 춤과 연기에 들린 어린 천재들의 재능과 열정이 있다는 걸 누구도 모르는 게 아니지 않은가. 그들을 선망하고 우러르는 시선보다 착취하고 품평하는 시선의 힘이 더 세져 버린 세상에서, (대중)문화와 방송과 오락을 향유하는 우리의 '본분'은 어떤 자세여야 할까. (2016.2)

웃게 해 달라

한 개그 프로그램의 참여 개그맨과 제작진 및 방송사를 '차별 없는 가정을 위한 시민 연합(차가연)'이 모욕죄 혐의로 고소한 일이 있었다. 「코미디 빅리그」라는 방송 프로그램의 한 신설 코너에서, 7세 어린이 캐릭터로 설정된 개그맨들이 "쟤네 아버지가 양육비 보냈나 보다", "생일 선물을 양쪽에서 받으니 재테크다", "쟤 때문에 부모 갈라선 거 동네 사람 다 안다" 등의 대사를 쳐서 이혼 가정 혹은 한 부모 가정의 아동을 조롱했기 때문이었다. 이 코너의 주축인 개그맨 J씨는 이전에도 여성 혐오 발언과 삼풍백화점 사고 피해자 비하 발언으로 크게 비판받은 적이 있다. 당시 대중의 분노와 실망의 크기에 비해 그 자신의 사과나 반성을 뒷받침할 만한 실질적 행동은 너무 작았던 데 대해, 그리고도 아무런 제재 없이 그가 방송 활동을 이어 가는 모습에 대해 불만을 토로하는 사람들이 많았는데, 유사한 일이 또 벌어지고 나니 그의 등장에 염증을 호소하는 목소리까지 들려온다.

사회적으로 물의를 일으킨 발언의 주인공이 희극인인 경우, "더 많은 분들에게 큰 웃음을 드리고 싶었다", "웃음만을 생각하다가 발언이 세졌다", "그 웃음이 누군가에게 상처가 될 줄 몰랐다", "더 큰 웃음으로 보답하겠다" 등등(인용된 문장들은 2015년 4월 코미디 그룹 '옹달샘' 멤버들의 기자 회견문에서 따온 것들이다)의 변명을 듣게 되는 경우가 있다. 이와 같은 발언에는 무엇을 어떻게 잘못했다는 얘기가 거의 없으니 이게 무슨 사과냐는 빈축을 살 수밖에 없기도 했지만, 사실 이 발언에서 주목할 점은 모든 잘못된 행동의 이유로 '웃음'을 들고 있다는 점이다. 웃음을 드리려고, 웃음만을 생각하다가, 웃음이 상처가 되어, 더 큰 웃음으로 보답하는 길만이, 등등. 웃음에는 죄가 없다는 말을 하고 싶었던 것일까? 웃음에는 본래 날카로운 데가 있으나, 그 점을 비로소 깨닫게 되었다는 뜻으로 들리지는 않는다.

　　약자 조롱을 코드로 삼는 개그가 한국에 특히 많은 듯도 하지만, 바보, 뚱보, 추녀를 놀리는 것만큼 흔한 코미디도 없다. 웃음 자체는 대상을 가려서 발생하지 않는다. 웃음에는 통상 무감동(insensibility)이 수반된다고 베르그송은 말했다. 웃음에 관한 논의들에 무시로 인용되는 그 책에는, 감성, 감정, 감수성 등은 웃음의 반대편에 있는 것이어서 "언제나 한결같이 감수성이 예민하고 삶에 완전히 일치하여, 일어나는 모든 일이 감정적인 반향으로 연결되는 사람은 웃음을 알지도, 이해하지도 못할 것이다"[1]라고 적혀 있기도 하다. 웃음거리는 모든 경직된 것, 엄숙한 것에 있을 뿐, 웃음 자체는 공익적인 것,

---

1 앙리 베르그송, 『웃음─희극성의 의미에 관한 시론』, 정연복 역, 세계사, 1992, p.14.

도덕적인 것 등과 무관하다는 뜻으로도 읽힌다. 악을 비판하고 힘에 저항하는 풍자나 해학에서만 웃음이 터져 나오는 것은 아닐 터이다. 그러니 웃음을 주려는 의도도 모른 채 개그에서 모욕을 느꼈다면 과도하게 진지하고 예민한 축인 것일까?

웃음은 확실히 공감이나 감동 같은 감정적 반향과 거리가 멀다. 베르그송의 말을 좀 더 빌려 본다. 세상에서 일어나는 일들, 들리는 모든 것들에 관심을 가지고, 상상력으로 다른 사람들의 행동과 감정을 함께함으로써 공감이 최대한도로 불러일으켜졌을 때는 모든 것이 중요하게 보이고 준엄한 색채를 띠게 되지만, 그것들로부터 떨어져서 무관심한 관객의 입장으로 삶을 대하면, 많은 드라마가 희극으로 바뀔 것이라는 얘기다. 그런 의미에서 웃음은 (순간적이나마) 감성의 무감 상태 혹은 순수 지성에 호소하는 효과라고 할 수 있다. 그렇다면 이제, 진지하고 예민하여 개그를 보고도 웃지를 못한 이는 스스로의 지성 없음을 탓해야 하는 것인가. 아니, 더 중요한 얘기는 다음에 나온다. "다만 이 지성은 다른 사람들의 지성과 접촉을 유지해야만 한다. 자신이 고립되어 있다고 느낄 때 우리는 희극적인 것을 향유하지 못하리라."

웃음은 언제나 한 집단의 웃음이라는 것이다. 웃음은 언제나 반향을 필요로 하고, 모든 웃음에는 실제로든 상상적으로든 "다른 사람들과의 합의, 즉 일종의 공범 의식"이 숨어 있다. 웃음을 겨냥하는 방송의 효과음으로 관객의 웃음소리만 한 것이 없다. 남의 웃음소리가 나를 더 웃게 하는 것이다. 웃음이 한 사회의 문화와 관습과 언어를 넘어서는 데 제약이 있음은 잘 알리라. 그러니까 어떤 개그를 보고 누군가 웃을 때 다른 누군가가 웃지 않았다면, 문제는 그 웃음이 반향을 일으킨 범위의 속성에 있다. 웃음을 '주려고' 한 축과 웃음을 '받은' 축이 공통으로 합의한 '일종의 공범 의식'에 대해, 그런 의식이 마련될 수 있었던 관습이나 관념에 대해, 웃지 않은 누군가는 동의하지 않았다는 뜻이다. 바꿔 말하면, 웃음을 주고받은 축이 합의한 관념 쪽에서 배제한 누군가가 있다. 웃지 않은 누군가가 모욕감을 느꼈다면, 그 배제는 혐오와 차별에 가까운 것이리라.

그래도, 누군가에게는 상처를 주었지만 다른 누군가를 웃겼을지도 모르니, 웃긴 축과 웃은 축이 공유한 그 웃음 자체는 상처나 죄책감과는 별개의 효과인 것일까? 대상을 가리지 않는 웃음의 위험한 속성까지 잘도 캐치하지만 웃음 자체는 좋은 것 아니냐고 생각하는 이들이라면 가히 경직된 것을 거부하는 유연한 지성의 소유자들이라 해야 하는가? 아니 그보다는, 그 웃음이 겨냥한(웃음을 만들어 낼 것이라 짐작한) 특정 행위, 즉 누군가의 개그가 내면화하고 있는 어떤 사회적 관념에 그들이 먼저 동의했다는 사실이 더 중요하지 않을까. 왜냐하면, 이 경우 웃음은 발생했다기보다 '만들어 내려고' 한 것이기에, 웃음이 나온 순간보다 웃음을 제조한 순간이 문제되기 때문이다. 웃음에 전제된 관념에 동의하지 않으면 웃음은 생겨나지 않으므로, 웃음이 조성되는 경우 웃음보다 동의가 먼저 문제되어야 한다. 요컨대 저런 대화가 왜 개그의 소재가 되었나? 저것이 웃긴가?

그러니까 웃기려고 했으나 모욕감을 준 것에 대해, 웃음도 주고 상처도 준 것으로 판단했다면 큰 오산이란 말이다. 저 개그 프로그램을 고소한 사건은 물론 프로그램을 제작한 측에 내면화되어 있는,

웃음에 관한 '동의'의 관념을 문제 삼은 것이지만, 한편으로 우리는 그 동의의 주체가 과연 누구인가 하는 생각을 더 해 보지 않을 수 없다. 그러니까, 저 개그의 어디가 웃긴가? 「충청도의 힘」이라는 코너 제목을 통해 짐작할 때, 개그의 포인트는 충청도 시골에 사는 아이가 노인처럼 말하는 것이 귀엽거나 재밌다는 데 착안했을 것 같다. 그렇다면 노인들 중에는 타인의 불편한 입장은 전혀 고려하지 않고 아무렇게나 짐작해서 말해 버리는 나쁜 노인들도 있을 테니 그들을 풍자함으로써 웃길 수 있을 것이다. 청년층이 빠져나가 노인과 아이들만 남은 시골 지역 문제가 아이들의 말본새를 통해 우회적으로 드러나니 재미있게 느낄 수 있을 것이다. 그렇다, 그랬다면 웃겼을 것이다.

하지만 저 프로는 그 점을 맥락화하지 않은 채 (약자에 대한) 아이들의 막말로 억지스레 장난스러운 분위기만 만들어 놓고 만 것 같다. 심지어 그 말의 출처인 노인들까지 비하된 것이 아닐까. 그러니까, 약자를 조롱하는 저 막말은 좀처럼, 하나도, 웃기지가 않다는 게 가장 큰 문제다. 그러니 저 개그 프로그램이 고소당한 사태는, 바꿔 보자면 너무나 웃기지 않은 개그에 개그의 본분을 일깨우고 최소한이라도 그것을 수행해 주기를 요청받은 상황이라고도 할 수 있다. 개그는 일단 웃기고 보는 일이라고 생각한다면, 정말 '더 많은 분들에게 드릴 웃음'만을 생각하신다면, 제발이지 한 프로에 한 번이라도 크게 웃게 해 달라는 부탁. (2016.3)

'아무 말'의 해악

　'아무 말 대잔치'라는 말은 정말 아무 데나 갖다 붙여도 찰떡인 것 같다. '아무'라는 단어에 지시 대상의 무차별성이 포함돼 있으니 모든 말이 다 '아무 말'인 것도 맞긴 맞다. 하지만 그런 까닭보다는 너무나 많은 말들이 범람하는 세상에서 차별화되는 말이 별로 눈에 띄지 않는 까닭에 이런 말도 생겨났을 것이다. 하루에도 수차례씩 '아무 말 대잔치'를 벌였던 자신의 일상적 모습이 부끄럽게 자각되기도 하거니와, 실제 담화에서뿐만 아니라 넷(net)에서 웹(web)에서 더 많이 쏟아져 나오는 무수한 말들이 또한 '아무 말 대잔치' 중이라고도 하겠다. 이 말은 우선, 불필요한 말, 하나마나 한 말, 잡다한 말, 엉뚱한 말 등을 가리키는 것이겠으나, 단순히 수다, 개그 등을 통칭하기도 하고 불편한 상황을 희화화하는 데 쓰이기도 한다. 물론 어디까지나 그런 말들이 무해할 때 얘기다.

　취업을 위한 면접을 다녀온 친구에게 면접 잘 보았느냐 물었더니

"잘 못했어. 아무 말 대잔치를 하고 나왔어."라고 답했다면, 이 말은 자기 어필과 관련된 많은 말들을 조리 없이 장황하게 늘어놓았다는 뜻이자 자기 어필이 되지 못할 말까지도 분간 없이 하고 말았다는 뜻일 것이다. 또는 면접관의 질문을 정확히 이해하지 못하여 엉뚱한 대답을 했다는 뜻일 수도 있다. 이런 때 특정 상황에 알맞은 주제나 요점을 거스르고 만 '아무 말'은 제 자신에게 불이익을 가져올지 모르지만 그 자체로 해악은 아니다. 그러나 말의 주제와 맥락을 고의로 끊고 상황에 전혀 맞지 않는 '아무 말'을 해 대는 건 다른 문제다. 뉴스의 앵커 또는 기자가 정치인, 그것도 대통령 후보에게 사람들이 평소 의문을 품어 왔던 내용을 질문했는데 "오랜만에 만나 가지고 좋은 이야기하지 뭘 자꾸 따져 싸요, 거."라고 말했다면, 일단 상황에 안 맞는 말, 불필요한 말, 엉뚱한 말로서 '아무 말'이라고도 하겠으나, 아무 말치고도 해악이다. 대화 상대자인 질문자에 대한 무례함은 물론이거니와, 국민들에게 자기 입장을 밝혀야 하는 정치인의 의무 방기를 넘어 답변을 기대한 다수의 사람들을 모두 무시한 것이 아닌가. 이런 말은 차라리 '막말'일 것이다.

한 개그 프로그램에 신설된 「아무 말 대잔치」라는 제목의 코너에는 개그맨들이 너도나도 엉뚱한 말, 앞뒤가 안 맞는 말, 예상치 못한 말 등을 난사해 댄다. 그런 걸 보면, 말에서 기의(의미)의 연관을 무시하고 기표의 논리로 이어지는 말놀이를 '아무 말'이라고도 하는 것 같다. "오늘 화장 잘 먹었다"라고 말하면서 "꺼억" 하고 트림 소리를 내는 식의 개그 말이다. 썰렁 개그도, 아재 개그도, 소박한 유희에서 마무리되는 선에서 '아무 말'과 유사한 느낌이기도 하다. 그런데 말의 표면을 따라 미끄러지면서 자동화된 의미 연쇄를 끊고 뒤집어 새로운 길을 내는 말놀이(pun)의 경우, 그것이 기발해지고 정교해져서 진부한 상식을 비트는 정도가 되면, 때로 그것은 시가 된다. "그릇된 것은 죄다 그릇이 되어 있었지/철옹성처럼 단단해서/섣불리 두드릴 수도,/진흙처럼 물러서/선선히 발 담글 수도 없었지"(오은, 「질서」). 이 문장들이 화자가 피하고 싶은 그릇된 것들을 따끔하게 꼬집을 수 있는 까닭은, 기의의 맥락만이 아니라 기표의 흐름에 힘입은 것이기도 하다.

가장 문제적인 '아무 말'은, 의미 연관은 되는 것 같은데 실상 아무것도 의미하지 않는 말이다. 소문난 명문(?)이기도 한 다음과 같은 말이 대표적이다. "우리의 핵심 목표는 올해 달성해야 할 것이 이것이다 하고 정신을 차리고 나아가면 우리의 에너지를 분산시키는 것을 해낼 수 있다는 그런 마음을 가지셔야 한다." 횡설수설이나 문법 오류나 말실수라는 얘기가 아니다. '정신 차리고 에너지를 모아 목표를 향해 나아가야 한다'는 뜻은 간신히 알아들었다 해도 이 말이 결국 어떤 작동(지시, 현시, 명명, 수행 등)을 할 수 있을지 모르겠다. 이 말은 무엇을 가리키거나 드러내는 말이 아니다. '정신 차려라'라는 명령의 기능을 해야 할 말이지만 "에너지를 분산시키는 것을 해낼 수 있다"고 하는 말을 정정하지 않은 채로는 오히려 정반대의 내용을 명령하는 꼴이 될 뿐이다. 어쩌면 말의 껍데기를 쓰고 있으나 아무 알맹이(의미)도 갖지 못한 소리, 부정확하고 불명료하고 불분명하여 다만 음성으로만 존재하는 소리라고 해야 할지도 모르겠다.

세상의 많고 많은 말들이 그런 소리에 불과하기도 하겠지만, 문제는 그런 소리가 공적인 자리에서 내뱉어질 수 있었다는 것, 잘 말하려고 준비하고 노력했으나 성공하지 못한 결과가 아니라 애초에 그런 소리를 준비하고도 그것이 말로 둔갑되리라 기대했던 것에 있다. 말의 불확실성을 탓하는 것이 아니다. 우리는 어떤 소설에서 "세 남매의 아버지는 자주 모자가 되었다."(황정은, 「모자」)라는 문장을 읽고, 어떤 시에서 "내 외투가 기체가 되었어./호주머니에서 내가 꺼낸 건 구름. 당신의 지팡이."(김행숙, 「이별의 능력」)라는 구절을 읽는다. 상징, 비유, 심상 등 일종의 수사법으로 설명해 본다 해도 반드시 명쾌해지지는 않는 이런 서술들의 어떤 모호함을 우리가 '문학적'이라 부를 때, 여기엔 바로 이렇게 말해졌기에 이보다 더 선명할 수는 없는 상태로 명징한 모호함이 있다. 언제나 명확하고자 하나 완벽히 투명해질 수 없는 언어의 운명을 거슬러, 더 명확해지기 위해 불확실을 경유하는 이런 말들의 길과, 불분명한 것을 목적으로 언어의 껍데기만을 이용하려는 '아무 말'의 길을 절대 헷갈릴 수는 없다.

최근에 번역 출간된 『개소리에 대하여(On Bullshit)』(해리 G. 프랭크퍼트, 이윤 역)라는 책이 적극적으로 인구에 회자된 배후(?)에는, 선거철을 맞아 여느 때보다 더 과하게 쏟아져 나오는 이 시기 정치적·대중적 담화(문)들이 있는 듯하다. 너무 간단히 현재를 추어올리고 너무 쉽게 미래를 약속하는 너무 많은 담화문들이 그야말로 '대잔치'처럼 흥성하니, 일단 '아무 말 대잔치'를 의심하는 것도 무리가 아니다. 이 책에서 말하는 '개소리(bullshit)'란 '자기 이익을 위해 상대를 기만할 목적으로 늘어놓는 부정확하고 모호한 진술'로서, 진실에 반하는 말인 거짓말보다도 더 진실에 무관심한 악질의 말이다. 진의를 고민하지 않는 '아무 말'이 개소리가 되는 것은 순식간이 아닐까. 진실에 대해 무관심하다는 것은 단지 진실을 거기에 두는 것이 아니라 진실이 드러나는 배경과 맥락을 적극적으로 흐리거나 뭉개 버림으로써 진실을 함정에 밀어 넣고 진실에 대한 요구마저 봉쇄해 버린다는 사실을 소홀히 생각해서는 안 될 것이다. '반부패 재벌 개혁', '튼튼한 자강 안보', '교육, 과학기술, 창업혁명', '강한 대한민국', '창업하고 싶은 나라, 공정한 시장경제', '모두를 위한 양성평등' 등등의 슬로건이 길목마다 눈앞을 가로막는 요즘이다. 이것들이 기어코 '아무 말 대잔치'로 판명되지는 않기를, 그저 바라마지 않을 뿐. (2017.4)

문해력의 기초

　'이거 뉴스에 나왔어!'라는 말이면 중구난방으로 쏟아지는 친구들의 말문을 단번에 막아 버리며 공정한 사실을 점유한 기분으로 의기양양해도 되었던 어린 시절이 당신에게도 있었을 것이다. 뉴스는 반드시 있었던 일만 말하고, 뉴스는 정확하고, 뉴스는 객관적이고, 그러므로 뉴스는 옳은 말만 한다고 믿었던 건 동심의 일이었을까. '뉴스'라면 무조건 '진짜'라고 생각했던 그땐, 내가 어렸기도 했지만, 뉴스뿐 아니라 텔레비전이나 라디오 방송에서 보도된 어떤 일이든, 신문이 아니라도 글로 적힌 이야기는 무엇이든, 일단은 그럴싸해 보이는 정도가 지금에 비하면 정말 대단했던 시절이 아니었나 싶다. 더구나 딱딱한 말투와 엄격한 자세로 일관된 앵커가 단독으로 책상 앞에 앉아 전 국민에게 보도문을 전달하는 뉴스 화면은 다른 어떤 프로보다도 거짓과는 거리가 멀어 보였다. 또 아무리 시시콜콜한 이야기라도 최소한 글로 적힌 것이라면 기록으로 남겨질 만한 의미가 있는 것이겠거니 하고, 그때는 어른들도 생각했던 것 같다.

'뉴스=사실'이라는 등식을 의심치 않았던 옛 시절을 들먹일 필요도 없이 '가짜 뉴스'라는 말은 괴상한 조어다. 뉴스에는, 물론 있었을 수도 있는 일과 제기되는 의혹과 주관적인 의견도 포함될 수 있으나, 그럼에도 뉴스의 사실성이 근거하는 것은 어떤 상황의 진위(眞僞) 혹은 정오(正誤)를 판단하기 이전의 사태일 것이다. 뉴스가 발생했다는 것은, 그 뉴스의 대상인 어떤 사건이 실제 발생했기에 가능한 것, 따라서 당연히 진짜로 일어난 일만이 뉴스의 근거가 되는 것이라는 지극히 상식적인 생각으로 볼 때 뉴스가 '가짜'라는 것은 원리상 모순된 말처럼 느껴진다는 얘기다. 어떤 뉴스가 보도 후에 '오류'나 '거짓'으로 밝혀질 수는 있지만, 그와 달리 '가짜 뉴스'는 애초에 일어나지 않은 일을 일어난 것으로, 없었던 일을 '가짜'로 있었던 것이 되게 만든다는 것이 아닌가. '가짜 뉴스'란 틀렸거나 그릇된 것이기 이전에 기이하거나 헛된 것이다.

'가짜 뉴스', 영어로는 'Fake news'라고 하는 이 문제적인 문서(혹은 말의 형태)는, 기원 없이 떠도는 루머, 스캔들이라고 할 수도 없고, 무작정 사람들의 이목을 낚으려 자극적인 소재를 마구잡이로 기사화하거나 흥미와 상업성을 위해 과장과 왜곡을 일삼는 '황색언론(yellow journalism)'과도 구별된다. 주로 정치인, 기업인, 연예인 등 알려진 인물들을 비방하거나 치켜세우는 이야기들을, 특정한 목적을 가지고 조작하거나 완전히 날조해 낸 것으로, 사실을 연결하는 데 과장과 축소가 의도적으로 섞인 정도를 훨씬 지나쳐 전적으로 허위를 꾸며 낸 것이 많다. 내용상 불합리하고 황당한 것이 대부분인데, 이를테면 가장 최근에는 "대통령 탄핵 인용에 찬성한 헌법재판관 8명 전원이 200억 원씩 받았다"는 식의 이야기가 '뉴스'의 형태로 돌아다녔던 것이다.

전 세계적으로 기승을 부리는 가짜 뉴스는, 최근 국정 농단 사태와 대통령 탄핵 인용에 이르기까지의 한국 사회에 심각한 문제로 등장한 것은 물론, 미국의 지난 대선 결과에도 적잖은 영향을 미쳤고 선거철을 앞둔 유럽 국가들에서도 만만찮은 골칫거리라고 한다. 21세기를 사는 인류의 보통 이성으로 '가짜 뉴스'의 목적이 부당하다는 것쯤은 어렵잖게 알려질 만한데도, 이것이 확산되는 범위와 속도가 무서울 정도인 것은 인터넷 연결망 서비스의 거대한 지배력과 무관하지 않을 터이다. 무수히 쏟아지는 정보와 기사 속에서 기존의 입장을 유지하는 데 필요한 것만 골라 취하고, 믿고 싶은 것만 믿으려는 사람들의 소위 '확증편향'이 가짜 뉴스의 기승을 더욱 부추기고 있는 것도 사실일 것이다. 그리고 사람들이 그것을 믿는 중요한 이유가 또 있는데, '가짜 뉴스'가 말 그대로 '뉴스'처럼 생겼기 때문이다.

온갖 날조된 사실, 허위 정보, 거짓 사연 들을 퍼뜨려서 사람들을 선동하려는 악의적인 행태는 이전에도 없지 않았지만, 단순히 루머를 퍼뜨리는 것이 아니라 그것을 '뉴스', 즉 기사 또는 보도문의 양식을 차용하여 '생산'한다는 점이야말로 최근 가짜 뉴스의 특징이다. 대개 가짜 뉴스의 최초 게시자들은 본인도 어디선가 들은 이야기를 옮겼다고 하지만, 대부분 출처를 확인할 수 없다는 점에서 스스로 꾸며 냈을 가능성이 크다. 문제는 그 내용을 '기사문의 양식'으로 적었다는 데 있다. '단독', '속보', '호외' 등의 말머리를 붙이고, 명사형 종결 어구로 헤드라인을 달고, 실제로 어제저녁 방송 뉴스에 보도되었던 기사의 일부를 포함하면서, 저명한 외국 인사 아무개의 길고 복잡한 이름이나 영국 무슨 대학교 사회과학연구소의 어떤 리서치를 인용하고, 실시간으로는 확인 불가한 북한의 현황을 보도하는 식이다. 기사문의 양식에 맞췄다기보다 그저 흉내만 낸 것들이지만, 'ㅇㅇ저널', 'ㅇㅇ미디어' 등의 이름을 정식 등록하고 활동하는 매체들에 의해 더 매끄럽게 손질되어 그것들은 더 널리 전파된다.

먼 세상에서부터 온 정보는 귀했고, 한 사회의 다른 사람들 생각을 일상에서 간파하기는 어려웠으며, 선진국 지식인들의 견해는 대개 믿을 만했고, 무엇보다도 다중에게 진실을 알리려는 기자 정신이 살아 있던 시절, 그런 시절이 있었다. 이제는 다시 올 수 없는 시절일까. '보도'와 '기사', '뉴스'와 '신문'의 양식으로 익숙했던 문형의 빈번한 사용은 그 내용의 진실성, 객관성을 보장하는 어떤 당위도 상실한 채 오히려 그 정반대인 허위, 억지, 궤변을 위한 '가짜'로 더 쉽게 타락해 버리고 말았다. 미디어의 말들은 물론이거니와, 일상생활에서 사회적 담론장에서 유통되는 말들의 용법과 맥락을 파악하는 문해력(literacy)은 이제, 지난 시절의 관용(慣用)적 형태를 참고하는 데서가 아니라 오히려 적극적으로 그것을 의심하는 능력에서 얻어질 수 있다. 그러니 어쩐지 틀에 맞춘 듯 짜인 기사일수록, "이거 뉴스야!"라고 말하기 좋게 생겨 먹은 보도일수록, 믿기 전에 먼저 생각해 보아야 한다, 내가 그것을 믿고 싶은지 아닌지. 우리는 대개 믿고 싶은 것을 믿음직스러운 것으로 착각하니까. 믿고 싶은 것을 믿지 않는 것, 그것이 이 시대가 필요로 하는 문해력의 기초인지도 모른다.

PS. "이거 소설이야!"라는 말이면, 두 눈을 반짝이며 이야기에 집중하던 친구들도 실없이 웃겨 버리거나 대번에 실망시켜 버렸던 어린 시절도 누구에게나 있을 것이다. 소설은 반드시 있었던 일이 아니고, 확실한 얘기도 아니며, 모두의 승인을 얻을 필요가 없는 누군가의 주관이라는 사실을 따로 배우기도 전에 벌써 알아 버렸던가. 하지만 우리가 어떤 허구를 "이거 진짜 소설인데!"라고 지칭할 경우, '진짜'는 '실제'가 아니라 '잘 꾸며 낸' 것을 뜻하고 따라서 잘 꾸며 낸 이야기는 '가짜' 의미가 아니라 '진짜 중요한' 의미를 지닌다는 걸 모르는 이도 없을 것이다. 허구를 사실로 착각한 데서 의미를 도출하는 게 아니라 허구를 파악하는 과정, 즉 해석, 의심, 비판 등이 동반된 그 과정에서 목적 없는 진실이 인식될 터이다. 날마다 수백여 건씩 쏟아지는 보도와 기사를 대할 때도 소설을 대하듯 해 보면 어떨까. 이 이야기는 나에게 무엇을 알게 하는가, 그 앎은 이 세상에서 어떤 역할을 할 것인가, 그 역할이 부당하고 비합리적인 목적을 위해 쓰이는 건 아닐까, 그 목적은 이 세상을 어떤 쪽으로 밀고 갈 것인가……. (2017.3)

팩트 폭력 체크[1]

    강의실에서 한 학생이 발표 도중 '팩폭'이라는 말을 스스럼없이 쓰는 걸 보니 충분히 상용화된 말인가 보다. '팩트 폭력'의 줄임말인데, 대화의 상대자나 제삼자가 부정하기 어려운 사실로써 상대를 날카롭게 비판하는 상황을 가리키는 말로 알려져 있다. 논쟁적 상황에서 한쪽의 주장을 적실하게 뒷받침할 만한 사실적인 논거가 제시되었을 때, 상대 논객이 처한 당황스러움을 과장하느라 이런 말도 나타났구나 하는 정도로 간단하게 생각하고 말 수도 있겠지. 오락 예능 방송에서 연예인들이 내뱉거나 자막으로 처리될 때 이 말은, 얼마 전까지는 '돌직구'라고 말해지던 유머, 개그, 독설에 대한 신조 표현 정도로 이해하고 지나가면 그만일까.

    어쩐지 개운찮은 기분이 남는 것은, '팩트'란 말의 용처가 새삼 의

---

1 JTBC「뉴스룸」의 한 코너명 '팩트 체크'에서 따왔다.

문스러워서인 듯하다. '팩트'가 표현되었는데 그것이 '폭력'에 비유될 정도로 강력한 힘을 발휘했다는 뜻으로 '팩트 폭력'이란 말이 사용된 다지만, 그것은 이를테면 '사실의 힘'이라고 말하는 것과는 전혀 같지 않은 것이다. '팩폭'의 대표 예문으로 "너 살 많이 쪘다", "네가 아직 미혼인 것은 결혼을 안 한 게 아니라 못 한 것이다", "3년 치 통계상 네가 대학 갈 확률은 매우 낮다" 등등 상대방을 불쾌하게 만드는 지적들이 거론되는데, 이런 말들을 '팩트'라 한다면 이때 사실로 전달되는 것은 말의 의미가 아니라 말의 의도가 아닐까 싶다. 다시 말해 '팩트 폭력'이란 어떤 말의 내용적 사실성보다도 그 말의 의도 혹은 효과가 폭력적일 만큼 일방적이거나 모진 경우들을 부각시키는 용어라 할 수 있다.

'팩트' 즉, '사실(事實)'이 누구에게나 존중받(아야 하)는 것이라면, 의견, 판단, 이론, 당위 등과 달리 사실 그 자체는 어떤 의도나 목적의 편향성 없이 중립적이리라는 믿음 때문이다. 그러나 각자의 입장과 시각에 갇힌, 인간적 한계를 지닌 우리 모두는 어쩌면 '사실 그 자체'라는 것을 정확히 알아채고 정확히 표현하기가 거의 불가능한 만큼 '팩트'란 조심스럽고 신중하게 대해야 하는 것일 수밖에 없다. 정오(正誤), 우열(愚劣), 호오(好惡) 등의 판단과 규정, 나아가 몰아붙이기나 상처 주기 등의 특정 의도들의 맥락에 걸린 채 진술된 '팩트'라면 그건 이미 '사실 그 자체'가 아닐 것이다. 요컨대 '팩트 폭력'이라 칭해지는 대부분의 상황은 억지로 사실이라 주장되는 폭력이거나 폭력이 될 수도 있는 하나의 의견이 전해지는 때일 가능성이 크다는 말이다.

문제는, 담화 상황에서 우위를 점하려는 욕망으로 자기의 진술에 일단 '팩트'라는 단어를 사용/오용하게 되고, 그럼으로써 실은 화자의 공격성이나 무례함이 포함된 의견이 마치 사실인 것처럼 호도될 수 있다는 점이다. 또는, 간혹 확률 통계 수치를 대며 오직 그것만이 '팩트'의 확실한 근거인 듯 내세워지는 때, 다른 이들의 올바른 판단이나 주장도 무조건 근거 없는 견해, 비사실적인 의견으로 몰아붙여지기도 한다는 점이다. 그러나 인간 현실의 어떤 현상도 완전히 맥락 없이 나타난 무의미일 수는 없다는 사실을 상기한다면, 반복건대 우리의 담화 상황 속에서는 어떤 진술이 오직 '팩트'로써 표출되고 전달되기는 매우 드물고 너무나 어려운 일이며, 어떤 '팩트'도 맥락 없이 의미 있는 것으로 존중받을 까닭은 없다.

　한편, 사실과 구별되는 의견, 주장, 상상, 관념 등을 우리는 팩트의 적(敵), 혹은 '사이비 팩트'라고 생각하면 되는 것일까? 의견, 주장, 상상, 관념 등으로 이루어진 말을 팩트와 구별하여 '픽션'이라고 부를 수 있다. 그런데 팩트(의 말이)나 픽션(의 말)이나 양자는 다 언어라는 매체를 통해 구성되고 가시화되므로, 언어가 구성하는 진실 혹은 의미에 대해 양자는 서로 적대적이라기보다 상호 보완적이다. 진술된 팩트는 언제나 맥락이라는 픽션과 얽혀 있지 않을 수 없으며, 달리 말해 팩트와 픽션은 사실상 분리 불가능하다는 얘기다. 정당한 견해, 정확한 판단, 솔직한 지적으로 된 비판이라면, '픽션 폭력'이라고 불러야 할까. 아니, 비판을 '폭력'이라고 칭해도 되는 것일까. 여하간 논쟁과 비판의 상황에서 '팩트 폭력'이란 말이 적합한 경우는 거의 없지 않을까. 논쟁과 비판은 팩트가 무엇인지 알리는 일이 아니라 어떤 팩트를 있게 한 맥락(이라는 픽션)을 점검하고 심지어 바꾸

려는 일에 가까운 것이다. (2017.4)

최대한의 지성과 용기를

잘못을 했으면 사과를 해야 한다. 잘못인 줄 모르고 한 일이더라도 잘못이라고 '깨달았으면' 곧바로 사과해야 한다. 사과를 하지 않으면, 여태 잘못인 줄 깨닫지 못했다는 뜻이거나 잘못으로 인정하지 않겠다는 뜻이 된다. 누구나 잘못을 저지를 수 있지만 누구나 사과를 잘하지는 못하는 까닭은, 잘못인지 아닌지 깨달을 수 있느냐 없느냐 혹은 잘못을 인정하느냐 아니냐에 있다. 깨달음과 인정은 아무래도 머리 쪽의 일이어서, 잘못은 지적(知的)인 행위가 아니지만 사과는 그보다 지적인 행위라고 할 수 있다. 사과를 안 하는 사람보다 사과를 잘하는 사람이 덜 어리석다고 말해도 될 것이다.

잘못을 했으나 사과를 안 하기도 한다. 끝까지 잘못이 아니라고 생각해서 그럴 때도 있고 잘못을 하는 것이 목적이었으므로 그럴 때도 있을 것이다. 누가 뭐래도 자기가 잘못한 게 아니라고 생각하는 경우는, 자기 행위의 동기로부터 어긋나 버린 행위의 결과에 대해 책임지지 않겠다는 입장을 견지한 것으로, 상대의 입장을 수용하지 않는 태도가 된다. 이 경우 사과하지 않는 것은 그 자체로 상대의 입장을 옹졸하거나 비상식적인 것으로 치부한다는 표명이 된다. 미리부터 잘못인 줄 알면서도 그 결과를 목적으로 저지른 행위라면, 상호적인 게 아니라 일방적인 악행 혹은 폭력일 것이다. 이는 사과 차원이 아니라 징벌 차원에서 해결되어야 할 문제다.

그러면, 무엇이 '잘못'인가? '잘못하다'는 동사는 그 말이 가리키는 행위가 벌어진 때와 시간 차를 두고 사후적으로 그 의미가 판명되는 말이다.(이 동사는 과거형으로 쓰이지 현재진행형으로 쓰일 수는 없다.) '일을 그릇되게 하다', '사리에 어그러지게 하다'라는 어의를 가진 이 단어에서 '그릇되게'나 '사리에 어그러지게'는 일의 결과에서 드러나므로 일이 벌어지는 도중에는 알아차리지 못할 수도 있다. 따라서 '잘못' 혹은 '잘못하다'는 단어가 지시하는 바는 일정한 내용을 가지지 않는다. '잘못'이란 근원적으로 주어에 장악된 것이 아니라 주어를 비껴감으로써 태어난 것이다. 어떤 '잘못'에 대해 주어의 의도가 이러했다 저러했다고 말하는 건 문법적으로도 이미 오류라는 얘기다. 그런데 요즘 인터넷에서 검색되는 '사과문 작성법'을 보니 특히 요주의할 점으로 이 부분이 강조되어 있어, 사과의 원인인 '잘못'에 대한 엄밀한 이해가 더 필요하리라는 생각이 들었다.

=사과문 작성에 들어가지 말아야 할 것
본의 아니게
그것은 오해로서
그럴 뜻은 없었지만 / 그럴 의도는 없었지만

저만 그런 것은 아닌데

억울합니다

앞으로는 신중하게

사과를 하는 데 정해진 방법이 있다는 발상도 어이없지만, 이런 식의 매뉴얼이 통용된다면 사과의 본의가 대체 무엇인지 묻지 않을 수 없다. '사과문 작성법'으로 검색되는 얘기들의 공통된 요지는, 변명으로 상대의 기분을 상하게 하지 않는 것과 책임질 방도를 빠르게 구체적으로 밝히는 것이 '사태 수습'에 가장 좋다는 것이다. 이때 '수습'해야 할 사태는 잘못된 행위가 아니라 잘못의 주체를 향한 상대의 분노 또는 요청인 것으로 묘사됨으로써, 어쩐지 어서 사과를 해야 하는 A는 견책을 당하는 약자처럼, 그리고 사과를 촉구하는 B는 강압적으로 요구하는 강자처럼 느껴지게 하는 뉘앙스를 풍긴다. 이런 구도에서 사과는, 행위의 맥락과 결과에 대한 진실을 명백히 밝혀 오류를 인정하고 정직한 자기반성을 거쳐 마침내 상대의 관용을 겸허하게 만날 수 있는 인간적인 드라마로 실현될 수 있을까?

그런데, 사과를 왜 하는가? 사과라는 행위가 어째서 필요한지 다시 따져 보자. A가 B에게 C라는 행위를 했는데 그것이 B에게 문제가 되었을 경우, A가 C의 그릇됨을 알고 반성함으로써 B의 용서를 구하기 위해 한다. 사과를 함으로써 C의 오류가 밝혀지고 B는 문제를 극복하며 A에게는 그와 같은 일이 다시 발생하지 않을 것이다. 일차적으로 사과의 목적은 B의 용서, 즉 B에게 문제가 되었던 상황이 해결되는 데 있고, 궁극적으로 그것은 C와 같은 오류가 재발할 확률을 줄이는 데 있다. 그런데 이때 C의 오류는 B에게 어떤 문제를

야기했느냐 아니냐에 의해 부각되므로, 만약 C가 아무 문제도 야기하지 않았다면(B가 A의 행위를 인정했다면) 보통 사과는 필요하지 않다. 때문에 사과를 해야 할 A는 B의 용서를 구하기에 앞서 자기의 행동인 C가 (동기와 결과에 어긋남이 있든 없든) 문제를 일으키지 않았더라면, 하고 바라는 마음, 모종의 억울한 감정에 먼저 휩싸일 수도 있을 것이다. 이것이 인간에게 있을 수 없는 마음은 아니겠지만, 사과의 일차적인 목적을 생각하면 비겁한 마음이고, 궁극적인 목적을 생각하면 어리석은 마음이다.

 잘못을 깨닫고 인정하고 사과하는 일련의 모든 행위, 그것은 불완전한 인간이 조금이라도 더 나은 인간이 되고 싶다는 바람직한 욕망의 소산이다. 또한 그 욕망을 위해 최대한 오류를 경계하려는 인간적 노력에 의해 수행된다. 신속하게 수습하고 무조건 해결해야 할 과제를 떠맡은 기분으로는, 사과도, 반성도, 용서도, 본래의 의미를 챙겨 지니지 못할 것이다. 비겁하고 어리석은 마음이지만 의도와 어긋난 결과가 안타까워 변명이 먼저 튀어나올 수도 있고, 의도적인 악행이나 폭력이 아니었다면 미리 가늠하지 못했던 그릇된 결과에 대해 어떻게 책임져야 좋은지 바로 판단이 안 서는 것도 그럴 수 있는 일 아닌가. 어떤 말은 절대 들어가선 안 된다느니, 무조건 신속하게 대처하라느니 하는 지침 따위는 사과의 근본 취지와는 전혀 상관없는, 당면한 상황에서 자기가 덜 불리해지기 위한 대책 마련 방안일 뿐이다. 사과문은 적절하게 '대처'하여 유리한 상황을 유도하기 위해 작성하는 글이 아니다. 최소한의 조정으로 인간이 공존하기 위해 최대한의 지성과 용기를 발휘해야 하는 글이다. (2015.9.)

제4부 어떤 한국에서 2015-2017

말솜씨 얘기가 아니다

현 대한민국 대통령[1]의 말씀을 국민들이 들을 기회는 상당히 드문 편인데, 어쩌다 그런 기회가 있어도 그 문장의 형태와 의미가 아연하여 상식적으로 이해하기가 어려우나 질문을 받지 않으시므로 그 발화의 효용과 진의를 두고 이러저러한 대응들이 나오곤 한다. 최근에는 "바르게 역사를 배우지 못하면 혼이 비정상이 된다"는 말에 또 한 번 어리둥절하거나 심지어 실소를 터뜨린 이들이 많았던 것 같다. 무엇을 '정상'으로 규정하신 것인지 모호한 채 그 범주를 임의적으로 적용한 것부터 의아한데다, 관용적으로 '나가다', '빠지다', '담기다', '깃들다' 등과 함께 쓰이는 '혼'이란 단어에 '비정상'을 술어로 갖다 붙이니 얼핏 듣기에도 어색하지 않을 수가 없다. "창조국어인가?", "국사 교육보다 국어 교육이 시급" 등의 반응이 눈에 띄었다. 하지만 아마도 그 말을 '정신'의 유의어로서, 그리하여 정신의 일부

---

1 이 글은 2016년에 쓴 글이므로 박근혜 전 대통령을 가리킨다.

인 가치관이나 사고방식을 지칭하기 위해 쓴 것이라 짐작해 본다면, 최소한 발화자가 표현하고자 한 바가 완전히 왜곡되어 전달된 것은 아니다.

"혼이 비정상"이라는 말에 대한 논란의 요지는 역사 과목의 국정교과서 추진 방안에 대한 국민 대다수의 관점을 '비정상'으로 몰아붙였다는 데 있으나, 사람들이 그 사실을 몰라서 저 비문(非文)에 조소를 보낸 것은 아니다. 이전에도 "간절히 원하면 우주가 도와준다", "전체 책을 보면 그런 기운이 느껴진다" 등등의 말씀을 하셨고 그때 이미 당황스러우리만치 생소하게 들렸던 '우주', '기운'이라는 단어가 있었기에 이번에는 '혼'이라는 말이 자동적으로 튀어 올라 이목을 끈 것이기도 하겠다. 무슨 '선무당' 같은 소리냐는 빈축도 샀고, 그분이 이십여 년째 줄곧 해 온 국선도에서 일상적으로 쓰이는 단어들일 뿐이라는 분석도 나왔다. 여하간, 그런 단어들 자체가 일상생활에서나 공식 석상에서나 절대 쓰여서는 안 될 이유는 없다. 간혹 지식과 이성의 임계점을 헤아릴 수밖에 없는 어떤 순간에는 바로 그런 단어들이 꼭 적확할 때도 있는 법이다. 물론 그 임계점에서 자기 혼을 꼭 붙잡고 그 행방을 반드시 지켜봐야 하는 임무는 듣는 이가 아니라 말하는 이에게 있다.

'100단어 공주', '베이비 토크' 등 비하적인 표현으로 지적당하곤 하는 그 담화의 특징은, 한 문장이 매듭지어지지 않은 채로 다음 문장으로 줄곧 이어져 마침표까지의 거리가 길어지는 바람에 그 안에 어떤 내용들이 (있다 해도) 질서 있게 길을 찾지 못한다는 것이다. 주술 호응이 어긋나는 문법적 비문 정도는 특별히 지적할 필요도 없을 만큼 다반사다. 그렇기는 하지만, 사실 주어가 잘 생략되는 한국어 구어는 문어와의 갭이 큰 편이어서, 공식적인 발언의 기회가 적은 평범한 사람들의 발화는 대개 그와 유사한 형태가 적잖을 것이다. 한 논객의 말마따나 "너무 깊이 이해하려고 하지 말고, 어법 문제 감안해서 들으면, 이해할 수 있다. 간단하다." 인터넷에는 한 논술 강사가 대통령의 담화를 녹취한 다음 문장을 첨삭하는 영상도 떠도는 형국이지만 녹취한 문장의 문법 오류가 그렇게 큰 문제일까?

그래서 오늘 오후에는 일학습병행과 자유학기제에 대해서 점검하게 되는데 그러면 일학습병행은 목표가 뭐냐, 우리 사회가 너무 학벌만을 따진다, 그러니까 학벌 중심이 아니라 능력 중심으로 가야 되고, 또 능력 중심 사회를 만든다는 것이 일학습병행에 최종적인 목표다, 그리고 여러 가지 정책들은 그것을 이루기 위한 방안들이겠죠, 그래서 이 부분에 대해서 우리가 점검 회의 할 적에 일학습병행, 자유학기제 이것은 우리가 어떤 것을 목표로 했느냐 하는 것을 한번 분명하게 되짚어 보고, 그다음에 이것이 성과가 나게 되면 우리 사회가 어떻게 변할 건가. 우리 국민들 인식이나 모든 것이 어떻게 변할 건가 하는 거에 대한 결과를 우리가 한번 짚어 보고, 그다음에 그것을 이루기 위한 중점 과제들이 뭐뭐뭐뭐 있다 핵심적인 거 그리고 그걸 해 나가는 데 있어서 가장 갈등이 심하거나 좀 어려운 난제들은 이거 이건데 이거는 이렇게 관리를 하고 있다든가 그런 게 죽 나와야 되고. 그래서 지금까지 몇 개월 동안 성과는 무엇이고 연말까지는 어떤 성과를 이루겠다고 하는 그것이 분명하게 제시되고 오늘 오후에도 얘기가 되어야 한다고 생각합니다. (6월 29일 오전 청와대 수석비서관 회의)

대통령 담화용 특별 번역기도 있다지만 마음 비우고 집중하면 혼자서도 웬만큼 이해할 만하다. 무엇을? 정부의 어떤 정책('일학습병행'과 '자유학기제')에 관한 논의를 해야 하는데, 그 목표를 짚어 보고 방안을 제시해야 한다는 얘기 아닌가? '간단하다.' 어떻게? 이 담화에는 주어, 술어, 목적어, 부사 등이 엉켜 들리는 소리(말) 중에 좀 더 분명하게 들리는 소리, 즉 '일학습병행', '자유학기제'나 '목표', '방안' 등이 있고, 나머지는 아마 무언가를 표시하는 소리이지 의미하는 '말'은 아닌 듯하지만, 저 들리는 단어들의 나열만으로도 알아챌 수 있는 내용이 거기 있지 않은가? 문장의 길이가 알려 주듯이, 말들은 거침없이, 세포분열하듯, 늘어난다. 발췌 출처가 없다면 문장만 보고 서술어에 호응하는 주체도, 발화의 주체도, 알기 쉽지 않겠지만, 저 많은 말(소리)들은 주체와 상관없이 저들(말)끼리 잇대어지고 분기되면서 술술 흐르고 있다.

막스 피카르트의 『침묵의 세계』라는 책에서는 말이란 '말과 동시에 침묵에게 의미를 부여하는 정신활동을 통해서 나오는 것'이라고 한다. 그런 과정 없이 발생하는 말들이 오늘날 진정한 말을 대신한 '잡음어'로서 세상에 만연한데, 그런 잡음어란 '한 잡음어가 자기 몸에서 다른 잡음어를 분열시킴으로써 양적인 영역에서 발생'한다고 설명한다. 다시 말해 잡음어는 인간(발화자)의 확고한 행위를 통해서 생기는 것이 아니라 인간(발화자)과는 상관없는 듯 그와 독립된 곳에서 생겨난다는 것이다. 말이란 '정신활동'과 '확고한 행위'로써 생성되는 것, 바꿔 말하면 말이란 육체와 정신을 통합적으로 다스리는 작용인 '혼(魂)'이 하는 일이라 할 수도 있는데, '잡음어'는 혼이 (비정상인 상태가 아니라) 빠진 상태에서 배출되는 말이라는 얘기다. "잡음어는 사이비 말"이며, "말해지는 어떤 것이기는 하되 그것은 결코 말이 아니"다. 잡음어는 타인에게 전해져서 무엇을 해내는 말이 아니라 "자신이 존재하고 있음을 자기 자신에게 증명해야 하기 때문"에 그저 이어지는 말이라는 것이다.

인간은 말하는 동물이지만, 누구나 잘 말하는 것은 아니다. 의도와 상황, 문법에 맞게 효과적으로 말을 사용해야 한다는 사실을 인지하지 못해서 그럴 리가 있겠는가. 똑똑하고 앎이 많은 것과 배움이 적고 남 앞에 나서서 말할 일이 적은 것 등의 요인도, 말을 잘하고 못하고를 가르는 결정적 인자는 아닐 것이다. 말솜씨 얘기가 아니다. 앞에서 소개한 '(진정한) 말'과 '잡음어'에 관한 것, '혼이 깃든 일'과 '혼이 빠진 일'의 차이에 관한 생각이다. 그 책의 유익한 설명을 몇 구절 더 덧붙이면서 나도 반성 좀 해야겠다. "잡음어는 들끓는 벌레 떼와 같다. 분명하지 않은 구름장, 벌레들의 구름장만이 보인다. 그 구름장으로부터 윙윙거리는 소리가 나와 모든 것을 뒤덮고 모든 것을 똑같게 만든다." "잡음어 자체는 악은 아니지만, 그것은 악을 예비한다. 잡음어 속에서 정신은 쉽게 무너진다." "악은 불명료함과 몽롱함을 좋아한다. 몽롱함 속에서 불명료함은 곳곳으로 미끄러져 들어갈 수 있다." 사실 내 입에서 만날 나오는 소리지만 "뭐뭐뭐뭐", "이거 이건데 이거는 이렇게" 같은 소리가 자꾸 윙윙거린다. (2015.11)

위트 앤 시니컬

　지난주 국정감사에서 도종환 국회의원은, 청와대에서 문화체육관광부로 내려보낸 "정부가 지원하지 않기로 한 예술인들의 블랙리스트"가 있다고 주장했다. 곧이어 언론에 작가, 가수, 배우, 연출가, 제작자, 평론가 등 문화계 인물들 9,473명의 명단이 공개되었다. 세월호 시국선언과 세월호 정부 시행령 폐기 촉구를 위한 선언에 참여했거나, 2014년 서울시장 선거에서 박원순 후보를, 18대 대선에서 문재인 후보를 지지한 문화예술인들의 이름이라고 한다. 정부가 개인을 특정하게 관리하기 위해 그런 것을 작성했다는 사실 앞에서, 상상도 못 할 일이며 천인공노할 일이라고, 사람들은 길길이 뛰었던가? 아니, 짐작은 했지만 명백히 드러난 '블랙리스트'의 존재에 대한 제일 흔한 반응은 황당하고 부끄럽다는 것이었다. 있을 수 있는 일이라는 반응은 물론 아니다. 그럼에도 그런 것이 있다는 사실을 전혀 몰랐다고 하는 건 어쩐지 스스로 기만적인 듯하고, 그러니 그 어처구니없는 명단에 오른 이름들을 확인하면서 너무나 놀라거나 너무나 화를 낸다는 것도 어쩐지 생급스러운 것이다. "블랙리스트……
문화계에선 존재를 이미 알고 있었지만, 1만 명 수준이라니…… 다
들 어떻게 살고 계신지 마음이 아픕니다."(문성근 배우) 이런 말에서
묻어나듯 이건 놀랍거나 무서운 일이라기보다 차라리 '마음 아픈' 일
인 듯하다.

몇 십 명, 몇 백 명도 아니고 만 명에 육박하는 다수와 함께 당하
는 일이라 심각성이 상쇄된 측면도 있을 것이다. 대단하게 반체제
운동을 벌인 것도 아니고 신랄하게 정권 비판을 지속한 것도 아닌
데, 세월호 관련 행정에 반대하고 현 정권이 아닌 인사를 지지했다
고 그렇게 쉽게(?) 오를 수 있는 블랙리스트라면, 거기 이름이 적힌
사람들과 그것을 작성한 이들은 서로에게 그다지 위협적이 아니라
는 뜻이겠다. "블랙리스트는 리스트 그 자체로도 문제지만, 리스트
가 지극히 성의 없이 만들어졌다는 것도 문제일 것 같다. 만드는 사
람조차 왜 이런 것을 만들어야 하는지 제 팔자를 한탄하며 만들었을
것 같은 느낌이다."(황현산)

문제의 핵심은 그것이 얼마나 위협적이냐 아니냐에 있지 않다는
걸 몰라서 하는 얘기가 아니다. 그런 것이 '진짜로' 만들어졌고, 전달
되었고, 효력을 발휘했다는 사실, 이것만으로도 그 심각성은 중대하
다. 심지어 그 사실이 만천하에 드러났는데도 누구 하나 부끄러워하
지도, 미안해하지도, 책임을 지지도 않는 이 무지막지한 퇴행의 징
표 앞에서 말문이 막힌 이들은 아직 당황하여 어쩔 줄 모르고 있는
상태인지도 모른다. 하물며 이 리스트의 주요 효력은 '너의 밥줄을
끊겠다'는 것인데, 실상 그런 효력은 그 대상이 수만 명이 넘는다 해

도 누구에게나 아무런 위협이 아닐 수는 없는 것이다. 아무리 한심하고 허술한 리스트라 해도 거기 포함된 이들에게는 '너를 체포하겠다'보다 '밥줄을 끊겠다'가 더 위협으로 다가올 수도 있다.

그런데 어쩐 일인지 이 막장에 속수무책으로 연루되어 버린 사람들의 실제 반응은, 위축되거나 비통한 것이 아니라 오히려 활달하고 유쾌한 것이 눈에 띈다. 사람들은 슬퍼하거나 겁내지 않고, 오히려 경멸하고 조소했다.

문화예술계 블랙리스트 중에 내 이름이 없으면 어떡하나, 하는 조마조마한 마음으로 명단을 살펴보았다. 참 다행이다. (안도현 시인)

영광입니다, 각하. 일개 요리사를 이런 데 올려 주시고. (박찬일 요리연구가)

이거 참 송구스러울 따름입니다. 나도 넣어라 이놈들아. (이승환 가수)

문화예술계 블랙리스트에 이름이 들어가 있네. 나 좀 짱인듯······. (손병휘 가수)

청와대에서 만든 블랙리스트에 내 이름이 있네요. 당연한 거겠지만 ㅋㅋ 자랑스럽습니다. 청와대, 아무 일도 안 하는 줄 알았는데 나름 일은 열심히 하셨군요. (이하, 화가)

밥 딜런이 노벨문학상을 받았군요. 저항과 반전, 평화의 시를 노래

한 그가 한국인이었다면 받을 것은 블랙리스트밖에 없었겠지요. (김용익, 민주정책연구원장)[1]

한마디로 코미디고, 그야말로 가소로울 정도로 황당하다는 반응이다. 철저히 시니컬한 이 표현들은 사태를 의연하게 받아들이고 덤덤하게 인정하는 태도라고 할 수 있을까? 오히려 헛웃음도 아까운 이 사태에 대한 가장 통렬하고 신랄한, 그리고 가장 적절한 대응일 것이다. 사태에 대한 "깊은 우려"와 "참담한 심경"과 "강력한 촉구"를 다 포함하고도 그 각각의 표현보다 날렵하고 날카로운 이런 위트들만큼 '블랙리스트'의 심각성을 정확하게 찌르는 말도 없을 것이다. 위트의 시니컬한 힘은 억압의 정면에서 그와 동일한 강도로 힘을 휘두르는 쪽이 아니라 그보다 적은 힘을 예리한 각도로 찔러 넣어서 그보다 치명적인 힘을 발사하는 쪽이다. 한국말을 쓰는 사람이라면 이런 말들이 어디로 찔러 넣어졌는지 모를 수가 없을 터인데, 문제는 여기에 찔린 사람들만 그것을 모르는 (척한다는) 것이다. 뜻을 같이하기 가장 힘든 경우는 아무리 놀려도 절대 놀림당하지 않는/못하는 상대가 아니던가. 얼마나 더 놀려 대야 창피를 알고 두려움을 알 것인가.

PS. 문화예술인들의 시니컬한 위트 얘기가 나온 김에 이 글의 제목은, 시집 전문 서점 "위트 앤 시니컬"의 상호를 인용하기로 한다. (2016.10)

---

1 여기 인용한 말들은 2016년 10월 14일자 『오마이뉴스』 기사 중 「블랙리스트에 "나도 넣어라 이놈들아"」에 인용된 것 중에서 발췌했다.

절박쇼, 최악(질)의 공연

　20대 총선을 엿새쯤 앞둔 시점에서 새누리당이 표심을 얻기 위해 행한 일들은 울고, 절하고, 무릎을 꿇는 것이었다. 표심을 '구했다'기 보다 '구걸했다'고 말할 수밖에 없는 그 기이한 퍼포먼스들은 "선거 때만 무릎 꿇는 새누리", "읍소 퍼포먼스", "엄살 전략", "절박쇼" 등 의 비난에도 불구하고 총선 전날까지도 선거운동이 이뤄지는 곳곳 에서 벌어졌다. 그들은 누구에게, 왜, 무릎을 꿇은 것일까? 공동선 대위원장들이 나누어 들고 있던 피켓에는, "죄송합니다", "잘하겠습 니다", "소중한 한 표, 부탁드립니다"라는 구절들이 적혀 있었는데, 그중 '무릎 꿇음'의 목적이 가장 분명하게 드러나 있는 피켓을 고르 라면 단연 "부탁드립니다"일 것이다. 누구에게 부탁을 드리는 것이 냐 하면 당연히 유권자 전체라고 해야겠지만, 왠지 모든 유권자들에 게 부탁하는 것 같지는 않았다. 그 요지인즉 "공천 과정에서 실망시 켜 죄송하다. 용서하고 다시 기회를 달라."는 것이었으니, 특히 공천 과정에서 실망하여 기회를 '또' 줄까 말까 망설이는 일부의 인사들을 향한 행동이라 추측된다. 예전 공연에서 이미 상호 교감이 이루어진 바 있는 배우와 관객들 사이에서만 메시지가 오가는 퍼포먼스 같기도 했다.

　무릎을 꿇는다. 이것은 확실히 특별한 의미를 전시하는 행위다. 무릎 꿇고 사죄하고, 무릎 꿇고 애원하고, 무릎 꿇고 기도하는 행위는, 행위자의 입장을 상대방의 아래에 둔다는 상징적 몸짓으로써 인간관계의 구도를 조정하는 동작이기에, 그 행위로부터는 모종의 윤리 감각이 파생될 수밖에 없다. 그 행위에는 행위자의 원망(願望)을 전하려는 간절함과 함께, 그 간절함에 비하면 그 밖의 감정이나 입장은 아무것도 아니라는 식의 어떤 포기 혹은 무모함 같은 것이 포함돼 있다. 가령 자기의 존엄 또는 자존심 같은 건 지금 중요치 않다는 조바심이나 오직 이 사안만 해결/성사되면 다른 일은 저절로 잘될 것이라는 단순한 낙관이 그런 것일 터이다. 그런 포기나 무모함이 오직 어떤 실리(實利)만을 목적으로 하지 않는다면 무릎 꿇는 행위는 윤리적으로 정당한 과정이 될 것이다. 반대로 명백히 제 쪽의 실리만을 위한 것일 때 그것은 오직 제 이득만 챙기겠다는 뻔뻔함, 수단을 가리지 않는 임기응변으로 상대를 기만하는 비열함일 수 있다.

　'소중한 한 표'를 달라면서 무릎 꿇고 눈물을 흘리는 행동에서, 단순히 국민들이 선택할 수 있는 여러 정당 중에 우리 당을 선택해 주면 고맙겠다는 뜻만 읽힐 수는 없다. 그 행동에는 유권자들이 자신들을 선택한다 해도 거기엔 다음과 같은 양보절이 당연히 동반돼 있음을 행위 당사자들 스스로 벌써 안다는 뉘앙스가 충분하다. (우리가 옳건 그르건 상관하지 말고), (우리가 틀린 줄 당신도 알겠지만),

(당신이 손해를 보더라도) 우리를 뽑아 달라. 이렇게 애원할 테니 제발 (그릇된 혹은 해로운) 선택을 하라. 즉 어떤 불화와 기형의 결과가 예상된다 하더라도, 그래도 우리의 목적만은 이루게 해 달라. '도와주세요 = 우리가 집권하게 해 주세요.' 그런 부탁의 염치없음을 노골적으로 인정하고도 무작정 매달려 보겠다는 막무가내의 제스처가 무릎 꿇기가 아닐까. 상대에게 손해를 무릅쓰고 자기를 도와 달라고 요구하는 파렴치는 상호 관계의 어떤 구도에서 가능한 것일까.

대개 무릎 꿇는 행위는 상호 역할과 가치를 교환하여 서로의 이익을 주고받는 수평적 계약관계에서는 발생하지 않고, 상대의 인정을 통해서만 신뢰의 균형이 가능하고 전체적인 안정을 도모하는 수직적 상하 관계에서 발생한다. 일상에선 별로 생기지 않는 일이므로 소설이나 영화에서 보았던 장면을 떠올릴 수밖에 없겠는데, 그런 행동은 대개 의리와 온정, 권위와 묵인, 기대와 실망으로 뭉쳐진 조직적 집단에서 어떤 갈등의 '위기' 단계에나 간혹 등장하는 결정적 장면이 아니던가. 다시 말해, 무릎을 꿇어 사태를 해결하는 것은 자신과 상대의 관계가 수평적이 아니라 수직적이라고 생각할 때 가능하다는 얘기다. 내가 지금 무릎을 꿇어 나를 낮추는 것은, 지금까지 우리 사이의 상하 구도를 뒤집어 생각해 달라는 것이다. 희한하게도 무릎을 꿇고 눈물을 보였던 그때 왜 그들이 더욱 오만해 보였는지, 비로소 알 것 같다. 언제나 국민 위에 군림해 있던 그들이 잠깐 몸을 낮춘 그 순간 역설적으로, 그동안 그들이 국민을 자기 앞에 무릎 꿇은 자로 대해 왔다는 사실이 명백해졌기 때문이다.

공연의 질적 열악함에 공감한 다수에게는 다행스럽게도, 예전 공연에서 교감한 배우와 관객들끼리의 메시지 교환은 실패한 결과로 나타났다. "사랑할 마음이 전혀, 또는 별로 없는 사람들의 냉랭한 반응은 애당초 새누리당의 고려 사항이 아닙니다. 선거란 51%의 게임, 절반에서 딱 한 표만 더 얻으면 이기는 게임입니다. 오매불망 일편단심 전통 지지층만 붙잡으면 만사형통입니다."(「시사통 김종배」) 이런 지적이 일러 주듯, 제1당이었던 새누리당의 선거 퍼포먼스는 가히 그들의 정치 감각뿐만 아니라 사회관, 인간관, 심지어 예술관('퍼포먼스'라는 점에서)까지 가늠케 하는 의식의 정수(精髓)를 드러낸 듯하다. 자기가 무릎 꿇는 것으로 목적을 이루려는 자는 언제든 남을 무릎 꿇리게 해도 된다고 생각할 것이다. 끝으로, 트위터리안 황현산 님의 말씀을 옮겨 결론을 대신하겠다. "정치인과 우리의 관계가 계약관계라는 것을 철저히 인식하는 것이 민주주의 시작이다."(@septuor1) (2016.4)

누가 개돼지냐

교육부 정책 기획관 나 모 씨가 교육부 출입 기자, 교육부 대변인 등과 함께한 자리에서 "민중은 개돼지다. 먹고살게만 해 주면 된다"라고 말했다는 사실이 알려졌을 때 분노를 지나친 한국인들은 '참담해했다'고 전해졌지만, 어쩐지 대다수의 사람들은 딱히 '참담한' 심정에까지 이르지도 않았을 것 같다. 수위가 너무 저질이라 무슨 의미인지, 의도인지 따져 묻기도 귀치 않으니 차라리 어떤 '개돼지' 수준의 우매한 이가 말 같지도 않은 소리를 지껄였나 보다 하지는 않았을까. 그는 같은 자리에서 "신분제를 공고화해야 한다"는 둥의 이야기도 했다 하니, 오히려 저런 어처구니없는 망언이 어떤 맥락에서 나온 건지 궁금해할 까닭조차 희박한 듯했다. 욕심 많고 심술궂은 아이가 자기보다 작은 동네 꼬마들을 '개돼지' 대하듯 괴롭히고 망나니짓하면서 이 세상이 자기를 중심으로 돌아가고 있다고 뻐기는 장면 같은 게 떠올랐을 뿐.

재차 생각할 가치도 없는 망언이지만, '개돼지'라는 민중이 누구냐고 묻자 "99%"라 하고 자신은 그에 속하지 않는 "1%가 되려고 노력하는 사람"이라 했다는 대답은, 역시 놀라울 정도로 기막히고 어이없다. 1%는 대체 무엇의 백분율일까? 자본? 소득? 관직의 순위? 그가 공고화해야 한다는 신분제가 바로 상위 1%와 하위 99%로 나뉘는 그런 형태일 것이다. 개돼지 같은 99%를 먹여 살리는 부는 1%의 소유일까? 1%는 무슨 일을 하고 살까? 신분제가 공고화되어야 한다면서 자기는 무슨 노력으로 어떻게 1%가 되겠다는 것인가?(물을 가치도 없다면서 왜 묻고 있는 건지.) 그 자리에 동석했던 기자의 목격담을 보면 99%의 민중에 대한 그의 의식은 더욱 무참하다. "당신의 자녀도 비정규직이 돼서 99%로 살 수 있는 거 아니냐?"고 묻자 나 씨는 "내 자식은 아닐 거다"라고 했고, 기자는 "나의 자식은 거기 속할 수도 있다"고 했다는 후문. 그러니까 그의 신분제 공고화론은 이른바 '헬조선의 수저론'을 제도화하는 것인데, 그러면 금수저 1%, 흙수저 99%로 하자는 말인 걸까?

사람은 모두 평등하게 존엄하다는 생각을 도무지 받아들일 수 없었던 사람들이 역사상 전무했던 건 아니다. 프랑스혁명 직후 사람들은 민주주의 이념에 대해, 존엄은 다수의 평범함이나 평범함 이하를 상정해야 가능한 가치인데 모두 똑같이 존엄하다면 모두 똑같이 평범한 것 아니냐고, 그러니 고귀한 것, 성스러운 것이 이제 몰락했다고, 그렇게 생각했단다. 어떤 이데올로기에 대해서도 '먹고사니즘'을 최우선하여 판단하는 다수의 사람들과 "민중은 먹고살게만 해 주면 된다"는 막말이 상응하는 사회라면, 그곳은 진정한 민주주의 사회가 아닌 것과 마찬가지로 고귀한 것, 존엄한 것을 추구할 수 없는 사회

일 것이다. 우리 사회가 정녕 그런 곳인가? 나 씨의 막말은 영화 「내부자들」의 대사를 인용한 것이라 해명되기도 했지만, 애초에 공무원과 기자의 동석 식사는 무엇을 위한 것이며, 그런 류의 자리에서 오고 갈 발언들 중에 과연 '개돼지' 발언과 동급의 말들이 더는 없었을 것인가?

그런 류의 속악한 자리의 분위기를 추측하건데 나 씨의 야비한 발언은 차라리 '솔직한' 발언일 수도 있다는 말을 들었다. 사실 내가 이 사건에 대해 화가 난 건 이때부터인 것 같다. '솔직함'이라고?! 자기 자신의 솔직한 생각이라는 것도 실은 어떤 이데올로기에 대한 충실한 믿음이고, 솔직한 표현이라는 것 역시 그 믿음을 표면에 드러낸다는 뜻일 수 있지만, 아무것도 고려하지 않고 오직 탐욕만을 내세우는 인간의 야만적인 상상이 사악하게 드러난 것을 어떻게 '솔직하다'고 말할 수가 있을까? 자기 머릿속의 일념이 다 자기를 기만하지 않는 것도 아니다. 어떤 이데올로기가 자기를 기만하는 것이 아니라 인간의 자기기만이 나쁜 이데올로기를 만드는 것이다. "우리가 슬퍼하는 것은 나향욱의 가벼운 혓바닥이 아니고, 우리가 걱정하는 것은 나향욱의 더러운 입이 아니다. 어찌 그 혓바닥과 입만의 문제일까. 교육부가 추진해 온 차별과 경쟁 중심의 교육 정책이야말로 나향욱의 혀와 입을 움직인 몸통이다."(교육 희망 네트워크의 성명, 2016.7.10.) 물론 그렇다. 하지만 그렇다고 나향욱의 혀와 입이 둘째 문제일 수는 없다.

그는 잘못했다고, "공무원으로서 정말 해서는 안 될 부적절한 말을 해서 국민 여러분께 깊은 상처를 드리고 사회적으로 큰 물의를 일으킨 것에 대해 진심으로 죄송하다"고 했다. 교육부에서는 "공무원으로서 부적절한 망언으로 국민들의 마음에 큰 상처를 남기고 전체 공무원의 품위를 크게 손상시킨 죄"를 물어 그를 파면 조치하겠다고 했다. 과연 이런 사과로부터 그의 잘못을 헤아리고 솟구쳤던 분노를 가라앉힐 수 있는 이가 몇이나 될까? 더구나 이 수습의 말들 속에서 저 도 넘는 발언의 문제는 오직 "공무원으로서 부적절"하기 때문인 것으로 표현되고 있으니 '공무원'이 아니면 뭐, 적절하다는 말인가? 말할 것도 없이, 그가 역사 교과서 국정화 사업의 실무 총책이었다는 사실 때문에 그 망언이 더욱 개탄스러운 것이지만, 그가 누구이든, 무엇이든, 그 말의 사악함을 조금도 은폐하거나 경감할 수는 없다. '공무원의 품위 손상' 문제는, 공무원 자신들에게는 어떤지 몰라도 전혀 이 말의 핵심적인 죄가 아니지 않은가. 이 와중에 웬 얼토당토않은 '공무원(자)부심'인지.

저 미개한 망언에 대한 평범하고도 상식적인 반응은, 가령 소설가 조정래의 "민중이 개돼지면 개돼지에게 월급 받는 공무원은 기생충"이라는 발언이 대표적일 것이다. 이 사회의 공무원이라는 신분을 몰각한 멍청함에 대한 일갈이지만, 망한 나라인 조선의 양반들이 조세와 징병의 의무 없이 민중을 착취했음을 상기하며 나 씨를 질책하는 것은 어딘지 본말이 정확하지 않다는 생각도 든다. '신분제 공고화'를 운운한 나 씨의 사고가 바로 공무원은 민중의 일꾼이 아니라 민중 위에 군림한 양반과 같다는 의식에서 나왔을 것이며, 그 의식을 당연하게 여겼기에 마치 조선의 양천제와도 같은 '신분제'를 운운했었을 것이기 때문이다. 자기 생활의 기반이 무엇인지 모르고 자기밖에 모르는 탐욕을 자기에게만 주어진 특권으로 여기는 우매함을 어떻게 응징하고 경계해야 할 것인가. 그를 향한 혐오와 경멸을 무서워하지 않는다면 이 사회는 정말 노답(No答), 노망(No望)에 이를지 모른다. (2016.7)

계몽을 해 봅시다

　문화 웹 매거진 『아이즈(ize)』에서 2016년 신년 캠페인을 시작했
는데 제목이 "문명인이 됩시다"라고 한다(http://ize.co.kr/articleView.
html?no=20160「0097212898). 2016년을 맞는 한국의 풍경에 21세기 문
명사회라고 하기 어려운 야만성이 너무 많다는 것이다. 지난 12월
한 달 동안의 일로 열거한 야만 한국의 예시는 다음과 같다: 여당 대
표가 흑인 유학생의 피부색을 연탄과 비교했다. 외교부는 피해자들
과의 협의 과정 없이 위안부 과거사 협상을 일본 측과 타결했다. 사
건 발생 1년 8개월 만에 열린 세월호 청문회는 지상파 뉴스의 외면
을 받았다. SBS 「그것이 알고 싶다」가 불법 음란물 사이트 '소라넷'
을 고발하자 시청자 게시판에는 "(만취 강간은) 여자 책임이 90%
이상"이라는 주장이 올라왔다. 이런 상황이므로 아직 한국에 소원한
'문명사회'를 건설하기 위해서는 그 토대, 즉 "합리적이면서 윤리적
으로도 건전한 명제들이 촘촘히 공유되고 이를 근거 삼아 진행되는
소통의 토대"를 먼저 세울 필요가 있다는 것이다. 그리고 이 캠페인

의 주체들은 이 작업을 '계몽'이라 부르고 싶어 한다.

21세기의 '계몽'이라니. 20세기 벽두부터 조선 사람 모두를 다그쳤던 '계몽'은 한 세기 내내 이 사회의 모토였고 목표였으나, 언제부턴가 이곳에서 그 말은 별로 좋은 뜻으로 쓰이지 못하는 것 같다. 가령 '계몽주의자' 혹은 '계몽적인 사람'이라고 하면, '자기만 잘 아는 줄 알고 남을 가르치려 드는', '좀 배웠다고 잘난 척하는', '편협하고 고루한' 정도의 뜻으로 바뀌어 들리게 된 듯하다. 근대사회 구현에 가장 필수적이었던 '계몽'의 역할이 이제 끝났을 만큼 이 사회가 충분히 계몽되었기 때문인가? 그보다는, 계몽이란 말에 전제된 '문명 VS 미개'의 이분법이 이른바 '서구적 보편'을 상정한 것이라는 관점에서, '근대(주의)'에 대한 오리엔탈리즘적 시각을 지양하려는 경향 때문이었다고 생각해 볼 수도 있다. 하지만 그보다 더 직접적으로는, '계몽'이란 말에 은연중 결탁해 있는 앎, 지식, 논리, 합리, 이성, 의지 등에 대한 한국인들의 끈질긴 반감 때문이 아닐까 싶기도 하다.

어쨌거나 저 캠페인은 한국에 계몽이 필요한 까닭을 "불의가 많아서가 아니라 이것이 왜 불의인지 설명하는 데 너무 많은 리소스가 들기 때문"이라고 설명했다. 문맹자는 적지만 문해력은 형편없는 듯하고 "논리적인 척하지만 조금도 논리적이지 않은 해석과 발언"이 난무하는 한국 사회에서 "명확한 근거와 논증적 대화를 통해 상호이해에 도달"하기는 요원할 때가 너무 잦다는 것이다. 그러니 "서로 합의 가능한 보편적인 준칙"을 세우는 일이 필수적이다. 그리고 그에 합당한 "실천적 차원의 계몽"으로서 "문명인을 위한 첫걸음이 되는 약속 1-100"을 열거하였다. "내가 남에게 하는 행동을 남이 나에게 하는 행동으로 바꿔서 생각해 보기"만 해도 알 수 있는 것들로, 1번 "화장실에서 몰카 찍지 마세요"를 비롯한 100가지 항목에는 손 씻기, 새치기 금지 등으로부터 "자기 결혼 비하 개그는 그만하세요"나 "타인의 출산 문제에 간섭하지 마세요" 등까지 중구난방으로 다양하다.

흥미롭지 않은가? "명확한 근거와 논증적 대화를 통한 상호이해"를 목적으로 하는 실천 강령을 '문명인의 행동 양식'으로 정하고 있다는 사실이 말이다. 이성적 대화와 소통의 바탕에 필요한 것이 논리 수업이나 대화의 기술이 아니라는 것. 그보다는 공생을 위한 약속을 숙지하고 그에 맞게 자기 습관을 교정하는 일이 급선무라는 것. 사실 이 점은 흥미로운 게 아니라 민망한 것이다. 이성과 논리와 근거가 다 경험 세계에 바탕을 둔 것이니 바로 그 경험 세계를 조직하는 개개인의 행동이야말로 합리적 소통을 위한 최초이자 최선의 방법임을 새삼 이야기한다는 것이 퍽이나 딱한 일이 아닌가. 저 캠페인에 따르면 사회 개선을 '시스템'의 개선과 '생활세계'의 개선으로 구별해 볼 수 있는데, 개인들의 노력에 의해 유의미한 개선을 이룰 수 있는 후자의 측면에서 최소한 "제대로 된 문명사회"를 도모해 볼 수 있다. 모두, 합리적인 세상에서 살고 싶으면 먼저 스스로 합리적으로 살아야 한다.

'합리적'으로 살아야 한다고 했지만, 앞에서도 언급했듯 저 캠페인의 "문명인을 위한 첫걸음" 항목들은 '합리적' 덕목이라 말하기도 머쓱할 만큼 기본적인 매너나 에티켓이다. 성희롱하지 말고, 사생활 간섭하지 말고, 공중위생에 신경 쓰고, 공공 규칙 지키고, 공사 구별 잘하고…… 등등, 2016년 이 땅에 필요한 '계몽'이 초등 저학년 수준

의 모럴이라니. 그런데 더 어처구니없는 건, 실로 저 준칙들만 존중
된다면 한국 사회의 온갖 패악스러운 사건들의 절반은 사라지리라
는 예감이 너무 자명하기 때문이 아닐까. 여기서 말하는 '문명인'이
란 서구적 근대를 보편으로 인식하는 오리엔탈리즘의 용어도 아니
고, 진보를 자처하는 이들의 고루한 신념도 아니다. 이 문명 VS 미개
의 구도에는, 서구 VS 동양, 진보 VS 보수 같은 다른 진영 논리로 바
꿔 말할 이유도 필요도 들어 있지 않다. 한 문화 잡지의 기획이 진정
지식인(언론)의 사회적 분업으로서 '계몽'을 수행할 수 있는지 아닌
지 따져 보는 것도 중요치 않다. 그것이 무엇이든, 얼마나 어이없든,
"문명인을 위한 첫걸음" 정도는 캠페인 따위 필요치 않은 사회에 살
고 싶다는 바람만이 2016년 현재 '계몽'을 원하는 이들이 당면한 진
실일 것이다. (2016.2)

원래 그런 일은 없다

이전에도 '어버이연합'의 시위가 소속원 개개인의 정치의식을 표출하기 위한 자발적인 행동이라고 생각한 적은 없었다. 그들이 시위하는 현장의 황당하도록 저열한 수준에 대한 여러 증언 중에는, 가령 박원순 시장을 비판한다면서 그를 "이년"이라고 지칭했다거나 김광진 의원을 규탄하는 시위에서 바로 앞에 김광진 의원이 있는데 "김광진 나오라"고 외쳤다거나 하는 소문들이 있었으니까. 시위의 목표도 의미도 취지도 가리지 못하는 이들의 무분별한 행동은 정부 정책 관련 논란 때마다 보수 세력의 입장을 강경하게 내세우며 반대 입장을 격렬히 규탄하는 방식으로 지속되어 왔다. 지난 수년간 보수 정당 집권 하에서 이들은 놀라운 정보력과 기동성을 바탕으로, 심지어 경찰의 비호 아래 시위장을 점령해 왔으니, 이들이 정권에 고용된 '일당 알바'가 아니냐는 인식은 이미 만연해 있었다.

그랬다고는 하지만, 세월호 반대 집회에 상당수의 인원을 돈으로 동원한(어버이연합에서 탈북민들을 일당 2만 원에 한 집회 최대 200여 명까지 고용했다는) 사실이 밝혀지면서 터져 나온 '어버이연합 게이트'는 갈수록 도를 넘는 추악함을 드러내는 중이다. '청와대-전경련-어버이연합' 간 커넥션과 뒷거래가 속속 밝혀지고, 이번에도 어김없이 국정원은 개입되었으며, 청와대 대변인은 "그 기사는 사실이 아닌 것으로 알고 있다"고 얼버무리고, 대통령은 "지시를 해 갖고 그게 문제가 되고 있는데 그것은 사실이 아니라고 그렇게 보고를 분명히 받았다"라고 역시나 익숙한 유체 이탈을 보인다. 이십여 일이 넘게 연락 두절되었다 나타난 어버이연합 사무총장은 사태와 별무관인 개인들을 고소해 대고, 사실이 아니라는 보고를 받았다는 청와대는 정무수석실 산하 행정관의 지시를 핑계 삼아 '꼬리 자르기' 한다는 의혹을 피하지 못하는 중이다.

대부분 노인으로 구성된 어버이연합의 무도한 행태는 일일이 성토하기도 힘들 만큼 다채롭고 극단적이다. 시국선언장이나 시민 단체의 행사장 같은 곳에 난입하여 국민의례나 호국 열사에 대한 묵념 등을 하지 않는다고 소란을 피우거나, 반대 세력들에게 욕설을 퍼부으며 몸싸움을 일삼는 건 심한 편도 아니라고 들었다. 김대중 전 대통령 묘소를 파헤치는 퍼포먼스나 세월호 유가족들을 향한 폭언 폭력도 서슴지 않았다. '어버이'란 명칭을 처참하게 모욕하는 그 막무가내 완력은 저절로 많은 이들의 혐오와 빈축을 살 수밖에 없었다. 그런데 그 악랄한 행태가 '일당 2만 원'의 보수에 의한 노동이었다니. 그릇된 판단일지라도 스스로 정의라 믿는 바에 대한 편협한 열정에서 발산된 비뚤어진 표현조차 아니었다니. 그들은 악독하고 볼썽사납기만 한 것이 아니라 한심하고 불쌍하기까지 한 것이었다는 말인가.

칠팔십대 노년층에게 사회적 삶은 턱없이 부족하다. 경제적 상층의 노인은 사회적 삶 이후 자식들의 보살핌 속에 영위되는 개인적 삶으로 자존감을 유지할 만한 환경을 갖출 수도 있겠으나, 하층의 노인에게 그런 환경은 순탄하게 조성되지 않는다. 대부분 경제 하층에 속하는 어버이연합의 노인들은 노년의 개인적 삶을 타인에게 의탁하거나 스스로 보살필 만한 처지에 있지 못하다. 그들이 일당에 값하는 노동으로써 벌인 시위는, 그들에겐 사회적 삶이 아닌 개인적 삶을 위한, 심지어 생계와 직결된 방편일 수도 있다. 그러니 "고작 2만 원에 왜 그러세요?"라는 질문이 "다른 데는 더 준다더라"라는 답으로 돌아오는 것이다. 이중 삼중으로 소외된 하층 노인들이 맹목화한 것은 '보수 정권의 정통성'이나 '오직 박통 사랑'이라기보다 '고작 2만 원'이 절박한 현실, 하루에 두 탕도 뛸 수 있는 알바 자리일지도 모른다.

이런 생각이 든다고 해서 어버이연합의 추태가 덜 나쁜 것, 덜 싫은 것이 되지는 않는다. 어떤 삶이든 자기 스스로를 현실의 도구로 삼는 도착된 삶에 존엄은 없고, 존엄 잃은 삶이란 존엄을 잃게 한 그 도착(편협과 무지 등)을 교활하게 이용해 먹는 권력의 사악함과 똑같은 정도로 추악한 것이다. 그리고 그 추함 자체보다 더 나쁘고 싫은 것은 추함을 부끄러워하지 않는 모습이다. 그 추함을 빤히 알았고 예상했다 하더라도 우리는 언제까지나 그것에 낯을 익혀서는 안 된다. 스스로 얼마나 흉한지 모르는 이들이 부끄러워지도록 끊임없이 놀라워하고 욕해야 한다. "청와대 행정관이 몸담았던 뉴라이트 성향

의 단체 '시대정신'에 출처 모를 후원금 21억 원이 입금됐다는 주장
이 나왔다"와 같은 뉴스가 또 들려와도, "원래 그랬잖아?"라고 하지
는 말자. 마치 그런 괴상한 얘기는 지금 처음 들어 본다는 듯 충격을
받자. 세상에 어찌 그런 일이 있을 수 있냐고 화들짝 놀라자. 더러
운 냄새에 길들지 말고 계속해서 코를 싸쥐고 버럭버럭 화를 내자.
(2016.5)

두 자괴감과 한탄

한 나라의 수장이 모든 자문과 의논을 특정 외부 인사에게 구함으로써 그(들)의 축재와 부패를 조장하고 나라의 안보와 외교까지 그 인사(들)에 의해 좌지우지되었다는 의혹이 사실로 밝혀지면서, 사태의 핵심이 현 대통령 자신에게로 집중되는 중이다. 대통령 퇴진을 요구하는 민중총궐기대회가 3차까지 완료된 현재, 한국인들의 경악은 분노와 증오를 지나 수치와 비탄에 이른 지경이다. 그사이 대통령은 두 차례, 열흘의 간격을 두고 '사과문'을 발표하는 시간을 짧게 갖기도 했으나, 퇴진을 촉구하는 사람들의 목소리는 오히려 더 커졌을 뿐이다. 담화의 내용인즉, "그때"(과거)는 "순수한 마음"으로 한 일이었고, "인제"(현재)는 "이러려고 대통령을 했나" 하는 생각이 든다는 것으로, 그 입장 표명은 사태를 목도하는 사람들의 참담한 심경을 더욱 부채질하고, 그 담화는 혐오의 관용어구가 되어 일상의 곳곳에까지 떠돌고 있다.

지난 주말 서울 광장에 집결한 백만의 촛불 속에서도 "내가 이러려고 이 나라 국민이 되었나", "이러려고 학교에서 말하기를 배웠나" 등등 저 담화를 패러디한 문구들과 수차례 마주칠 수 있었다. 이런 말들을 파생시킨 두 번째 사과 담화의 그 대목은 다음과 같다. "국민들의 마음을 달래 드리기 어렵다는 생각을 하면 내가 이러려고 대통령을 했나 하는 자괴감이 들 정도로 괴롭기만 합니다." 잘못을 인정하고 사과하겠다는 쪽에서 한 말이 많은 이들에게 조롱당하게 된 상황인데, 그 이유를 짚어 설명하는 것이 민망하지만서도 이런 말을 한 당사자는 정말이지 자신이 조롱당하는 이유를 모르는 것 같아 짜증스럽기까지 하다. 물론 그간의 경험으로, 적합하고 명확하게 구사된 말을 기대한 것도 아니었지만 (이번 사태로 그간의 혼란한 말들이 표현력 또는 언어 구사력의 탓만은 아님도 알려졌으리라) 아마도 스스로 작성한 것으로 짐작되는 이 담화의 일부에는 최소한 말하는 이의 본심만큼은 분명하게 나타나 있다.

문맥조차 불분명하기는 앞의 저 문장도 매한가지나 '사과문'의 일부임을 최대한 고려하여 풀어 보자면 '내가 이렇게 국민들의 마음을 달래 드리지 못하려고 대통령을 했나'일 것이다. 먼저 이해되는 것은, '국민들의 마음을 달래 드리지 못한' 일을 이 문장의 주어가 스스로 행했음을 인정했다는 점이다. 그 일은 '최순실과 함께 비리를 저지른 일'일 수도 있고, '이렇게 사과문을 읽고 있는 일'일 수도 있으나, 어느 쪽이든 이 사태에 본인이 기여한 바를 알고 있다는 뜻이다. 동시에 이 말은, '결과가 이렇게 될 줄 몰랐다'는 무지의 고백과 '이렇게 된 것이 내 탓은 아니다'라는 원망의 한탄이 섞여 토로된 것이다. 비리를 저질렀으나 자기 탓은 아니라는 건지, 자기가 지금처럼

'사과문'을 읽게 될지는 몰랐다는 건지 명확하진 않으나, 무지와 원망을 핑계 삼아 책임을 회피하고 남 탓을 하고 싶어 하는 억울한 심사가 행간에 도사리고 있다.

단연코 한국어 화자라면 '내가 이러려고 ○○○을 했나'의 보다 섬세한 뉘앙스가 잇따라 떠오를 것이다. 이 말이 발화된 현재, 발화자는 자기가 '○○○'의 상태인 것이 만족스럽지 않다는 심기가 여기엔 드러나 있는데, 왜냐하면 ○○○을 한 것(즉 '대통령을 한 것'인데, 아마도 다른 사람이라면 '대통령이 된 것'이라 말했을 것 같다)이 자기가 자초한 일이기는 하나 (실질적으로 자기한텐 크게 이익이 되지도 않을 일이라서 애초에 그다지 내키지 않았던 일을) 다른 누군가들의 이익을 위해 그렇게 해 주었던 것이라는, 한데 결과적으로 '이런' 꼴이 되었으니 오히려 자기도 피해를 입은 게 아니냐 한탄하는 듯 되묻는, 그런 느낌이 이 말에는 배어 있기 때문이다. 인정하는 바가 실책이었든 과오였든 부정을 행한 쪽의 속내가 이러하다면, 그는 대체 이 상황을 어떻게 인지하는 것인지, 이 상황 안에서 자기가 무엇이라고 여기는 것인지 우리는 어떻게 이해해야 할까. 그를 괴롭히는 '자괴감'은 어디서 온 건지, 부정을 저지른 때문인지 대통령을 한 때문인지, 혹은 대통령으로서 '사과문'을 읽게 된 때문인지, 무엇으로 알아들어야 할까.

사실적, 도덕적, 법적 논리를 차치하고, 어떤 심리가 거기 있는지 정말 궁금하다. 한 사람 A가 다른 한 사람 B를 맹목적으로 의지하면서 비리를 저지르게 되었는데, A는 자기 의도가 아니게 벌어진 비리라고 말한다. 정론(正論)과 사론(邪論)을 구별하기 어려우나 믿어질 만한 의견들을 통해 내막을 꾸려 보자. A는, 많지 않은 나이에 부모의 타살을 겪은 이후 "가까이의 어느 누구도 믿기 어렵게" 되었고, "세상에 대한 공포와 두려움, 그리고 그로 인한 폐쇄성"을 지닐 수밖에 없었다. 그것을 "가장 흔하게 해결하는 방식이 의존"이었으니, 다시 말해 그는 "생존하기 위해 의존 대상을 필요로 하는 사람"이라는 것이다. 때문에 A는 "종교의 탈을 쓰고 접근"한 세력에게 완전히 빠져들었다. '당신의 죽은 어머니가 꿈에 나타나 내 딸이 우매해 아무것도 모르고 슬퍼만 하니 이 뜻을 전해 달라고 했다'는 편지를 보고 그 발신자를 깊이 믿기 시작했다. A 자신은 그 믿음에 의지해 평생을 버티리라 다짐했겠으나, 권력 연장을 원하는 주변의 도당들이 그를 "사육"하고 "조종"하여 권좌에 앉혔다. A가 B에게 "심각할 정도의 의존"을 한 것은 극소수의 심리적 의존 상대가 필요했기 때문이고, B를 비롯한 그 주변의 세력들은 그런 의존 상태의 인간을 "다룰 줄 아는 사람들"이었다. 그러니 실상 A는 "심지어 정상적인 사회생활도 어렵다"고 판단된다. "죄를 지었지만, 달리 보면 치료받아야 할 사람이다. 광신도 집단에 포로로 잡힌 사람을 사회가 구출해 치료해 주는 것과 비슷한 경우다."[1]

이것을 사실의 서사로 단정할 수 없으나, 사회생활이 어려울 정도의 (비)이성으로 '광신도 집단'과도 같은 무모하고 편협한 세계에 절대 의탁한 심리라는 것을 저 무성의한 사과문의 문맥을 헤아려 보는

---

1 이상은 다음의 칼럼들을 참고하여 적어 본 것이다. 「정신 파괴된 박근혜, 폭주가 두렵다.」(『프레시안』, 2016.10.27.), 「박근혜는 연산군?……"대통령 하기 싫었을 것"」(『경향신문』, 2016.2.19. h2.khan.co.kr), 「극우 보수와 최순실이 박근혜 '사육'해 대통령 내세웠다」(『미디어오늘』, 2016.10.27.).

데 참고해 볼 수 있을 듯하다는 느낌이 쉬이 불식되지 않는다. 표면적인 정황만 보아도 이성적·객관적 근거가 완전히 삭제된 저 행위들은 '광기 혹은 최면'이라고 할 수밖에 없는 정신이 아니면 가능하지 않을 것 같으니 말이다. 그렇다면 '광기 혹은 최면'과도 같은 정신이란 대체 어떠한 사상, 어떠한 의식을 가리키는 것일까. 앞에 인용한 설명에는 "광신도 집단에 포로로 잡힌 사람"의 예가 있었으나, 이른바 '영세교' 혹은 '구국봉사단'이라는 이름으로 알려진 사이비 종교와의 관련성 얘기는 아니다. 서둘러 답을 대자면, 그것은 '민주공화국'에 대한 완전한 무지, 완벽한 무시라고 할 수 있다.

'광기 혹은 최면'이란 아마도 우매하고 나약한 사람(A), 오만하고 무례한 사람(B), 또는 그 주변에서 삿된 욕망을 도저히 다스리지 못해 제 이익과 안위만 무작정 좇는 괴뢰 일당들, 그렇게 일부의 사이에서나 횡행할 수 있는 기괴한 힘 같은 것으로밖에 생각되지 않는다. 이 정권을 장악하고 국가 시스템을 마비시킨 그런 힘은, 바로 민주주의 국가의 근본을 전적으로 망각한 혹은 무시한 의식과 행위에 다름 아니다. 어떤 합리성도 없는 전횡, 최소한의 명분도 집어삼킨 사리사욕, 주술처럼 내지른 무소불위의 권력 등으로 드러나 버린 파탄 난 국정이 독재의 망령에 사로잡힌 '광기 혹은 최면'의 작동을 증명하는 게 아니고 무엇일까. "이게 나라냐"라는 국민들의 한탄은 나라의 수장의 머릿속에 아예 '민주공화국'이란 있은 적이 없었다는 사실에 대한 깨달음의 절규이기도 할 것이다.

이렇게까지 엉망이었다고는 정말 믿고 싶지 않았는데, 도저히 이해할 수 없었던 무수한 사태들이 이와 같은 '광기 혹은 최면'의 정치 혹은 '신정정치'의 위세 때문이었음을 알아차리고 말아 우리는 이토록 억울한 자괴감에서 헤어 나오기 힘든 것이구나. 화가 나다 못해 슬퍼진다. 백만의 촛불 속에서 문득문득 가슴이 뻐근해진 건 격분이라기보다 비통이었다. 똑똑하고 성실하고 인내하는, 훌륭한 사람들이 얼마나 얼마나 많은 이 나라인데, 태어나 자라며 배운 어떤 상식에도 맞지 않는 광기와 최면과 주술에 나라 전체가, 개개인의 삶이 이토록 어처구니없이 유린당했다니. 기가 막히다 못해 오싹하다. 게다가 이 시국이 언제 끝날지도 모른다는 막막함까지. 오늘은 또 어떤 괴상한 농간이 더 드러나 이 나라 사람들의 정직한 심장을 가격할 것인가. 종일 불안하고 착잡한 날들이다. (2016.11)

비합리라는 사악함

　　대통령의 "순수한 마음" 때문에 "민주주의 국가가 샤머니즘 국가로 전략한 대한민국"을 통탄하던 중, 문득 얼마 전 겪은 어떤 기분과 심정이 여기에 겹쳐지는 듯했다. 누군가는 "나라가 '내부자들 + 곡성'(둘 다 영화 제목)이다"라고 표현했다던데, 내게도 영화 「곡성」의 한 요지와 관련된 뭔가가 나라의 사태에 겹쳐 어른거리며 기이하게 고통스러운 느낌에 휩싸인 것 같다. 나는 그 영화를 보면서 놀라고 무섭고 아프고 화내다 극장을 나올 때는 거의 울다시피 한 표정으로 다리를 후들거리며, 급기야 욕인지 탄성인지 알아들을 수 없는 소리를 주문처럼 웅얼대기까지 했던, 그런 관객이었다. 「곡성」에 대한 무수한 리뷰들의 분석과 해석, 옹호와 비판에 구태여 해석을 덧붙일 마음은 없지만, 영화를 보면서, 또 보고 나서, 얼마간 나를 괴롭혔던 이상한 심정이 지금 새삼 떠오른 것을 좀 더 붙잡아 보기로 한다.

　　「곡성」은 기이한 이야기를 하는 영화다. 「곡성」에 대한 비판 중 가장 흔한 것은 '영화가 우리를 속였다'는 것인데, 그건 무엇보다도 이 영화의 스토리가 합리적으로 설명되지 않기 때문이다. 사람들이 죽고 죽이는 범죄가 나왔으면 그게 누구의 소행인지 왜 그랬는지는 최소한 밝혀져야만 한다고 믿어서일까? 누가 뭘 어쨌는지, 누구랑 누구랑 한 편이고, 왜 그랬는지를 명확히 해 주지 않는 데다, 드러난 것들을 가지고 나머지를 맞춰 보려 해도 앞뒤가 안 맞는 것 투성이다. 이야기가 그러하다고 해서 그 영화가 반드시 '틀렸다'거나 '나쁘다'고 판정받아야 하는 것은 아니다. 왜냐면 그런 부분은 이야기하기의 능력 부족이 아니라 이야기하기의 의도를 반영한 특별한 조작일 수도 있기 때문이다. 때문에 어떤 이야기가 합리적이지 않은 경우 일단은 그것이 어떤 의도의 반영이라고 보는 편이 나을 것이다. 요컨대 「곡성」의 기이한 이야기에 대해서는 서사의 무능이라기보다 서사의 입장으로 여길 수 있다.

어떤 입장인지 밝혀 보기 전에, 수많은 리뷰들 중 "우리의 논리를 부수고 으깨고 갈아먹으면서 비합리적인 설명의 승리를 향해 나아가도록"(정성일) 하려는 것을 그 입장으로 파악한 경우에 대해 먼저 생각해 본다. 이 영화에서 모순들이 교환되는 사이에는 "세상에 대한 시험을 하는 순간들"이 있는데 "매번 그 결정적인 순간들은 저항의 계기를 억압의 신비주의로 몰아넣은 다음 침묵"하는 게 문제적이라는 얘기다. 그러니 "거기서 멈추지 말고 그 할 말 너머에 무엇이 있는지까지 나아"가지 못한 데 대한 '윤리'를 문제 삼을 수밖에 없다. 조금 풀어 말해 본다면, 「곡성」은 "나쁜 것과 더 나쁜 것 사이에서 나쁜 것의 기회에도 불구하고 항상 더 나쁜 것을 선택"하면서 그것이 마치 "인간적인 선택"인 양 오해하게 만들고 그럼으로써 윤리적 포기의 순간을 윤리적 선택인 것처럼 꾸며 낸다는 지적이다.

「곡성」의 시퀀스들은 꿈과 현실, 환각과 실제의 영상을 구별하지 않고 의심과 범죄, 금기와 죄의식 사이를 헤매는 무질서한 정신을 노출한다. 영화 속의 세계만이 아니라 영화 밖의 세계에서도 그 무질서를 정리하기는 불가능하도록 의도되어 있다. 다시 말해 이 영화는 여기서 벌어진 일들에 대해 '그것이 꿈인가 생시인가, 누가 착한 귀신이고 누가 악마로 변했는가, 왜 어떤 죄가 누구에 의해 저질러졌는가……' 등을 판정하는 것은 틀린 게 아니라 어리석은 것이라 주장하는 것과 같다. 반복건대 이 영화는 이성이 마비되고 생각이 멈추고 미신을 물리치지 못하는 어떤 "비합리적인" 흐름을, 될 수있는 한 극단으로 밀어붙인 서사가 되기를 기도(企圖)했고 그 의도를 조금도 은폐하지 않은 것으로 생각된다. 「곡성」에서 악의 위력을 윤리적 포기의 계기로 받아들인다면, 그리하여 나쁜 것과 더 나쁜 것을 앞에 둔 순간의 '저항'에 대해 생각해 본다면, 그 저항은 '악'에 대한 저항인가?

「곡성」의 "비합리적인" 폭주 속에서, '악'과 그에 대한 저항으로서 '선'(이라 이를 만한 힘)이 이항적 대결 또는 타협의 양상을 드러낸다고 볼 수는 없다. 이 폭주에는 악과 선을 따로 이름 붙일 여지조차 없다. 혹여 '악'을 분리한다면 영화의 후반부에 진짜 악마(로 변신한 것)처럼 표상된 일본인과 그와 한패였음을 짐작게 하는 무당, 그 둘을 가리키는가? 분노와 두려움으로 범인을 잡겠다고 무모하게 날뛰는 '종구'와 그의 친구들은 악에 저항하려는 '선'일 것인가? 어느 쪽도 아니고, 나쁜 것과 더 나쁜 것을 가른다 해도 그중 더 나쁜 쪽이 덜 나쁜 쪽보다 더한 악이라 할 수도 없다. 이 영화에서 악의 발생은 나쁨의 중량(重量)으로 결정되는 게 아니라 어느 쪽이나 나쁠 수밖에 없는 막다른 사태의 무분별한 비합리적 사건들로 이미 주어져 있기 때문이다. 문제는 더 나쁨의 선택, 혹은 나쁨에 대한 저항을 차단하는 억압이라기보다, 나쁨의 중량을 재어 나쁨을 피할 수 있다고 믿는 모두의 이기심과 어리석음에 있을 것이다.

그러므로 이 영화에서 '윤리'가 물어지는 지점은, 조금이라도 나은 결과를 기대할 수 있는 선택(의 '좋음')에 대해서가 아니라, 파국이 아닌 결과를 기대할 수 없는 선택(의 '나쁨')에 대해서(여야 한)다. 좋음과 나쁨 중 좋음을 가려내는 것이 아니라 나쁨과 나쁨만 있는 상황의 나쁨을 보이는 때도 윤리는 말해지고 물어질 수 있다. 악에 대한 질문은 '더 나쁨'에 대해서가 아니고, '덜 나쁨'을 선택하지 못한 데 대해서도 아니며, '오로지 나쁨'에 당착한 무지와 무기력을 덜 나쁜 선택으로 '착각'한 데 대해서여야 한다. 바꿔 말하면, 악에 대해 인간이 무지하여 포기하는 것이 아니라, 인간이 스스로 포기한 데 대해 무지한 것이 악이라는 말이다. 이 영화의 "비합리적인 흐름"은 그러한 '오로지 악'의 재현이라고 할 수 있다. 오해하지 말자, 비합리적인 것은 자연 혹은 세계가 아니라 인간의 심리, 판단, 행동이다. 「곡성」에 들끓는 의심과 공포, 몽매와 주술, 폐쇄성과 무능함 들에는, '선'은커녕 덜 나쁜 악도, '선택'은커녕 선택의 포기조차도, 있지 않다.

악에 대해 인간이 무지하고 무력한 것이 아니라 인간의 무지와 무력이 어떻게 악이 되는지를 목도한 심정에 대해 얘기해 보려다 멀리 돌았다. 처음 '국정 농단 의혹'이 제기되어 '대통령이 사교(邪敎)의

교주 격인 민간인의 사주를 받아 국정을 운영했다'는 보도가 나오기 시작했을 때 누군가 "(최순실이) 정말 용한 점쟁이면 어쩌려고"라고 한 말이 회자되었던 게 생각난다. 이 나라에 점 보는 사람이 한둘인가? 대통령에게도 종교의 자유를 보장하라?! 다시 한 번 말하지만, 광기, 최면, 주술에 인간이 무너지는 게 아니라 인간이 무너지는 것이 곧 광기, 최면, 주술이다. 「곡성」에 대한 리뷰 중에 "우리는 벌써 과학적이지만 국가와 민족과 사회가 제 일에 끼어들기 시작하면 비과학적 사고가 용납된다고 생각한다."(황현산, 「폐쇄서사」)라는 문장이 있었다. 나라의 기강이 붕괴된 오늘의 사태는 대통령의 몽매한 악과 최순실의 주술적인 악 말고도 집권과 영화를 위해 이들을 꼭두각시로 이용한 수구 세력의 부정부패 같은 더 복잡하고 심각한 악들이 한없이 잠복해 있을 테지만, 오랫동안 괴이쩍었던 대통령의 악함이 바로 비과학적·비합리적 사고의 결과임을 확언하는 것도 현재 우리의 고통에 대해 말해질 필요가 있는 윤리적인 일일 것이다.
(2016.11)

촛불의 '의미'

2017년 3월 10일 오전 11시 21분, 대한민국 18대 대통령 박근혜가 파면되었다. 헌법재판소장 권한 대행 이정미 재판관이 다음과 같이 말했을 때였다. "재판관 전원의 일치된 의견으로 주문을 선고합니다. 주문. 피청구인 대통령 박근혜를 파면한다." 이 발화와 동시에, 박근혜는 더 이상 대통령이 아니게 되었다. 11시부터 시작된 탄핵 심판 결정문 낭독을 숨죽여 듣고 있던 사람들은 이 순간 박수를 치거나 환호성을 올리거나 큰 숨을 내쉬었다.(고개를 떨구거나 고함을 내지른 사람도 있었으리라.) 세상이 바뀐 것이다. 박근혜가 대통령이던 세상에서 박근혜가 대통령이 아닌 세상으로. 이 사실을 다음과 같이 말할 수 있다. 이정미 재판관의 주문(主文)으로 '18대 대통령 파면'이라는 사건이 발생했다. 사건은 (세상의 변화라는) '의미'를 생성시킨다.

말은 사물을 지시하고, 말은 사실을 묘사한다. 말은 말하는 이의 신념이나 욕구를 표현하여 사람들 간 의사소통에 쓰인다. 그리고 어떤 말은 이와 같이 세상을 바꾼다. 어떻게 그런 것일까? 물리적으로 그 말은 단지 음파일 뿐이고 그 음파는 순간적으로 나타났다가 사라졌는데, 어떻게 열다섯 음절로 된 그 짧은 발화가 거대한 변화를, 거대한 변화라는 '의미'를, 발생시켰는가. 헌법재판소라는 기관의 권위와 법 수호의 의지와 나아가 국민들의 탄핵 열망 등을 모른 척하면서 엉뚱한 얘기를 늘어놓으려는 것이 아니다. 온 대한민국이 탄핵 심판 결정문에 귀를 기울이고 있던 그때, 주문이 발화된 바로 그 순간, 전율을 느끼며 온몸이 찌릿했던 이들에게는 무엇보다도 지난 넉 달여간 지속되었던 촛불집회의 장면들이 필름처럼 지나가지 않았을까. 그리고 나는 문득 황망하게도 예전에 공부했던 "의미의 논리"(G. 들뢰즈)에 대해 생각했다.

요지는 이런 것이다. '사건'이란 물체의 운동으로 일어난 결과/효과이다. 자연적·물리적으로 생겨난 결과/효과에는 의미라는 것이 내재하지 않는다. 한 사건이 이전에 발생한 다른 사건들과 계열화되어 의미를 생성하는 것은 인간의 차원인 문화적 결과/효과이다. 아주 유명한 다음의 예시를 참고해 보자: 한 반정부 인사가 공사판을 지나다가 벽돌을 맞았다. 이것은 자연적으로는 벽돌의 입자들과 사람의 세포들이 부딪친 물리적 운동이지만, 문화적 장에서 그 운동은 '그가 피격당했다', '시민 항쟁의 불씨가 마련되었다', '사회불안을 야기하였다' 등등의 의미를 발생시킨다. 이 세상에서 발생하는 자연적·물질적 운동의 결과/효과인 사건은 반드시 다른 사건들과 계열화되고 그럼으로써 '의미'가 생겨나는 것이다. 즉, 사건은 사건-계열로서 의미가 된다.[1]

헌법재판소의 대통령 탄핵 선고는, 자연적·물리적으로 보자면 사람들이 모인 법정에 재판관들이 줄지어 앉고 그중 한 사람이 문서를 낭독하는 일이다. 그 시간, 그 공간에서 벌어진 그 발화가 중대한 '의미'가 된 것은, 그 발화가 고립된 사건이 아니라 다른 이웃 사건과 계열화되었기 때문이다. 대통령 파면은, 헌재의 판결문에 밝혀진 탄핵 사유(공무원 임명권 남용, 언론 자유 침해, 세월호 사건에 관한 생명권 보호의 의무와 직책 성실 의무 위반, 이 셋이 아닌, 민간인의 국정 개입 허용과 권한 남용 및 헌법과 법률 위배)와 직접적 인과관계로 연결되었다고도 할 수 있다. 하지만 이런 인과적 나열은 각 사건, 즉 '대통령의 불법과 위헌 행위(들)'라는 사건(들)과 '대통령 파면'이라는 사건이 사건-계열로서 '의미'가 되는 선형적 계열화와는 다른 것이다. 다시 말해, '대통령 파면'이 '대통령의 불법과 위헌 행위'라는 사건의 '의미'는 아닌 것이다.

그렇다면 '대통령 파면'은 어떤 사건의 의미일까. 결론부터 말하면, 2017년 3월 10일의 '대한민국 18대 대통령 파면'이라는 사건은 2016년 말부터 이어진 '촛불집회'라는 사건과 계열화될 때 스스로 중요한 '의미'를 탄생시킨다. 물리적으로 보자면 촛불집회는 다수의 사람들이 주말마다 서울 광화문 일대로 가서 제각각 촛불을 켜고 거리를 걷고 구호를 외거나 노래를 부르는 일련의 행위들로 묘사될 법하다. 이 촛불집회가 3월 10일 이전에는 잠재적으로 '탄핵 성공'과 '탄핵 실패'라는 두 가지 사건(의미)을 동시에 내포한 움직임이었다고 할 수 있다. 그러나 그날, 그 순간. 한 번 더 적어 본다: "주문. 피청구인 대통령 박근혜를 파면한다." 이 말이 대한민국 모든 사람들의

---

1 이정우, 『사건의 철학』, 그린비, 2011, p.144 참조.

귀에 꽂힌 그 순간, '대통령 파면'이라는 사건이 발생했고 그와 동시에 이 사건은 저와 이웃하고 있던 사건(들) 중 촛불집회와 이어짐/계열화됨으로써 비로소 촛불집회의 (잠재적이었던) 의미를 결정하게 되었다. '불법과 위헌을 일삼았던 그이는 더 이상 대통령이 아니다.' 비로소 촛불의 '의미'가 탄생한 것이다. (2017.3)

제5부 아무튼, 읽는 동안

전염을 위하여
—장혜령, 『진주』(문학동네, 2019)
　신해욱, 『해몽전파사』(창비, 2020)

지향/의지

'문학적'으로 글을 쓰는 방도, 그러니까 창작의 노하우나 매뉴얼 같은 건 따로 없다는 관점을 고수하는 편이다. 글은 대개 명료한 의식의 산물이 아니라고 여기기 때문이다.(이와 별개로 문학적으로 글을 읽는 방법, 독서의 태도나 습관 같은 것은 어느 정도 준비해 볼 부분이 있다고 느낀다.) 자기 스스로 분명하게 의식하는 감각, 인지, 의견, 판단 등이 있고, 또한 그것들을 자기가 고를 수 있는 가장 명명백백한 말로써 적었다고 매우 자신할 때조차, 자기가 쓴 그 글의 '주체'는 자기 자신이 아니다. 글의 주체는 문장(들)의 주어가 아니고, 이야기의 화자가 아니며, 드라마의 주인공이 아니다. 글의 주체란 글이 재현하는 행위를 이끄는 자리가 아니라 그 재현 행위가 끝난 곳에 나타난 어떤 '그것'의 자리를 이르는 것이다. 글의 주체, 그것의 자리에 출현하는 것은, 글쓴이에게서 글로 이동한 주관성이 아니라 역으로 글로부터—글을 통해—글쓴이에게 당도한 객관성이다. 글이 지니게 되는 그런 객관성과 글쓴이의 의식적 주관성, 진부하게 말해 보자면 작품의 의미와 작가의 의도, 이 둘을 이어 주는 규칙 같은 건 정해져 있지 않다. 아직 밝혀지지 않아서가 아니라 언제나 다시 만들어지는 것이어서 그렇다.

　우리가 문학적인 글을 쓰고자 할 때 궁극적으로 결과를 보장하는 지식이나 테크닉, 전략 등은 익힐 수 있는 게 아니라는 얘기이지만, 문학적인 글을 쓰는 기법을 배우기가 어렵다는 말을 하려는 건 아니다. 어떤 글이나 그 궁극적인 의미는, 글쓴이의 경험과 배움, 의식과 사고의 차원에서 결정되지 않는 '그것'(글로부터 글을 통해 글쓴이 너머의 몽상과 욕망, 무의식과 감정의 영역으로 흘러가는 '그것')을 포함하며, 다른 어떤 문학적 앎보다도 단지 이 사실을 아는 것이 문학적인 글을 쓰기 위한 준비와 다짐이 아닐까 하는 생각을 말해 보는 중이다. 이런 앎은 지식이 아니라 지향이다. '그것'을 일으키겠다는 욕망, 목표, 의지 등으로써 무엇을 찾아 나서기로 혹은 무슨 말을 사용하기로 마음먹어 볼 수 있다. 예컨대 한 편의 시를 쓰겠다는 마음으로 언어를 인식과 실천의 대상으로 사용하지 않으려는 의지를 밀고 나가 본다. 경험의 질서 속에서 언어가 거느렸던 세계와는 상관없는 수행이 거기서 일어나고, 그러자 그것을 쓴 이는 (자기 자신에게가 아니라) 자기의 바깥에 생겨난 에너지를 본다.

　언어가 말하는/쓰는 이의 명료한 의식만을 주인으로 삼는 매체가 아니라는 사실은 어떤 말이 문학적이 되게 하는 근본 요인일 수 있다.('문학'이라는 이름으로 부정확한 언어 사용을 용인하거나 불명확한 맥락들을 조장하는 근거가 될 수 없음은 당연하다.) 근본 요인이므로, 특정 언어의 작용 원인이 아니라 모든 언어의 작용 방식이 될 수 있고, 따라서 전략으로 취사선택할 수 있는 활용법이 아니다. 그러나 세상의 편협을 벗

어나기 위해, 또는 현생과 다른 패턴의 세계를 꿈꾸며, 이 근본 요인
을 적극 의식해 볼 필요는 있을 것이다.

딸은 이제부터 수첩에는 어른들에게 보여 줄 수 없는 것만을 적기로
마음먹는다. 말할 수 없는 것, 보여 줄 수 없는 것은 어디에도 쓰지 않
을 것이다. 아니, 말로는 할 수 없는 것만을 쓸 것이다. 그들의 언어로
는 결코 닿을 수 없으며 그들의 사고로는 이해할 수 없는 모든 것. 그
러니, 나의 모든 것을 쓸 것이다. 나는 그들의 언어가 아닌 언어로 쓰
고 말할 것이다. (『진주』, pp.96-97.)

······ 짐받이에는 상추 한 박스가 실려 있다. 커다란 잎사귀들의 푸
짐한 부피가 등에 닿는다. 내가 쓴 글들도 상추와 같은 작물이어서 상
중하 품질을 나누어 출하한다. 각자 쓸모가 있으므로 언제나 뿌듯하
다. 대자보는 보자기로 삼으면 좋다. 일기는 반드시 삼각형으로 쓰니
까 고깔모자로 접어서 머리에 얹으면 된다. 시들시들한 것으로는 주스
나 잼을 만들 수 있다. 그러니까 다 좋다. 낫 놓고 기억력이 엉망이어
도 된다. (중략) 나는 소년에게 말을 붙이고 싶어진다. 자전거포 어딨
니. 소년은 빙그레 웃으며 자전거의 바큇살을 만지다가 나의 팔을 잡
아당긴다. 알라바마에 있지. 팔은 쉽게 빠진다. 알리바바 다음에. 연골
이 없는 문장들이 우수수 쏟아진다. 뼈와 뼈가 부딪혀 달그락거리는
소리가 난다. 자전거를 타고 오다가 단어 하나를 흘렸다는 것을 그제
야 깨닫는다.

뒤를 본다. 바람이 분다. 페이지가 넘어간다. 알리바바. 알리바바.

일요일에 연락할게. 알리바바. 알리바바.

일요일만으로 이루어진 시간의 페이지가 바람에 날려 무수히 넘어

간다. (『해몽전파사』, pp.246-247.)

　　"말로는 할 수 없는 것만"으로 "나의 모든 것"을 쓰겠다는 『진주』의 다짐과 "연골이 없는 문장들"로 "일요일만으로 이루어진 시간"을 실행시키는 『해몽전파사』의 시도가 여기, '문학적인 지향'이라는 지점에서 함께 읽힐 수 있다. 두 소설은 공히 글로서 해석과 납득의 대상이 되기보다 글을 통해 만남과 소통에 이르기를 기도(企圖)한다. 기억 또는 꿈이라는 하나의 의미 구조를 다루는 이 언어들은, 이미 확립된 기의를 전달하는 역할보다 새로운(혹은 그것만의) 의미 구조를 생산하는 역할을 더 잘 수행하는 듯하다. 또한 그것을 읽는 이들에게로 가서 또 다른 의미 구조를 다시 생성시킨다는 점에서 이 기억 또는 꿈의 기록은 읽기와 겹쳐 있는 쓰기라고 할 수 있다.

상속/계승
　　"나의 이야기는 무엇인가./어떤 언어로 꺼낼 수 있나." 이런 질문을 오래 품어 왔다고 해서 문학적인 일이 벌어지지는 않는다. 그러나 이 오랜 질문에 대한 답을 다른 누군가의 이야기에서 만났다고 느낄 때 어떤 예감은 시작되고 그것은 문학적인 행위의 시작이 될 수 있다. 『진주』의 작가는 저 오랜 질문에 대한 대답처럼 차학경의 『딕테』를 만나 "문장마다 납작하게 눌려 있던 글자의 혼이 되살아나는 것을" 본 후 '나의 이야기를 나의 방식으로' 쓰기로 다짐했다고 말한다. 이런 다짐이 곧바로 문학적인 글을 쓰게 하지도 않을 것이다. 그러나 그 다짐 이후 일련의 글들과 마주치고 얽히는 과정은 문학적인 행로라고 말해도 될 법하다. 『진주』가 탄생하는 이 행로에는 『딕테』만 있었던 것도 아닌데, 가령 '재일교포 간첩단 조작 사건'

에 억울하게 희생된 이의 딸이 쓴 『발부리 아래의 돌』, 그 책에 그려진 누군가 홀로 가슴에 품었던 잊지 못할 과거는 『진주』의 작가에게로까지 이어져 "과거가 과거로만 남는 것"을 거부하도록 도왔다.

『진주』가 쓰이기 이전에 작가가 다른 텍스트들로부터 받은 영향을 문학적인 사건으로 볼 수 있다는 뜻만은 아니다. 우선 『진주』가 어떤 이야기인지 생각해 보자. 『진주』는, 1970-80년대 한국 민주화운동에 투신한 남자의 딸이 아버지에 대한 유년 시절의 짧고 애틋한 기억들과 그 시절 부재하는 아버지를 견디며 지낸 가족의 녹록지 않은 시간, 그리고 그 아버지가 겪은 고초를 기록한 이야기다. 그런데 여기에 기록된 시간은 거의 과거-기억이지만 그녀가 쓴 것은 과거에 관한 그녀의 앎(만)은 아니다. "과거는 언제나 나를 붙잡는다./나는 아빠처럼 옷깃이 뒤집힌 셔츠를 그런 줄도 모른 채 입고 다니고, 아빠처럼 현관 문턱에 서서 급하게 구두를 고쳐 신으며, 아빠처럼 엄마를 통해서만 이야기하고, 아빠처럼 잘못된 일들과 잘못된 관행에 분노한다." 이처럼 (과거가 나를 붙잡은) 현재가 나타나기도 하고, (현재가 붙잡은) 과거 중에는 그녀 자신의 기억이 아닌 타인의 기억, 공유된 기록 등을 바탕으로 한 것도 많다.(책의 말미에 세 페이지에 걸쳐 소개된 참고 문헌과 도판 목록을 본문의 부분들과 대조 확인해 볼 수 있다.) 그리하여 누군가 마련해 놓은 "기록되지 않는다면 사라질지 모를 기억"의 자리에 그녀의 이야기가 앉혀졌을 때 이 이야기는 1970-80년대 민주화운동에 관한 앎(만)도 아니게 된다. 타인의 기록에 나의 기억이 스미고, 그러자 가령 그 민주화운동은 "안창호와 안중근, 유관순"의 독립운동, "중국의 신해혁명, 프랑스의 대혁명, 러시아의 시월혁명", "간디와 마르크스, 손문"의 거사와도 피아의 경계를 허문다.

다시 말해 『진주』의 과거-기억은, 자기 자신을 재현/전달하는 것만이 아니고 타인의 재현에 자기를 투과하여 생성된 의미를 포함한다. 이는『진주』의 작가가 믿는 글쓰기의 중요한 역할이 확실했던 때문이겠다.『진주』의 작가로 하여금 "나의 이야기를 완성하겠다는 약속"을 하게 했던 그 스승의 말씀은 "이야기를 타인에게서 가져오는 것"과 "자신에게서 가장 가까운 이야기에서부터 시작"하는 것이 동시적일 수 있다는 가르침이 되었고,『진주』가 아직 책이 되기 이전부터 그 이야기에 귀 기울여 주고 "같이하면 좋을 것 같아요"라며 다가와 주었던 우정들은 또한 "얼마나 많은 것들이 나와 함께 쓰고 있는가"를 깨닫게 하였으리라. 요컨대『진주』는, '나의 사유', '나의 존재', '나의 쓰기' 등이 오롯한 '나'의 산물이 아닌 타인과의 공존에서 비롯한 것임을 깨닫는 데서 시작된 이야기이자, "내가 걷는 길을 누군가 앞서 걸었다는 생각"에 기대어 쓰인 이야기다. 그렇다면『진주』에서 '나의 이야기'와 '어떤 언어' 사이의 관계는, '과거-기억'이라는 대상을 나만의 언어로 쓸 수 있다는 가능성보다 나만의 언어로는 잘 쓸 수 없다는 불가능성으로 맺어졌다고 말해야 할 것이지만, 이 관계가 곧『진주』라는 소설의 현재적 입지를 얼마간 마련해 준 듯도 하다. 기존의 문학에 자기를 기입(記入)함과 동시에 자기의 이야기에도 또 다른 타인이 기입되기를 기대하는, 어떤 문학성의 상속과 계승, 그것이 곧 '나의 이야기'로서『진주』가 놓인 자리일 것이다.

30여 년 전 운동가였던 아버지의 굴곡진 인생과 그로 인해 궁핍했던 가계를 떳떳하게 딛고 자라 작은 기억을 크게 말할 수 있는 작가가 된 여자의 이야기『진주』, 이 소설이 지금 여기 우리에게 당도하기까지는 무엇보다도 글쓰기/말하기가 읽기/듣기와 분리되지 않음을 정확히 알고 거기에 기대 용기와 힘을 냈던 작가의 의지가 큰 몫을 했을 것이다.『진주』라는 소설을 이 시대의 의미 있는 이야기로 읽는 데에, "진심으로 말한다는 것은 그만큼의 강도로 누군가 듣고 있음을 믿음으로써 가능하다. 진심으로 듣는다는 것 역시 그와 같은 강도로 상대가 말하고 있음을 믿음으로써 가능하다"고 하는 생각보다 더 확실한 방법은 없다. 이 시대 '나의 이야기'가 가장 힘 있어지는 순간은 아이러니하게도 "나에 대해 쓴다고 해서 나의 이야기가 되지는 않는다"는 깨달음이 없으면 나타나지 않는다. 진주는 조개가 상처로 품고 있을 때가 아니라 누군가의 목덜미에서 반짝일 때 비로소 우아해지듯, 『진주』는 작가가 품었던 이야기로서보다 그것을 들은 다른 누군가의 목소리로 다시 말해질 때 더 단단하게 우아한 이야기로 반짝일 것이다.

환기/증폭

내가 내 생각과 말과 행동의 완전한 주인이 아니라는 사실, 그것들의 진짜 주인은 나도 알지 못하는 내 무의식의 문이 살짝 열릴 때에야 거기 어딘가에 있음을 간혹 눈치챌 수나 있을 뿐이라는 사실을, 무디게 살아가는 우리에게 알려 주는 것은 깊은 밤 눈 감은 채로 헤맸던 낯선 세상, 바로 나의 꿈 말고 없다는 사실에 불안과 안도가 교차하는 기묘한 기분을 당신도 알 것이다. 꿈이 잦고 많고 짙은 밤이 며칠 연속되는 날들이면 이 명징하게 비근한 세계와 그 아련하게 궁벽한 세계를 하루에 반반씩 나누어 살고 있는 기분으로 종종 어리둥절해지곤 하는 것이다. 유일한 것만 같은 이 세계의 초라한 내가 다 알지 못하는 그 낯설고 친밀한 세계, 그 세계를 간밤에 내가 걸었고 보았고 받아들였으며 그곳에서 또한 나 자신을 정확히 느꼈다는 사실에 대해 나는 곤혹스럽기보다 매혹되고 만다. 나는 모르는 내가 나였던 신비가 내가 아는 것만 아는 나를 충만하게 한다.

하지만 그 세계를 누군가와 나누어 가지려고 하면, 아니 감았던 눈이 떠지는 순간 바로 사라져 버리는 그 세계를 나 자신에게서 확인해 보려 할 때조차, 닿을 수도 잡을 수도 없는 그것은 형체를 잃고 흐느적거리거나 이내 사라져 버리지 않던가. 꿈속의 나의 말도, 꿈 밖에서 꿈을 얘기하는 말도 다 나의 것이 아닌 것만 같고, 몇 마디 어수룩한 말을 내뱉어 볼수록 대개는 더 멀어지거나 희미해진다. 차라리 이런 말들, "이 세계에서는 우주들이 거품처럼 피어오른다", "우주는 여러 상태들로 동시에 존재하며 분화를 거듭한다", "무한한 각각의 우주들은 심오하게 격리되어 있다", "우주와 우주 사이에는 어떤 시공간적 관계도 성립하지 않는다" 등과 같은 말들 속에서 어쩐지 멀고 먼 우주를 그리워하게 될 때, 의식 아래로 잠겨 버렸던 그 무수한 세계의 형상들이 문득 수면 위로 우르르 떠올랐다가 다시 가라앉아 버리는 느낌에 가슴이 울렁거리기는 했던 것 같다. 꿈과 우주, 꿈 같은 우주, 우주 같은 꿈. 우주를 상상하는 일과 간밤의 꿈을 뒤적이는 일이 얼마나 다른지 모르겠다는 이에게 낮과 밤은 모래시계처럼 엎치락뒤치락하는 두 우주일 것이다. "모래시계를 뒤집을 때마다 다른 우주가 펼쳐지는 것이라면. 이쪽에서 저쪽으로 흐르는 모래와 저쪽에서 이쪽으로 흐르는 모래가 다른 우주의 시간을 알리는 것이라면."

그럼에도 꿈을 꾼 이는 그곳을 조금이라도 더 붙잡아 더 기억하고 싶어 한다. 그곳에 내가 있었기 때문이며, 그곳의 나를 움직였던 정동(情動)이 지금도 생생하기 때문이다. 그곳을 누군가와 함께 여행할 수 있다면, 누군가와 나누어 가질 수 있다면. 그러나 그 세계는 아무도 아무것도 우리가 원하는 대로 함께 입장시켜 주지 않는다. 나의 꿈 이야기를 성심껏 들어준 친구라 해도, 이 세계와 "어떤 시공간적 관계도 성립하지 않는" 그 우주를 내가 아는 형상대로 그려 볼 수는 결코 없다. 그러니 나와 함께 꿈을 여행할 수 있는 친구란, 내 꿈에 등장하는 친구도 아니고 나의 여행기를 들어준 친구도 아니며, 다만 나처럼 그도 자기 꿈을 여행하는 친구일 것이다. 신해욱의 『해몽전파사』가 우리를 찾아온 까닭이 바로 여기에 있지 않을까. "오래오래 꿈은숨의 안내인일" 그가 자기 꿈의 말로써 다른 꿈의 말을 불러낸다. 이 책의 해설에 적힌 이 확실한 말, "『해몽전파사』를 비롯하여 모든 꿈의 문학이 독자에게 요청하는 바는 결코 '나를 해몽하라'가 아니다. '너 역시 꿈꾸라'이다."라는 말이 이미 우리를 각자의 꿈으로 이끌었듯이.

그러므로 『해몽전파사』에 적힌 꿈의 기록은, 그의 꿈을 말로 매개하여 재현하기보다 그것을 읽는 이들이 각자 자기의 꿈을 의식하도록 추동하기를 수행 중이다. 경험 현실에 부합하는 언어로는 어떻게 해도 부적합하기 짝이 없는 이 수행은, 사건의 연속보다는 이미지의 전개를 옮기는 일이고, 그러기 위해 스스로 애매해지는 내레이션이 되는 일이기도 하다. 그럼으로써 꿈의 스토리를 소개하는 게 아니라 다만 꿈의 세계를 '환기(evocation)'하기를 도모하는 것이다. 꿈을 말하는/쓰는 이는 그 환기에 의한 인상을 통해 자기의 지각이나마 전달되기를, 또는 듣는/읽는 이가 나름대로 무언가를 지각하게 되기를 바랄 뿐이리라. 꿈에 대해 잘 말할 수 있는 수사법이 있다면 바로 이런 바람, 지각의 표현 및 전달에 유능해지고 싶은 강력한 소망 말고 다른 것이 있을까? 글에서 수사(법)란 글의 확장과 증폭을 위한 공정 (工程)을 말하는 것일 텐데, 꿈의 기록이 확장되고 증폭되는 데 효과적인 것은 무엇일까? 저 공정에 더 참신하고 더 정교한 말들로 사물이나 행위를 매개하려는 노력을 보태기보다 그런 매개가 불가능함을 알고서 다만 저 공정이 더욱 활력 있게 돌아가기를 원하는 편이 아닐까? 언어를 매개의 기능에 얽매기보다 언어에 의존해 이루어지는 현실적 구도를 역전시키는 데 거리낌을 없앰으로써 꿈의 기록은 해방의 글쓰기가 될 수 있다. 또한 같은 논리로, 『해몽전파사』는 꿈의 수집과 공유에 '소설'이라는 라벨을 달아 줌으로써 소설이라는 장르에 종속되기보다 천 개의 꿈을 위한 프롤로그로 '소설'을 해방시켰다고도 하겠다.

전염/개척

언어는 말이나 글 이전에 미리 구성된 의미를 외적으로 표현하는 수단으로써의 도구만이 아니다. '문학'의 언어에 상수(常數)는 없지만, 언어가 도구이기만 한 건 아니라는 사실을 의식하지 않을 수 없을 때의 언어의 용법은 '문학적' 사용/작용과 유사하다고 말해 볼 수 있다. 또한 언어 사용은 언어공동체 내에서, 타인과의 관계에서 벌어지는 일이다. 따라서 말이나 글이 어떤 문장으로 나타날 때 그 문장은 말하는/쓰는 이를 드러내면서도 그 드러남은 그 발화자에게만 속한 것이 아니라 언어공동체 즉 타인들과의 관계에도 속한 것이 된다. 때문에 언어는 그 사용자의 주관성이 표출된 것에 머물지 않고 그가 주재할 수 없는 장(場)의 일부로서 효과를 내는 객관적 상관물로 존재할 수 있다. 요컨대, 우리가 어떤 문장을 접할 때 먼저 받아들이는 것은 필연적으로 발화자가 구성한 '의미'이지만 그 의미는 그 문장이 우리에게 가져온 모든 것 중의 일부라는 사실, 이 사실이 더 유의미해지는 때가 바로 우리가 문학적인 글을 만났을 때라고 해도 될 것이다.

그렇다면 문학적인 언어를 구사한다는 것은, 말의 의미를 보충하는 데서가 아니라 말의 작용이 극대화되기를 기도(企圖)하는 데서 가능해질 수 있지 않을까? 같이 읽은 두 편의 소설에서 그런 기도를 실행하는 문장들의 용법을 감지할 수 있었다. 자기의 이야기를 만들거나 자기를 표현하고 전달하려는 목적보다 다른 이에게 '가닿음' 또는 '불러냄'이라는 목적을 욕망하는 문장들. 쓰는 일이 읽히는 일을 지나 반드시 또 다른 쓰기와 읽기로 이어지기를 미리 원망(原望)하고 추구하는 의식이 엿보인 것 같았다. 물론 의도와 의식으로 그런 전파 또는 전염이 꼭 발생한다고 보장할 수는 없다. 그럼에도 '문학'이라는 사건, 반드시 '말'의 힘에 의지하는 그 행위의 핵심에 말의 전염력보다 불가결한 것은 없음을 정확히 간파한 자리에서 이 소설들이 탄생했다는 사실은 중요하다. 이 소설들은, 말의 전염성을 키우려는 욕망으로부터 작가/화자의 중심성을 분산시키고 언어 사용의 주객 관계를 역전 가능하게 함으로써, 기억 또는 꿈의 세계를 개인의 이력이나 글감이 아닌 말의 또 다른 활동 영역으로 개척했기 때문이다. (2020)

일인칭 관찰자가 하는 소설

—김병운, 「한밤에 두고 온 것」(『현대문학』, 2020.8)
　전하영, 「그녀는 조명등 아래서 많은 시간을 보냈다」(『문학
동네』, 2020.가을)

둘만의 무대를 만드네

　김병운의 소설 「한밤에 두고 온 것」에서, 주인공-화자가 한밤에
두고 온 그것은 "정지된 화면처럼 오래도록 미동도 하지 않는 두 사
람"이다. 조금 자세히 묘사하자면, "잿빛이 감도는 짧은 머리에 베이
지색 트렌치코트를 걸친 채" 앉아 있는 중년의 여자와, 그 앞의 "테
이블에 앞이마를 맞댄 채" 잠들어 있는 또 하나의 중년 여자가 함께
있는 장면이다. 뒤늦게 등장한 앞의 여자는 사실 '내'가 잠시 자리를
비운 사이 그 자리에 와 앉은 것이다. 그 앞의 여자는 "그토록 기다
렸던 사람"이 와서 자기를 바라보며 이제는 도리어 자기를 기다리고
있다는 것을 모른 채 잠들어 있다. 이 장면은 마치 "무대 위"의 새로
운 장면처럼 '나'의 눈앞에 펼쳐져 있었고, 조금 전까지 그곳에 있던
'나'는 "내게 주어진 유일한 지문은 퇴장"이라고 생각하며 그 자리를
떠난다. "내 눈에 비친 두 사람의 모습"이 환영이 아님을 스스로 입
증하기 위해, 그러나 자신은 여전히 "이야기 속 주인공"의 "똑바로

걷"는 걸음을 딛으며 "벅차오르는 기분"으로 "내일을 기다리기로" 한다.

이 소설의 마지막 대목을 먼저 이렇게 세세히 그려 둔 이유는 차차 밝혀질 것이니, 이 장면에 이르기까지 어떤 일이 있었는지 더 소개해야겠다. 저 두 여인 중 '나'의 지인은 잠들어 있는 '안부현 씨'다. 이 장면을 '나'가 목격하게 된 것은 그녀가 오늘 부탁한 일 때문이었다. '안부현 씨'는, 거의 30년 만에 우연히 마주친 옛 친구 '순영'에게 무슨 자격지심 아니면 자존심 때문이었는지 그만 '장성한 아들이 곱창집 운영을 돕고 있다'는 거짓말을 하게 됐는데, '순영'과 자기 가게에서 만나기로 약속이 되는 바람에 "딱 여섯 시간만 자신의 아들인 척 연기해 달라는" 부탁이었다. 그러니까 "내 연기적 재능이 필요한 일종의 아르바이트"였던 것이다. "게이이자 연극배우"인 '나'는, 지역 도서관 '희곡 낭독 수업'의 강의를 맡았다가 '안부현 씨'와 알게 되었지만, 그 수업은 완전히 잊(고 싶었고 잊)고 있었던 데다 현재는 "양심과 야심 사이에서 길을 잃은 채 머리를 쥐어뜯고" 있는 중이었기에 그녀의 부탁은 다소 황당하게 느껴졌지만 그녀의 사연에 관심이 가지 않은 것은 아니었던 것 같다.

왜냐하면 '나'는 지금 "생각하면 할수록 기분이 나쁜 시나리오"를 앞에 두고 있기 때문이다. 유망한 신예 윤수희 감독의 신작으로, "시놉시스만으로도 퀴어와 여성, 인종을 가로지르며 시대적 요구에 충실히 응답해 보겠다는 감독의 야심이 느껴지는 작품"이다. 그런데 '나'는 감독이 자꾸 "성소수자 얘기에 천착한다는 사실이 못내 불편"하다. "사회적 약자의 편에 섰다고 해서 자기가 하는 모든 말이 정당한 줄 아는 지독한 예술병자들의 자기 긍정과 선민의식"에 신물이 날 뿐이다. 게이인 '나'로선 "당사자성에 집착"하는 게 당연하겠지만,

한편으론 "너도 나도 퀴어 퀴어 하는 꼴"이 아니꼽기도 하고, 그렇다고 이성애자이자 기혼 여성인 감독이 '인권에 대한 관심'이랍시고 "동성애를 맥거핀이나 스펙터클로 소비해 버리"는 작태에는 시비를 걸고만 싶다. 캐스팅에 응할 것인가 말 것인가, 절호의 기회인가, 자존심의 훼손인가, '나'는 헷갈리는 중이다.

이런 때 '안부현 씨'와 그 친구의 저 기묘한 재회를 엿보게 된 것이다. 오기로 한 친구를 하염없이 기다리는 동안, '안부현 씨'가 들려준 얘기는, 30여 년 전 고향을 떠나 서울 공장에 취직해 24시간 붙어살던 두 친구가 헤어진 사연이었다. 가난과 허기를 탈출할 마음으로 '안부현 씨'가 결혼을 결심했을 때 '순영'이 불같이 화를 내고 자취를 감췄던 것, 결혼식 날 남산도서관에서 기다리는 '순영'에게 끝내 가지 않은 것, 그리고 살다 보니 알게 되었다는 이런 진실한 마음, "나는…… 이러다가 우리가 뭐라도 될까 봐, 나를 향한 순영이의 마음이 진실하다는 걸 아니까, 내가 그 마음을 누구보다도 절실히 원한다는 걸 아니까. 하지만 그런 건 잘못된 거라고 비참한 거라고 생각했으니까 도망친 거예요." 이 이야기를 들은 후에 '나'는 저 마지막 장면을 한밤에 두고 그 자리를 떠났던 것이다.

이 사정을 좀 더 이해해 보기 위해선, '안부현 씨'가 오늘의 이상한 아르바이트를 부탁하기까지 '나'와 '안부현 씨' 사이에 있었던 일화 하나를 소개하지 않을 수 없다. 희곡 낭독 수업에서 오스카 와일드의 동성애 얘기를 하던 중이었는데, 한 회원이 동성애자였던 지인에 대해 "가뜩이나 남들과 달라서 마음고생이 심했을 텐데" 끔찍한 병으로 고통스럽게 돌아갔다는 말을 하자, '안부현 씨'가 불쑥 "그분이 마음고생하는 걸 언니가 봤느냐고" 따졌던 것이다. 어색해진 분위기에서 '안부현 씨'는 '내' 쪽으로 시선을 돌렸으나 "나는 그 순간 그녀를 외면"함으로써 스스로 "없는 존재가 되기를 선택"해 버리고 말았다. 그 일은 둘 모두에게 상흔을 남겼을 터이니, 아마도 "내가 어떤 사람인지 진작에 간파"했었을 그녀가 '순영'과 재회의 순간에 '나'를 참석시킬 생각을 한 데는 그 일이 모종의 관련이 있으리라 짐작되지 않을 수 없다.

그리하여 오늘 밤 '나'는 결심을 한다. 이 기분 나쁜 시나리오를 뜯어고쳐 보기로, "이 작품은 내 작품이기도 하므로 기필코 좋아야 한다는 열망"을 포기하지 않기로. '나'로선 성소수자가 아닌 윤 감독이 성소수자의 스피커가 되려는 그 욕망이 미덥지 않지만 한편 "당사자성이 결코 발언의 자격증이 되어서는 안 된다"는 '정답'도 무시할 수 없기에, "이대로는 안 된다"고 목소리를 내어 "내가, 아니 우리가 더 나은 쪽으로 가는 유일한 길"을 찾아보기로 마음을 굳힌다.(물론 그 길은, 당사자 아닌 스피커가 "성소수자를 자원화"하여 "연민과 동정의 시선" 또는 "각성과 성장을 위한 도구"로 이용하지 않도록 하는 길, "선의와 정치적 신념을 담보"로 정당성을 내세우며 책임지지 못할 편견을 재생산하지 않도록 하는 길이어야 할 것이다.) 그런데 '나'는 왜 오늘 밤, 하필이면 우연찮게 '안부현 씨'의 사연을 전해 들은 그 순간에, 이런 결심을 한 것일까.

저 마지막 장면에 그 답이 있을 것이다. 저 장면 속의 두 여인이야말로 서로의 '진실한 마음'을 비로소 나누게 될 '당사자'에 다름 아니다. 하지만 테이블을 사이에 두고 마주 앉은 이들은 이 장면의 발화자가 아니라 대상자다. 이 장면의 발화자의 자리가 있다면 '안부현 씨'의 사연을 전해 들은 누군가로서 그 장면을 바라보게 된 '나'일 것이지만, 그러나 '나'는 오래도록 "두 사람을 눈에 담"았을 뿐 조용히 그 자리에서 물러나 버린다. "불필요한 시선이 남아 있는 한, 두 사람의 이야기는 결코 시작되지 않으리라는 어떤 확신"이, 발화자의 목소리를 대신하여 그 자리에 남았을 뿐이다. 그럼으로써 앞으로의 시간, 즉 이 커플의 미래 또는 이 사랑의 이야기는 "오로지 두 사람을 위한 것"이 될 것이다. '나'는 오늘 밤의 이 무대가 당사자**의** 발화가 아니라 당사자**를** 발화한 것임을 깨달은 게 아닐까? '나'의 "명치 끝에 고여 있는 것만 같은 뜨거운 기운"의 정체를 명확히 알기는 어렵지만, 그것이 '내'가 절호의 기회를 놓치지 않으며 자존심을 훼손하지 않을 방법임은 확실한 것 같다.

김병운의 「한밤에 두고 온 것」은 소수자의 삶을 재현하는 서사에서 발화자의 자리와 발화되는 대상의 자리를 고민하게 한다. 퀴어의 삶을 발화하는 '당사자'의 중요성을 당연하게 여길 때, 어쩌면 우리는 이 사회에서 퀴어의 입장이란 "어떻게든 보이길 원하는 사람이면서도 결정적인 순간에는 숨어 버리는 사람"이 되어 버리고 마는 그 일상적 모순 또는 폭력의 상황을 충분히 고려하지 못한 게 아닐까. 이 소설에서 퀴어 당사자인 '나'가 한밤에 두고 온 저 무대, 또 다른 퀴어의 사연이 남들의 불필요한 시선에 얽히지 않고 '오직 두 사람'의 시간으로 남을 저 무대는, "무대와 객석의 경계를 가르는 어떤 선"에 의해 정상 규범과 직접 불화하는 장면을 피하게 하지만, 그럼으로써 또 다른 퀴어 테크놀로지를 창안할 가능성을 품은 것이 아닐까. "영화로 세상을 바꿀 수 있다고 굳게 믿"는 비당사자 감독의 영화에 유부남 클로짓 게이로 출연할 '나'가 이왕이면 그 원대한 꿈의 희생자가 아니라 조력자가 되기를 응원해 보는 건, "벅차오르는 기분"으로 내일을 기다리며 "똑바로 걷"는 그 역시 "이야기 속 주인공"임을 우리도 여기서 보았기 때문일 것이다.

목격자가 기록하네

전하영의 소설 「그녀는 조명등 아래서 많은 시간을 보냈다」의 마지막 장면에서 주인공-화자가 깨진 가로등 아래 멍하니 바라보고 있는 것은, "두 여자아이가 하나의 작은 점이 되어 멀어지다가 이내" 사라지는 모습이다. 이곳 연구소에 근무하는 '나'는 시스템에 잘 적응한 편은 아니지만 "적당한 거리를 유지하는 가운데 가끔은 위트 있는 농담도 나눌 줄 아는, 그런대로 말이 통하는 상대" 한 사람과 간혹 편안한 대화를 즐기곤 했다. 가까운 혹은 특별한 사이가 되진 않았지만 "정체를 알 수 없는 그리운 기분"을 느끼게 하는 '그'의 얼굴을 좋아했다고도 하겠는데, 얼핏 "학부생 애인이 있다는 소문"도 있던 '그'가 불쑥 "스물한 살짜리를 유혹하는 건 정말 쉬운 일이에요."라고 말했을 때 '나'는 "그에게 가졌던 희미한 관심이 명확한 경멸로 변해 가는 것을 느"끼고 말았다. 출입구에서 안개꽃을 들고서 누군가를 기다리는 듯한 "아주 젊은 여자"를 "그의 '유혹하기 쉬운' 애인"이라고 생각한 '나'는 "그렇다, 저 아이를 구해야 한다"는 생각으로 그녀 쪽으로 다가간다. "경계하는 태도"를 보이던 젊은 여자의 팔을 "시트러스 향"을 풍기는 누군가가 다가와 감싸며 총총 사라지고 나는 "바람맞은 사람처럼" 서 있었던 것이다.

이 장면에도 나타났듯이 이 소설에서 '나'는 누군가의 '목격자'로서, 특히 어떤 젊은 생(들)을 바라본 마음을 이야기한다. 시간을 앞으로 많이 돌려 "유혹에 대한 면역이라곤 없"었던 "단지, 스무 살"이었던 그때, "아무렇게나 내키는 대로, 마음대로 살다가 서른 살 무렵에 죽는" "야심" 찬 계획이 있던 그 시절에는 "장피에르" 같은 이가 주변에 한둘은 있기 마련이다. '그'는 "연약한 식물 같은 내면. 평생 어떤 역할에 적응해서 살아 나가지 못할 것 같은, 왠지 자살하거나 정신병원에 갈 것만 같은 어색한 기운……"으로 당시 남녀 학생 모두를 매혹했던 대학 강사였다. 토종 한국인인 그를 '장피에르'라고 부르자고 제안했던 '연수'는 "겨우 스무 살짜리"에겐 안 어울리는 "난해한 아름다움"으로 남자들의 흠모를 받았는데 "나는 연수의 곁에 있는 것을 일종의 특권처럼 여기고 남자들을 업신"여기며 자존심을 지키려 했던 것 같다. "나는 끊임없이 연수를 모사"했고, 그런 '나'를 의식했다. 무결하고 무지하고자 하는 "어쩐지 병적인" '연수'의 기질을 동경했다. 하지만, "나는 연수를 보며 건강해져야겠다고 생각했다."

그 파리 여행, '연수'와 둘이 떠난 그곳에서 '장피에르'의 마중을 받았던 스무 살 여행의 첫날 "나는 내가 원하지 않았던 역할을 맡게 될지도 모른다는 예감"으로 불편해졌던 것을 기억한다. '장피에르'는 '연수'를 이성으로 대했고 "연인의 탄생에는 항상 목격자가 있는 법"이라면…… 말하자면 '나'는, 세상에 있는 두 종류의 여자, "매사에 분명한 여자와 미스터리를 남겨 두는 여자" 중에서 "매사에 분명한 여자"였던 것이다. 남들에게 "평범하고 안정한 인생을 살게" 되리라는 신뢰를 주고, 영화 속에서는 "여자주인공의 특별함이 돋보이게끔" "평범함의 기준처럼 제시"되었다가 삭제된 분량 속으로 사라져 버리는, 사랑에 빠진 여자가 아니라 '다른 한 여자'의 역할을 맡는. 하지만 정말 그럴까? 사랑에 빠지지 않는 쪽은 삭제된 분량 속으로 사라지고 마는 걸까?

그럴 리가. 사랑에 빠지지 않는 쪽은, 사랑에 빠지는 이들을 목격하고 그들의 사랑을 목격하고 그들의 사랑이 아닌 것까지 목격하는 자가 된다. 모두를 사랑에 빠뜨린 그 남자가 한 어린 여자를 쫓는 시선을 목격하고, '그'의 손짓이 유혹을 넘어 추행에 이르는 장면을 목격한다. 그 장면의 주인공들에게서 목격자는 우울감, 선병질, 연약함, 난해한 아름다움 등을 보고 매혹되기도 하지만, 그런 자질들의 추한 허위와 추악한 기만이 남긴 잔해를 보고 참담해하기도 한다. 결코 "사랑 같은 것이 그를 죽이진 못"한다는 것을 확인하는 한편, 오래도록 "젊은 여자를 추구"하고도 오래도록 유지해 온 그 명망 사이로 조금씩 알려지기 시작한 추문에서는 "가느다란 희망"을 보기도 한다. 그리고 그 목격된 것들, 세상에 보이고 들린 그 모든 것들은 목격자 자신의 생을 통과하며 어떤 이야기가 되어 기록된다. 이야기는 겪은 것이 아니라 기록되는 것이다. "가끔은 무언가 이야기 같은 것이, 나의 의지와 상관없이 자신만의 속도로 내 인생을 통과하고 있다는 느낌이 든다."

그런데 소설의 마지막 장면, 그 옛날의 '장피에르'를 환기시키는 또 한 남자 때문에 '나'가 또다시 불균형한 연인의 탄생에 필요한 목격자가 막 되려던 찰나, '나'의 목격은 새로운 국면을 맞는 것처럼 보인다. 경계의 눈초리를 보내던 젊은 여자는 그 남자의 어린 애인도 아니거니와 때맞춰 나타난 동성 친구와 함께 눈앞에서 사라져 버리며 '나'의 목격을 거부한 것이 아닌가. 아니면, 이번에는 오랜 관습에 물든 비상식적 연애가 아닌 "시트러스 향"처럼 산뜻할 다른 연애에 '나'의 목격이 기여한 것이라 할 수도 있겠다. 어느 쪽이든, '나'가 마지막으로 바라본 "그 두 사람의 뒷모습"은 이제 목격자 없는 곳에서 주인공의 장면을 만들어 갈 것이다. "두 여자아이"가 함께 주인공인 이후의 장면에서는 세상의 여자들은 두 종류("사랑에 빠진 여자와 혼자 남는 여자")로 나뉘지 않을 것이다. "어떤 삶은 그저 화려하고 어떤 삶은 그저 평범"하게 끝날 리가 없을 것이다. 서로 목격하고 목격되어 각자 주인공으로 화려해질 것이다. 모든 목격자가 주인공이다. (2020)

최선의 미래를 기억하기

—장강명, 『그믐, 또는 당신이 세계를 기억하는 방식』(문학동네, 2015)

임솔아, 『최선의 삶』(문학동네, 2015)

아무것도 찌르지 않고 아무것에도 찔리지 않고 살 수 있는 사람은 없다. 인간은 서로에게 선인장과 같아서 자기를 다치지 않고 남도 다치지 않게 하는 방법을 잘 알지 못한다. 상처는 삶의 변수가 아니라 상수다. 그리고 소설은 서로 찌르고 찔린 상처의 기록이다. 이것은 상처와 소설에 관한 개념적인 이야기지만, 개념이 아니라 진짜 서로 찌르고 찔리는 소설에 대해 이야기해 보려 한다. 두 편이나, 나란히 읽은 것이다. 칼을 든 아이가 있고, 앞에 선 아이는 "찔러 봐"라고 말한다. 둘 다 찔렸다. 한쪽은 끝내 찔림으로 되돌려 받을 것이고 또 한쪽은 끝내 찌름으로 되돌려준 것이었다. 상처는 변수가 아니라 상수. 소설은 상처의 기록일 뿐 그것을 치유하는 지혜를 줄 수는 없지만, 상처의 기록은 상처 이전의 시간으로부터 미래를 분리시킨다. 찌름과 찔림은 그들의 삶에서 무엇이 되는가. 두 편의 소설에는 두 개의 다른 미래가 있다.[1]

최선의 삶—장강명, 『그믐, 또는 당신이 세계를 기억하는 방식』

이것은 속죄에 관한 이야기다.

한 소년이 손에 칼을 들고 있었다. 자기 눈앞에 있는 존재가, 이곳에서, 세상에서 사라지길 원했다. 앞에 선 소년은 "찔러 봐"라고 말했다. 날벌레처럼 모여든 아이들도 말했다. "병신 새끼, 존나 찐따 같은 게 칼 들고 지랄하고 있네", "찔러 봐, 병신아. 찔러 보라니까." 소년은 칼을 휘둘렀다. 긋고, 찌르고, 칼을 든 주먹을 휘둘렀다. 칼에 찔린 소년은 죽어 갔다. 칼을 쥔 제 양손에 상처를 잔뜩 낸 소년의 머리카락이 땀과 피에 흠뻑 젖었다. 소년은 그 손을 잘라 내고 싶었다.

그다음에는 어떻게 되었나? 경찰서, 소년교도소, 일반교도소, 병원. "소년은 이미 사람을 온전히 죽여 본 자의 본능으로 자신 안의 패턴을 하나씩 지워 나갔다." 소년의 단순성에 호감을 느낀 '우주 알'이 그의 몸속으로 들어왔다. 시작도 끝도 없는 시공간 연속체 같은 우주에서 오직 인간만이 시간을 한쪽 방향으로 체험하지만, '우주 알'이 몸속에 들어온 소년/남자는 "모든 순간을 동시에" 살 수 있게 되었다. "어떻게 죽는지도" 알게 되었다. 그리고 "네가 나를 부르는 소리"가 들렸으므로 너를 찾기로 한다.

자식을 칼에 찔려 잃은 아주머니는 십오 년 넘게 미친 사람처럼 살았다. 아들이 학교 폭력의 가해자가 아니고 범인은 정당방위가 아니라는 것을 입증하는 것만이 아들을 위해 할 일이라고 믿었다. 법

---

1 이 단락의 내용은 다음 구절이 포함된 김인환의 글을 참고해서 썼다. "모든 상처의 기록은 다른 미래를 가리킨다." 김인환, 「스투디움과 풍크툼」, 『의미의 위기』, 문학동네, 2007, p.85.

과 언론을 상대로 처절하게 싸웠다. 아들을 죽인 남자가 사는 곳마다 쫓아가서 주변에 그의 살인 전과를 알렸다. "마음속으로는 쟤를 용서해야 한다고 생각하는데 가끔 충동적으로 끓어오를 때"는 어쩔 수가 없어서. 아들 몸에서 칼에 찔린 상처 열네 군데를 다 만져 봤다. 평생 못 잊을 것이다.

남자는 감옥에서 구 년을 보냈다. 정신병원에서 주는 약이 의식을 흐리게도 했지만 그는 스스로의 의지로 자기를 없앴다. 그럼에도 "사람을 죽인 소년"은 그에게 흉터처럼 남아 있었다. 그의 살음/삶에는 언제나 죽임/죽음이 들어 있고 그는 그것을 몰아내지 않았다. 남의 삶을 끝낸 대가로 그의 삶도 그때부터 끝을 붙잡고 있게 되었던 것이다. 시작과 끝, 순서와 속도가 있는 시간은 무의미해졌다. '우주알'이 남자의 몸에 들어온 건, 그가 이미 자신의 결말을, "죽는 순간"을 보았기 때문일 것이다. 그는 "딱 그렇게 죽기를" 바란다고 했다.

남자가 바란 그 죽음의 형태가 '아주머니'의 칼에 찔리는 것이었는지는 모르겠다. 다만 그가 자기의 죽음으로 아주머니의 원한을 풀수 있길 바란 것만은 사실일 것이다. 형기를 다 마쳤고, 끈질기게 따라다니는 아주머니의 요구에 늘 응했지만, 속죄는 끝나지 않았다는 걸 알 수 있었다. '너'를 만나고 너와 함께 있는 시간이 행복한 그만큼, 이제 그만 죄의 그늘을 벗어나고 싶고 아주머니를 피하고 싶은 그만큼, 그는 더욱 온전한 죄 사함을 원했다. 그것이 삶이라는 패턴에서는 불가능한 일이라는 것도 그는 알 수 있었다.

칼을 든 아주머니에게 그가 '찌르세요, 찌르시라니까요!'라고 말한 그 순간은, 아주머니의 아들이 그에게 '찔러 봐, 찔러 보라니까'라고 했던 죄의 순간에 대응함으로써 마침내 이 죄의 시간 혹은 속죄의 시간을 마감한다. 그런데 속죄란 무엇인가? 스스로 죄의 대가를 치르는 것인가, 상대의 용서를 구해 내는 것인가? 지난 십오 년의 시간이 속죄를 끝내지 못했다면 그가 아직도 구하지 못한 상대의 용서만이 그것을 가능케 하는 것이 아닐까? 그의 죽음은 '그 일'에 대한 진실이 아닐 테지만 아주머니는 '진실이 밝혀져서 마음이 편안해졌다'고 했으니, 그러면 용서는 이루어진 것인가?

그의 죽음이 가져온 결과는 (진실로 '진실'을 밝힌 것은 아니었으므로) 그의 삶이라는 패턴이 끝장났다는 사실 말고 없다. 이렇게 남자의 속죄가 완수된 것이라면, 그 '용서'는, 그가 기필코 죽어서야/죽임을 당해서야 이루어진 그 용서는 무엇인가. 그는 진정 아주머니에게 용서받은 것인가. 아주머니는 남자를 용서한 것인가, 남자에게 복수한 것인가. 자식 잃은 부모에게 용서는 불가능한가. 용서할 수 없음과 속죄하고 싶음은 이 세계에서 어떻게 만날 수 있나, 삶에 어떤 패턴을 그릴 수 있나. 혹 이 세계는 속죄도 용서도 불가능한 곳인가.

아니, 이것은 속죄에 관한 이야기. 용서 없는 속죄일지라도 그의 죽음이 속죄가 아닐 수는 없다고 해야 한다. 남자의 속죄를 완수한 것은 (아주머니의 용서가 아니라) 따로 있었다. 이 모든 불행, 찌름부터 찔림까지 죄와 벌과 슬픔과 고통이 남자의 삶에 그려 놓은 이 흉한 무늬가, 만약 "너를 만나기 위해" 이어진 길의 자취였다면, 그것은 반드시 자기의 것이어야 한다고 남자는 확신했다. 어째서? "널 만나서 정말 기뻤"으니까. "너와의 시간은 내 인생 최고의 순간들이었"고 삶이 끝나는 순간까지 "그걸 절대로 후회하지 않"았기 때문이다.

물론 이렇게 말하는 건 뭔가 뒤바뀐 것 같을지도 모른다. 그 모든 불행이 남자가 여자를 만나기 위해 겪어야 했던 일이 아니라, 그 모든 일을 겪은 후에 남자가 여자를 만난 것이 아니었던가. 아니, 남자에게 '우주 알'이 왔을 때, 즉 그가 자기 삶의 결말을 "딱 그렇게" 생

각했을 때, 그때에야 이들이 만났다는 사실이 가장 중요하다.("우주
알이 내 몸에 들어왔을 때, 나는 네가 있는 곳으로 갔어.") 이들은 꼭 "이런 식
으로 만나야만" 했다. 여자는 남자가 쓴 『우주 알 이야기』를 먼저
읽어야 했"다. 왜냐하면 남자가 '속죄'를 생각한 것과 여자를 찾아
'사랑'한 것이 같은 일이기 때문이다.

　남자는 여자를 사랑했고 그 사랑을 지키기 위해 속죄가 더욱 절
실해진 것이었을까? 아니, 순서가 반대다. 사랑을 위해 속죄한 것이
아니라 사랑으로 인해 속죄할 수 있었다. 남자는 여자를 사랑했기에
아주머니의 칼을 받기로 마음먹었을 것이었다. 그의 속죄는 타인(아
주머니)의 용서를 받아서가 아니라 스스로 (여자를) 사랑함으로써 완
수되었다. 본래 속죄는 화해를 추구하는 용서가 아니라 구원을 향한
몸짓이 아닐지. 요컨대 그의 사랑이 곧 속죄였다. 속죄가 구원을 낳
는 게 아니라 사랑이라는 구원이 곧 속죄를 완수한 것이다.

　이것은 속죄에 관한 이야기, 최선의 삶은 마침내 구원에 이르고야
만다.

당신이 세계를 기억하는 방식─임솔아, 『최선의 삶』
　이것은 복수에 관한 이야기인가?

　강이는 소영을 부르고 식칼을 꺼냈다. 소영은 흘깃 칼에 눈길을
주고는 강이의 얼굴을 보았다. "찔러 봐." 소영은 아무렇지도 않게
말했다. 강이는 힘껏 손을 뻗었다. 칼은 소영의 팔뚝을 스치고 몸 바
깥으로 빗나갔다. "찔러." 명령이었다. "찔러." 소영은 한 번 더 명령
했다. 강이는 "소영이 아름답다고 생각했다." 소영은 피식 웃고는 뒤
돌아서 걸어갔다. 또박또박 발소리를 비집고 소영의 목소리가 들렸
다. "병신." 강이는 달려가서 소영의 목울대에 칼을 찔러 넣었다. 칼

을 뽑아 소영의 눈앞에 던졌다. 그리고 돌아섰다.

강이는 소영을 사랑했다. 읍내동에선 부유하고 똑똑한 아이였던 강이가 전민동에 와서 가난하고 멍청한 아이가 되었을 때, 강이의 눈에는 소영이 제일 대단해 보였다. "소영은 제 마음대로 꽃을 피우고 죽이는 유일한 아이였다." 언제나 당당하고 유유한 소영을 '소영'이라는 마음속 방 한 칸에 채웠다. 강이, 아람, 소영이 함께 집을 나가 낯선 도시를 방황했을 때, 소녀들은 위태로웠지만 "쉽게 부서질 수 있었기 때문에 쉽게 부서지지 않았"다. 친구들은 서로에게 동지이고 식구이고 연인이었다.

하지만 그 방황의 의미는 셋에게 같지 않았다. 강이와 아람은 "최악의 결과"가 두려웠을 뿐이고 소영은 "최선의 결과"를 얻어 냈다. 셋은 자연스럽게 멀어져야 했으나, 그러지 못했다. 아람은 소영을 멀리했고 소영은 여전히 분명하게 결정하고 행동했으며 강이는 연기일지라도 "가장 최선을 다해 소영에게 복종"했다. 아이들은 소영을 질투하거나 부러워했고 아니면 무서워했지만 "어쨌거나 모두 소영의 편"이었다. "각자 소영을 선택했다기보다 다수의 아이가 소영을 선택할 것이라 예상했기 때문에 다수가 되는 길을 선택"했다.

강이는 소영이 되고 싶었다. "소영만이 소영을 이길 수" 있으니 "소영의 방법으로 소영이 되어야 했다." 병신이 되고 싶지 않은 것뿐이었는데 싸우지 않을 수가 없었다. 져도 안 되고 이겨도 안 되는 싸움이었다. 지면 짓밟히고 이기면 더 처참히 짓밟혔으니까. "싸움을 좋아하는 아이는 아무도 없었다. 자신을 지키기 위해서 싸울 수밖에 없는 순간들이 있을 뿐이었다. 소영도 마찬가지였다. 자기 보호는 치열한 공격이 될 때가 많았다. 치열한 보호가 비열해지는 건 한순간이었다."

강이는 "무릎은 꿇지 말았어야 했다"고 생각했다. 무릎을 꿇어도 싸움은 끝나지 않았고, "병신이 되지 않으려다 상병신이 되었다." 이제 할 수 있는 일은 "회복이 불가능한 병신"이 되어 최악을 출구 삼아 탈출할 수밖에 없다고 생각했다. 식칼을 구했다. 티셔츠로 둘둘 말아 가방에 넣고 다녔다. 하지만 점점 "나는 최악의 병신이 되는 데 실패한 최악의 병신이 되어" 가는 것이라는 생각을 지울 수 없었다. 스스로 이렇게 되뇌어야 했다. "잊지 말아야만 한다. 너는 싸워야 산다는 걸."

아직 십대, 성인도 되지 않은 아이들의 이 세계만큼 '만인 대 만인의 투쟁'이 살벌한 데가 또 있을까. 아이들은 모두 '병신'처럼 살지 않기 위해, 예쁘고 키가 크고 성적이 좋고 또 신흥 동네에 살아야 한다고 생각한다. 가장 세속적인 가치를 어른보다 더 철저히 믿어 버리지만, 자기가 무엇을 믿는지도 알지 못한다. 무엇을 원하는지도 알지 못한다. 다만 짓밟히지 않으려면, 서로 모욕하고 비방하고 때릴 수밖에 없다고 믿을 뿐이다. 변방의 변방일 뿐인, 어항 같은 세상에서 한번 밀려나면 끝장이라는 공포에 질린 채로.

강이는 결국 소영을 찔렀다. 이것은 복수인가? 소영은 강이의 칼을 보고 '명령'했다. "찔러." 이 명령은, 소영과 싸웠던 그날 강이에게 들렸던 "지금이다. 걷어차.", "밟아. 짓밟아,"라는 목소리에 대응한다. 소영을 때린 건 그 명령에 따른 것인데 소영을 찌른 순간에 그 명령은 소영이 내렸다. 이것이 복수라면 소영의 명령을 따름으로써 소영에게 복수한 셈이다. 그런데 복수가 무엇인가? 전에 졌다가 이번에 이기는 것인가, 원한을 풀고 싸움을 끝내는 것인가? 강이는 이제 소영을 이긴 것일까? 강이의 원한은 풀리고 싸움은 끝난 것일까?

강이는 소영을 이기고 싶었다. 소영도 강이를 이기고 싶었을 것이다. "기도도 기도끼리 싸움을 했다." 문제는 이 싸움엔 승패가 없다는 것이다. 이기고 싶어 싸운 것이 아니라 싸우지 않으면 병신이 될 것 같아 싸운 것이니까. 더 문제는 싸웠으나 병신으로 남은 것이다. 병신으로 남고도 싸움이 끝나지 않은 것이다. 이곳은 복수가 불가능한 세계, 복수해도 원한이 풀리지 않는다. 아니 복수로 풀 원한 같은 건 없다. 싸움과 승패와 평화가 있는 게 아니라 "또 다른 악몽과 그 악몽을 벗어나려는 또 다른 기도만이" 있을 뿐이다.

복수라는 싸움은, 나와 타인을 오가는 일이 아니라 자기의 악몽을 쥐었다 폈다 하는 일인지도 모르겠다. 강이는 식칼을 갖고 다녔지만 그 식칼이 거기 있다는 것도, 그것을 무서워한 것도, 자기 혼자였다. 다른 물고기와 함께 있으면 둘 중 한 마리가 죽을 때까지 싸우는 투어(鬪魚)의 운명처럼, 서로 죽이지 않으려면 혼자 살아야 하지만 거울 속의 자기 자신과라도 싸우지 않으면 곪아서 죽고 마는 것. 강이의 싸움은 그렇게 서럽고 애처로웠다. 강이가 소영을 찌른 것은, 자기를 찌른 것이기도 할 것이다.

강이는 "끝이 나는 것은 아무것도 없으리라"고, "병신 같은 사람들 곁에 병신으로 남을 것"이라고 생각한다. 하지만 먼 미래를 익숙한 끔찍함으로 떠올리면서 강이는 끝내 "웃었다." "최선을 다했다"고, 그건 소영도 아람도 엄마도 마찬가지라고 생각했기 때문이다. 과거의 일들은 "모든 것을 숫눈이 차근차근 덮어" 가듯 지워질 것이고 세상은 또 다른 발자국으로 지저분해질 것이다. "떠나거나 버려지거나, 망가뜨리거나 망가지거나", 다만 모두 최선을 다했을 뿐이므로. 이것이 이 세계를, "이상하고, 무섭고, 어떻게 해야 하는 건지도 모를 정도로 좋은" 이 세계를 우리가 기억하는 방식이다.

이것은 복수가 불가능한 이야기, 기꺼이 나빠져야만 했던 세계는

더 나아지기 위한 시간으로 기억되고야 만다. (2015)

불길의 흔적을 찾아라
―백수린,『참담한 빛』(창비, 2016)
　김중혁,『나는 농담이다』(민음사, 2016)

　　모든 소설가의 첫 번째 책은 검은색이라고, 그건 어떤 불이 타오르고 남은 그을림의 흔적이니까 그렇다고 (『작가란 무엇인가』의 서문에 김연수 작가가) 했던 말이 내게는 누군가의 두 번째 책을 읽을 때 주로 떠오른다. 두 번째 책을 낼 즈음의 작가는 첫 번째 책을 그을렸던 그 내면의 불길은 이제 잦아들었음을, 또 다른 불을 찾기보다 이젠 체력을 챙기는 게 우선임을 깨닫게 됐으리라는 그 이야기가 인상적이었던 건, 소설가의 재능이란 상상력이나 감수성 쪽보다 계속해서 어떤 것을 쓰고자 하는 의지 말고 없다는 그 말의 취지에 크게 공감해서였을 것이다. 백수린의 두 번째 소설집 『참담한 빛』을 읽으면서 그 말이 생각난 건, 바로 이 책(이 이야기들)을 씀으로써 자기 자신이 되어 간 한 작가의 자취가 벌써 선명하면서도 그 자취마다 그때 작가의 마음에 일었던 불길의 흔적 같은 것이 여태 어른거렸기 때문이다.

　　『참담한 빛』에는, 지금까지 누구에게도 말해 본 적 없는 그 밤의 기분에 대해, 짐작해 볼 도리도 없고 영원히 헤아릴 수도 없으리란 걸 알아 버린 그 사람의 마음에 대해, 생각해 보면 오래전부터 인과관계를 알고 싶었던 미묘한 감정에 대해 섬세하고 아련하게 들려주는 이야기들이 모여 있다. 그것들은 모두 '이미 일어난' 사건들이고, 그 밤, 그 손길, 그 침묵, 그 통증 들은 그때 아무 의미 없이 아무것도 알려 주지 않은 채 거기 있었다. 이제 그 일들이 이야기로 불려 나와 다시 그 여파가 울리자, 알 수 없는 채 머릿속에서 웅웅댔던 그때의 감각과 기분과 마음들은 비로소 '사랑의 사건'으로 응고된다. 소설의 문장을 변형해서 말해 보자면 "알 수 없는 어떤 것이 붕괴하듯이 굉음을 내며 하늘 높이 솟아오른 불꽃" 같은 이야기들이 되었다.

그때 그 사건들, 대체로 뭔가를 잃어버렸거나 얻지 못했거나 끝내 완성하지 못하고 해결하지 못했던 그 일들은, 분명히 일어났으나 잊은 듯이 묻혀 있던 기억들이다. 지금 돌이켜 보지 않는다면, 굳이 회상하고 따져 보지 않는다면, 그 일들은 반드시 망각의 자연스러운 물살에 떠밀려 점점 더 희미해지고 언젠간 없던 일처럼 되고 말리라. 상실, 실패, 미완의 상처라면 그렇게 잊히는 편이 망각의 동물 인간에겐 축복일 수도 있지 않을까. 『참담한 빛』은 그런 생각에 결코 동의하지 않는 이야기들로 채워져 있다. '망각'이란 오히려, 그때 그 일이 없어졌다는 듯 기억을 꾸며 내는 조작일지도 모른다. 과거는 망각으로 인해 돌이킬 수 없는 것이 아니라, 망각에 저항하고 망각을 견뎌 낸 이야기를 통해 비로소 돌이키지 못하는 삶의 시간이 된다. 개인적인 전설이 된다. 한 사람의 신실한 이야기가 된다.

백수린의 이번 소설들은, 어떤 순간, 어떤 장면, 어떤 구절 등의 편린으로부터 풀려나온 지난 사건들이 '기억'이라는 '무대'를 통과하며 감각적 진실과 의미의 매듭을 얻게 된 이야기들이다. 여기서 기억은, 현재를 종착점으로 삼는 옛날이야기를 완결하기 위해서가 아니라 현재로부터 이어져 나갈 삶의 근거로서 과거를(아마도 고뇌이거나 번민이었던 지난 시간을) 잘 떠나보내기 위해서 마련된 경건한 무대와도 같다. '기억의 무대를 세공하는 일'은, 다시 말하지만 지난 시간을 움켜쥐기 위해서가 아니라 지난 시간을 돌이킬 수 없음을 잊지 않기 위해서다. 바꿔 말하면, 이 작가에게 '소설 쓰기'는 (과거를 상실하지 않으려는 도피가 아니라) 과거의 상실을 망각하지 않으려는 '의지'에 다름 아니다. 이 의지가 곧 작가의 첫 번째 재능이기도 해서, 첫 책을 그을린 그것이 여전히 이렇게 불길의 흔적을 남기고 만 것이겠다.

'쓰고 싶다'라는 욕구는 누구나 가질 수 있는 평범한 충동 혹은 태도일 수 있지만, 쓰인 모든 글들이 그것을 증명하지는 않는다. 쓰려는 충동과 쓰는 행동이 구별되지 않는 한에서 '쓰기-의지'는 쓰인 글에 속할 수 있으며, 그렇게 '쓰기-의지'가 이미 글쓰기의 재료 자체가 되는 한에서 (과학적 담론에 대립되는) 문학의 위상을 정의해 볼수도 있을 것이다(라는 얘기는 롤랑 바르트의 강의록에서 읽었다). 가령 무엇을 이해하기 위해 소설을 써야겠다는 목적이 있다면, 그 목적은 무엇에 대해 알게 된 바를 써 냄으로써 이루는 것이 아니라 무엇에 대해 다만 썼다는 사실로써 이루어진다. 백수린의 『참담한 빛』에서 돌이킬 수 없는 삶의 시간을 쓰고 싶다는 의지가 기억의 무대를 세공함으로써 상실을 이해한다면, 김중혁의 신간 『나는 농담이다』가 상실을 이해하는 방식은 사뭇 대조적이다.

『나는 농담이다』의 스토리를 요약하자면 이렇다. '죽은 어머니의 유품 속에서 발견된 편지를 수신자인 (다른 성의) 형에게 전달하려고 했으나 그가 우주에서 실종되었다는 사실을 알게 되어 편지를 녹음해서 우주로 쏘아 올리려는 계획을 세우는 이야기.' 이 소설에 등장하는 스탠드업 코미디언, 우주비행사 등 인물들의 직업만으로도 짐작 가능하듯 이 이야기는 회상하는 내면을 통과하여 쓰인 것이 아니다. 서사 전체에 걸쳐 다뤄지는 상실의 문제(어머니의 죽음, 형의 실종 등)는 감각화/의미화를 거치지 않는데, 이는 상당량에 걸쳐 옮겨 적힌 코미디언 '송우영'의 농담과 상통하는 태도("코미디의 핵심이 뭐냐. 거리두기 아니냐.")라고도 할 수 있다. 즉 이 소설에서 상실에 대한 '쓰기-의지'는 체험으로부터 먼 우주와 코미디라는 소재로 풀려나온다.

다시 말해, 이 소설은 부재, 죽음, 실종, 이별 등에 대해 "말이 안 되는 것 같지만 생각해 보면 말이 되"는 방식으로 대처하는 이야기다. "죽었다는 걸 인정하기 싫다거나 미련이 남았다거나 그런 게 아니"라 "저기 저 공간 속에 살아 있구나, 아직 죽은 게 아니라 계속 우주를 돌아다니고 있구나, 그런 생각"으로 상실을 극복하려는 의지의 서사라고 말할 수도 있겠다. 그러니 이 소설에서 농담은, 상실의 조작이자 상실에 대한 애도의 한 포즈라고 할 수 있지 않을까. 내게는 '나는 농담이다'가 '나는 애도한다'로 들리는데, 그래도 무방하지 않은가? 물론 여기서 농담이 상실 또는 애도의 '의미'를 지닌다는 뜻은 아니다. 이 이야기는 처음부터 끝까지 "의미가 없다고 생각해야 의미가 생깁니다. 의미가 있다고 생각하는 순간 의미가 없어져요." 라는 기본 입장에 충실하기 때문이다.

『참담한 빛』과 『나는 농담이다』는, 어쩌면 어느 면으로도 겹쳐지지 않는 상반된 느낌을 각각 발산하는 소설들이다. 기억을 비추는 "참담"한 빛과 우주를 유영하는 "농담" 사이의 먼 거리만큼이나 전혀 다른 템포와 전혀 다른 톤의 전혀 다른 목소리가 저 너머의 어떤 것에 대해 말하려고 한다. 혹은 쓰고 싶어 한다. '쓰기-의지'를, 한쪽은 파고든다면 한쪽은 둘러친다고 할 수 있을까? 아니, 굳이 그런 대비를 만들 필요는 없다. 백수린이 전하는 사랑의 전설도, 김중혁이 권하는 농담의 연대도, 그것이 성공한 이야기라면 '그런 것'을 썼기 때문이 아니라 그런 것을 '썼기' 때문이니까. 마찬가지로 우리가 어떤 소설을 읽는 데 성공했다면 그 이야기를 잘 알아들어서라기보다 이야기에 남은 불길의 흔적을 잘 알아봤기 때문일 것이다. (2016)

어떻게 웃플 것인가

―임성순, 『자기 개발의 정석』(민음사, 2016)

　김경욱, 『개와 늑대의 시간』(문학과지성사, 2016)

　윤성희, 「베개를 베다」(『베개를 베다』, 문학동네, 2016)

웃음보다 천연한 웃픔

　웃음에 있어 감정보다 더 큰 적은 없다고, 『웃음』의 저자 베르그송
은 말했다. 애정이나 연민, 예민한 감수성이나 감정적인 반향을 잠
시나마 잊어 두지 못한다면, 인간은 '웃음'을 알지도, 이해하지도 못
한다는 것이다. 이게 사실이라면 감정을 가진 인간에게 웃음은 그리
자연스러운 게 아닐지도 모른다. "심정의 순간적인 무감각 상태"를
필요로 하는 그것은 감정을 제거하고 "순수한 지성에 호소"하여서만
나타나는 반응이기 때문이다. 실로 코미디와 비극은 상반된 각각의
상황이 아니라 하나의 상황에 실리는 감정의 정도에 의해 결정된다.
우리의 공감이 최대화될 때 세상은 온통 준엄한 색채를 띠지만, 모
든 것에서 물러나 무관심한 관객의 입장이 되면 많은 드라마가 희극
으로 바뀐다.[1]

---

[1] 앙리 베르그송, 『웃음―희극성의 의미에 관한 시론』, 정연복 역, 세계사, 1992,

그렇다면 '웃프다'는 말은 원리상 어떤 자연스러운 상황 혹은 기분을 가리키기에 불가결한 것이 아닐까? '웃기다'와 '슬프다'를 한꺼번에 표현하는 이 단어는 언제부턴가 일상에서도 본디 있던 말처럼 자연스럽게 쓰이는 중인데, 웃김을 감지하는 지성과 슬픔에 공명하는 감성이 동시 발흥하는 순간은 생각보다 빈번하고, 사전에도 없는 이 단어는 그때마다 상당히 유용해진다. 웃김은 감정을 제거해야 하고 슬픔은 지성이 멈춰야 하는 상태라면, 순수한 웃김이나 순수한 슬픔은 단지 추상적인 상태일 수밖에 없다. 웃고 있어도 눈물이 난 경험이 있는 우리에겐 대체로 그냥 웃음보다 웃음+α의 상태인 '웃픔'이 더 맞고 더 잦다. 이 시대, 우리의 웃음에는 무엇이 플러스되어 우리를 웃프게 하는가. 세 편의 소설을 읽어 본다.

웃음+자조—가장 보통의 초상

임성순의 『자기 개발의 정석』은 웃기지 않을 수 없는 상황과 웃기만 할 수 없는 상황이 겹친 이야기다. 대기업에 이십여 년을 헌신한 "생존자"인 마흔여섯의 이 부장, 아내와 아이는 "이 나라엔 답이 없"다며 캐나다로 가 버렸고 답 없는 곳에 혼자 남은 그는 외롭고 우울하지만 "의무에 치여 사는 삶이 꼭 불행한 것만은 아니"라 여기며 근근이 지내던 중이었다. 그런데 전립선염 치료로 마사지를 받다가 "생전 처음으로 오르가슴을 경험"한 후 그에게 말 그대로 "새로운 세계가 열렸다." "이제껏 경험하지 못했던 쾌락이 해일처럼 그의 내부를 완전히 휩쓸었음에도 의식은 그 어느 때보다 또렷했다. (중략) 불가에서 말하는 돈오라는 순간이 어쩌면 이 순간인지도 몰랐다. 이

---

pp.13-16 참조.

부장은 상상할 수 없을 만큼 거대하고 분명한 무언가를 보았고, 느꼈고, 그것의 일부가 되었다."

평생을 이 사회의 시스템에 철저히 발맞추어 온 남자가 우연히 만난 쾌락을 통해 "순수한 행복"을 깨닫고 삶의 의미를 수정하기까지의, 다소 황당하고 우스꽝스러운 이 스토리는 전반적으로 희극적 분위기에 휩싸여 있다. 성기와 성욕, 배설과 쾌락, 적나라함과 수치심이 중심이 되어 굴러가는 이야기이므로 거의 모든 국면이 정황상 '어쩔 수 없음'의 정조를 기본으로 깔고 있는 게 큰 이유일 것이다. 재밌게 읽힐 목적이 직접 노출된 쪽이지만, 상황의 비루함이 희극성의 전부는 아니다. 자기 계발서의 고전인 『성공하는 사람들의 7가지 습관』(스티브 코비)에 제시된 7개 항목(자신의 삶을 주도하라, 끝을 생각하며 시작하라 등등)을 그대로 소제목으로 차용한 이 소설은 개발과 계발, 본능과 학습, 우연과 의지, 육체의 쾌락과 정신의 깨달음 등을 짝지어 반대 항들의 겹침에서 나오는 아이러니적 희극성도 적극적으로 노린 셈이다.

조롱과 연민을 동시에 유발하는 이 부장의 우여곡절에는 "자위라는 성적 모티프를 자본주의가 가장 무서워하는 자족의 메커니즘으로 굴절"[2]시켰다는 또 다른 의미도 덧붙어 있다. 스스로를 수단화하고 소외시키는 인간의, 진정 자기를 위한 "가장 자족적인 행복 추구"라는 이 순정하고 엄연한 쾌락의 수긍에는 단지 웃김의 목적만 있는 게 아닌 것이다. "세속적인 가치에 눈이 멀어 인간이 지닌 가능성을, 그 자신 안에 잠들어 있는 행복을 보지 못"하는 인간에 대한 서글픈 자조를, 그런 둔한 인간으로서만 "생존자"가 되는 세상에 대한 비관

---

2 박혜진, 「부장님의 꿈」, 『세계의 문학』, 2015.가을.

적인 조롱을 여기서 못 느낄 수는 없다. 그리고 그보다 더 밑바닥에
는 오늘도 이 비루한 세계를 스스로의 비루함으로 지탱해야 하는 이
들의 정제된 우울함도 넘실거린다. 웃기지만 안 됐고, 둔하지만 우
울한 보통 사람의 인생 역정은 이 시대 가장 전형적인 웃픈 이야기
가 된다.

웃음+악─공포와 분노에 맞서

김경욱의『개와 늑대의 시간』은 도저히 웃을 수 없는 비극을 한없
이 울면서 볼 수는 없게 만드는 이야기다. 1980년대 초반 어느 봄날
의 저녁, 경상도 한 시골 마을의 순경 황 씨가 카빈 소총 두 대를 메
고 수류탄을 품고 돌아다니며 전화 교환원을 시작으로 자기 아내까
지 포함한 마을 사람들을 무차별 사살한다. "아덜이 폭죽 터뜨리는
것맹키로 따닥, 카는 소리"와 함께 거꾸러진 56명의 사람들은 "순경
이 총으로 사람 잡는다!"는 불가해한 사실 앞에 놀란 눈을 감지도
못한 채 생을 마감했다. 1982년 경남 의령에서 실제로 일어난 '우 순
경 총기 난사 사건'을 모티프로 삼은 이 소설은, 인간으로서 짐작도
이해도 불가능한 '악'의 실체를 응시하기보다는 영문도 이유도 모른
채 그 순간 막을 내린 인생들, 그 하나씩의 '우주들'을 살뜰하게 보듬
는다.

벌어진 일들의 비극성이야 더 말할 나위 없이 처참한 이 사건의
진상을 알자면, 미치광이의 사악함과 평범한 무고함이 오직 우연으
로 마주친 불행이라고밖에 할 말이 없겠으나, 마침내 우리의 애달
픈 마음이 닿을 곳은 사악한 살인범이 아니라 불쌍한 피해자들일 것
이다. 김경욱은 칼로 잘린 무처럼 한순간 잘려 버린 삶들의, 숨이 끊
기기 직전까지도 천연덕스럽게 왕성했던 그 생의 에너지들을 복구

해 낸다. 누구를 만나 왔고 어떤 생각들을 이어 갔고 무슨 꿈을 꾸며 버렸는지, 유난히 짧은 생이었거나 조금 더 길었던 생이었거나 살아 있던 그들을 채웠던 그 무수한 순간들을 되살려 놓는다. 마침내 허망한 미완으로 남았다 해도 결코 모자라거나 힘없는 것일 수 없는 생의 순간들을. 이 소설에서 비극 이후의 공포보다 생생한 비극 이전의 활기는, 짤막한 문장들의 경쾌한 음보에 실려 빠르게 질주한다. 끔찍한 사건에 붙들린 생들의 처연함은 상쇄되고 처연한 죽음의 참혹함은 배가된다.

말의 리듬이 어떻다 한들 비극성을 전달하는 이야기가 끝내 비극적인 이야기가 아닐 수는 없다. 잔혹한 범죄의 현장이 순간 황당한 소극처럼 보였다고 해서 비극이 희극으로 위장되지는 않는다. 이 소설에서 이야기의 내용에 반하는 듯한 유머러스한 화법은 웃음으로 슬픔을 덜자는 수작이 아니며, 슬픔 속에서도 웃음을 찾을 수 있다는 역설도 아니다. 다만 인간적인 이해가 완전히 무력해지는 고통에 대해서조차 이성을 잃지 않기 위해, 막대한 슬픔을 견딜 만한 미약한 웃음을 간신히 불러내는 것일 터이다. 이 소설을 읽으며 어떤 실소와 조소를 머금었다 해도 그건 울음을 억누르는 웃음일 뿐이지만, 공포와 슬픔에 마냥 매몰되어서는 어둠을 헤치고 고통을 이겨 낼 지성에 힘을 대기가 더욱 어려울 것이다. 『개와 늑대의 시간』의 '웃픔'은, 무력감을 이긴 분노, 허망함을 물리친 지성이 선택한 최적의 전략이다.

웃음+고통─서럽고 아름다운

윤성희의 단편 「베개를 베다」는 가슴이 먹먹하도록 슬픈 사연 속에서도 기어이 눈물 섞인 웃음을 머금게 하는 이야기다. 이혼한 전처의 빈집을 보살펴 주는 남자가 있다. 현직 엑스트라 배우. 일흔 살이 된 자기를 상상할 수 없어서 엑스트라 배우가 되기로 마음먹었다. 빈집에서 그는 부재하는 (前)가족들을, "가족이 셋이었을 때"를 하염없이 떠올리는 중이다. 요즘은 시체로 누워 있는 연기를 하러 규칙적으로 촬영장에 다니고, 포장마차에서 만난 비슷한 처지의 친구들과 가끔 술을 마시며 지낸다. 별 볼 일 없는 삶이라고? 윤성희의 소설이 대개 그렇듯, 이 이야기도 말해진 내용보다 훨씬 크게 아른거리는 말해지지 못한 내용을 짐작해야만 어떤 삶의 윤곽이 겨우 드러날 것이다. 그는 왜 이렇게 살고 있을까?

우리가 눈치채야 할 것은, 그가 상기하는 '가족의 부재'에, 다시 부재하는 이가 있다는 사실이다. 현재 없는 가족은 아내만이 아닌데도 그는 지금 필리핀에 간 아내의 부재에 대해서만 이야기한다. 단골집을 만들어 주고 싶었던 초등학생 아들, 방학 동안 키가 15센티미터나 자라던 3년 전의 아들, 성년이 되는 날 자기에게 근사한 선물을 하겠다던 그 아들은 지금 어디에 있는가? 복권 3등을 세 번 당첨시켜 준 행운의 꿈을 그는 왜 아들에게 팔지 못하고 "이제 대신 아내에게 팔겠다고" 하는가? 어쩌면 그는 아들의 부재에 대해 말하기를 필사적으로 삼가고 있었으리라. 하지만 아들의 시험이 끝나는 날이면 갔던 단골집에 아내와 "둘이 와서 삼 인분을 시"키고서 "쌈을 씹는 아내를 보며 미어지다라는 단어"를 생각하던 그는 볼이 미어지는 데서 그치지 못하고 끝내 가슴이 미어지고 만다. 그는 "가슴을 주먹으로 쳤다."

그가 돌아가고 싶은 '옛날'에는 아내와 아들과 함께 미래를 미리 상상하지 않아도 되는 날들이 있었을 것이다. 애니메이션 「짱구는 못 말려」에서 과거에 갇힌 엄마 아빠를 발 냄새로 깨우는 걸 보며

"낄낄거리고 웃었다"가 "웃다 보니 슬퍼"져서 "아주 잠깐 울"어 버린 오늘의 그에게, 일상은 웃기고, 일생은 슬프다. 아마도 그는 엉엉 울 수도 없이 황망하게 아들을 잃었을 것이나, "큰일 났습니다"라는 비장한 대사는 영화 속에서였지 아내와 눈을 맞춘 현실에서가 아니었고, 그것이 그에게는 사무쳤을 것이다. 하지만 슬픔을 비장하게 소화하지 못한 것은 그의 비겁함 때문이 아니다. "현재를 잃어버리고 과거로 돌아가려 할 때마다" 그를 잡아 줄 수 있는 건 '발 냄새' 같은 터무니없는 어떤 것이어야 했고, 그렇게 울다가 웃다가 할 때에나 간신히 그는 삶을 이어 갈 용기를 잡을 수 있지 않았을까. 이 가슴이 미어지는 이야기를 듣고도 우리는 두텁게 내리누르는 슬픔을 뚫고 잔잔히 퍼지는 웃음의 기운을 끝내 모른 체할 수가 없다. 어떤 불행도 잠식하지 못하는 인생의 서럽고 아름다운 에너지는 이렇게 길어 올려진다.

이것이 운명이라면

밀란 쿤데라는 유럽의 웃음의 역사가 그 끝에 이르렀다고 했다. 쾌활한 것과 우스운 것이 같은 것이었던 라블레 이후 "오랫동안 자신의 고유한 실존을 통해서만 재미있는 이야기를 들여다보아 왔기 때문"에 웃음에서 라블레적인 쾌활함은 사라지고 이제는 절망적 희극만이 남았다는 것이다. 19세기의 고골은 "재밌는 이야기를 주의 깊게 찬찬히 들여다보면 점점 더 슬퍼진다"라고 했고, 20세기의 이오네스코는 "우스운 것과 무서운 것을 갈라놓는 것은 거의 없다"라고 했다.[3] 21세기의 우리는 '내가 웃는 게 웃는 게 아니야'라고 말해

---

3 밀란 쿤데라, 『소설의 기술』, 권오룡 역, 책세상, 1990, p.155.

야 할까. 우스운 것도 서러운 것도 끝내 '웃픈 것'이 되고 마는 삶의 아이러니는 이 시대에 별로 이상한 일도, 놀라운 일도 아니며, 소설이 다루는 것이 결국 우리의 삶인 한, '웃픔'이라는 아이러니는 근원적으로 소설의 재료이자 전략이자 효과이기도 할 것이다.

그러한 사실이 비교적 훤하게 확인되는 소설 세 편을 읽어 보았다. 지금까지 살핀 대로 『자기 개발의 정석』과 『개와 늑대의 시간』과 「베개를 베다」는 각각 차례로, 웃픔을 소설의 재료로, 전략으로, 또 효과로 이용하고 이끌어 낸 이야기들이다. 이 시대의 인생과 사회에 정직한 감정과 성실한 지성으로 대응했기에, 웃음도 슬픔도 아닌 '웃픔'이야말로 소설이 피해 갈 수 없는 삶의 실존적 가능성임을 간파할 수 있었던 것인지도 모르겠다. 요컨대 '웃픔'은 이 시대 아이러니의 대표 형상이고, 그러니 언제나 삶의 복잡성에 가장 민감하고 가장 적극적인 소설로서는, 당분간 울 수도 웃을 수도 없는 그 얼굴을 시원스레 벗어던지기가 어려울 것 같다. (2016)

병든 기억의 구도(構圖/求道)
—백민석, 『혀끝의 남자』(문학과지성사, 2013)

　　그가 영영 안 돌아오리라고 생각한 적은 없다. 한국문학의 꾸준한 독자들에게는 계절에 한 번쯤은 그를 떠올릴 일이 생겨나곤 했을 것이다. '믿거나말거나박물지사', '한스', '캔디', '목화밭', '장원', '농장' 등 '백민석 표' 고유명사들의 파장은 여전히 한국문학이 탐색하는 어떤 분위기와 정서 안에서 수시로 발생한다는 것이 가장 큰 이유일 테고, 그 이유만으로도 10년의 공백에 잊히거나 사라질 작가가 아니었다, 그는. 그런데 '진짜로' 백민석이 돌아왔다는 소문이 퍼지고 별로 기다릴 새도 없이 그의 새 소설집을, 세 번째 단편집이자 아홉 번째 책인 『혀끝의 남자』를 이렇게 손에 쥐게 되자 놀라움과 반가움을 넘어 나는 조금 당혹했다. 소문과 실물 사이의 시간이 짧았기 때문만은 아닐 텐데, 그를 지나간 작가로 여기지 않았음에도 바로 지금 그를 다시 만나게 되었다는 사실에 어떤 급박함을 느낀 건 그의 '귀환'이 갑작스러워서가 아니라 그가 사라진 것을 인정하지 않았던 나의 묘한 절실함 때문일 것이다. 간다는 말도 없이 말끔히 자리를 비웠던 그는, 무성한 소문만 피우다 말곤 하는 요란스러움 없이, 올 때도 곧바로 확실하게 돌아온 듯하다. 왜일까, 그에게 무슨 일이 있었을까.

소설집 『혀끝의 남자』에는 10년 만에 새로 쓴 두 편과 10년 전 이미 발표했던 작품을 이번에 고쳐 쓴 일곱 편이 실려 있다. 기발표작이 더 많다지만 현재의 손길이 충분히 가해진 그 작품들에서 부러 과거를 불러낼 필요는 없을 듯하다. 작가 자신이 이전 작업과의 결별을 선언하기도 했으니까.[1] 다만 그때나 지금이나 상징 세계의 불필요한 장식들에 대한 염오와 문명 이면의 청렴한 야만에 대한 경사 같은 것은 여전해 보인다. 진실도 없고 목적도 없는 세계와 그곳을 견뎌 내는 격렬한 무의미, 그 무의미를 대면하는 거센 정직은 10년 세월에도 낡지 않았다. 그리고 신작 두 편, 그중 「사랑과 증오의 이모티콘」은 그가 쓰기를 놓았던 10년 전 정황에 대해 허구의 표식을 거의 들이지 않은 채로 밝히고 있는 글이고, 그가 다시 글을 쓰게 된 까닭을 전면에 드러낸 이야기가 표제작 「혀끝의 남자」다. 그의 급박한 귀환의 변을 이 소설에서 기대해도 될까.

「혀끝의 남자」는 인도 여행기의 형태를 띠고 있다. 작가는 1998년에 인도 여행을 다녀왔다고 했다. 2000년 전자책으로 먼저 출간되었던 『러셔』에도 그 인도 여행의 흔적이 스며 있기는 했지만 이렇게 전면적이지는 않았다. 10년의 공백을 여는 이야기로 15년 전의 체험을 소설화한 것은 무슨 까닭일까. 인도는 어떤 의미에서 인간의 나라이기보다 만신의 나라, 인도 여행은 흔히 신성을 찾아 떠나는 순례길로 의미화되곤 한다. 그런데 그의 여로는 어떤가. 폭염과 폭우

---

1 「헤이, 백민석이 돌아왔다」(좌담), 『문학과 사회』, 2013.겨울.

에 지친 육신들이 바가지 상혼에 물든 악다구니 속을 똑같은 가이드 북을 들고서 무료하게 흘러 다닌다. 지독한 소란과 악취에 귀도 코도 무뎌진 채 해시시를 말아 피우며 견디는 날들의 무의미는, 카스트 제도와 인종 차별만큼이나 난폭할 정도다. 신은커녕 믿을 만한 어떤 신성한 것도 진실한 것도 찾아보기 어려운 이 길에서는, 구원을 바라기보다 구도를 행해야 했을 텐데, 그는 이곳에서 "델리의 붉은 성채도 보았고 타지마할도 보았고 갠지스강의 화장터도 보았고 히말라야 설산도 보았지만 그런 따위들은 벌써 기억이 흐릿"할 뿐이라고 했다. 이곳에서는 구원이고 구도고 다 안 될 일만 같았나 보다.

신을 찾아 나선 인간이 오직 신만을 만나고자 했다면 이 순례는 필경 아무것도 깨우치지 못하고 아무것도 구하지 못한 채 여행 사진으로나 박제된 시간이 되었으리라. 그러나 이 소설은, 어느새 스스로 구도를 행하는 이야기, 어쩌면 구원의 길조차 어렴풋이 알아 버린 이야기로 나아가고 있었다. 어째서인가. 어느 날, 태양만 빼곤 모든 게 더러웠던 시 외곽의 빈민가에서 그는 저 "태양" 같은 것(찬란하기만 한 의미이거나 아니면 내리쬐기만 하는 무의미인 그런 것)에 대해서는 "하고 싶은 말"도, "해야 할 말"도 없다는 것을 깨달으며, "그렇지만 나는 무슨 생각인가 하고 무슨 말인가 해야 했다"고 다급한 어조로 털어놓는다. 그에게 "발작처럼 찾아오는 어떤 인상들"(인도에서의 첫날 밤이후 내내 기억의 틈새에 박혀 버린 구겨진 형상의 검은 소년, 대형 슈퍼마켓 벽면에 파리 떼처럼 달라붙어 있던 실업자 신세의 사내들, 기차역 광장을 뒤덮은 갈 곳 없는 거지와 노숙자들……), 즉 신들의 사원이 아니라 인간들의 진흙탕에서 마주친 그 형상들을 그는 "기억의 질병들"이라 부르며, 바로 "그것이 내가 하고픈 말이었고 해야 할 말이었다"라고 선언한 것이다. 이 선언은, '병든 기억'의 구도(構圖)가 병과 함께 살아가는 구도(求道)의 길이 되리라는 깨달음이기도 했으니, 15년 전 그때, "십 년, 이십 년 뒤에도 발작처럼 찾아올 기억들"이라고 예견했던 그 '병든 기억'은 진짜로 10년도 더 지난 지금 이렇게 「혀끝의 남자」라는 소설로 쓰여 그때의 깨달음을 증언해 냈다.

이렇게, 돌아온 백민석의 출사표 「혀끝의 남자」는 신 없는 시대의 구도기(求道記)처럼 읽히고 말았다. 그가 15년 전의 인도 여행에서 구도에 성공한 사례를 이제 와서 적었다거나 그가 글을 안 쓰는 10년 동안 구도에 정진했다는 뜻은 물론 아니다. 다시 글쓰기로 돌아오는 그의 마음이 '길을 구하는' 마음과 같았으리라는 뜻이다. 인도 여행의 기억은 그런 그의 현재 상태를 드러내기에 알맞았을 뿐이리라. 이 소설은 인도 여행의 (아그라-바라나시-보드가야-콜카타-자이살메르-뉴델리로 이어지는) 여정을 나열하고 그 앞뒤에 "나는 혀끝의 남자를 보았다"는 내용의 문단을 붙여 놓은 단순한 구성처럼 보이지만, 두 번 세 번 다시 읽으면 심층적으로 무척 정밀하게 짜였다는 것을 알게 된다. 얼핏 보면 여정대로만 적은 것 같지만, 공허한 만남과 잡담과 담배와 술과 구경꾼들 사이에서 그는 분명, 자기 나름의 순례를 진행 중이다. 갠지스강, 불교 유적지, 회교 예배당, 힌두교 사원, 가톨릭 성당, 자이나교 성채가 보이는 모래 황무지까지 신들의 집을 찾아다니며, 그는 신을 질문하는 것이 아니라 자기 영혼을 질문했던 것이다. 여정의 끝부분에는, 마침내 그의 마음을 일렁이게 한 신을 느끼기도 했는데, 이름도 들어본 적 없는 '바하이교' 사원, 신상도 없고 "허공 말곤 아무것도 없"는 예배당에서 그는 "그저 좋았다"고, "가능하다면 그 자리에서 그대로 하늘색으로 스며들고 싶었다"고까지 말했다. "하지만 그러기엔 나는 너무 피곤했고 너무 뚱뚱했고 너무 더러웠고 너무 잘못한 게 많았다. (중략) 또 다른 잘못들을 저지르기 위해 항상 길을 떠날 준비를 하고 있었다."라고도. 앞에서 말했듯 작가의 인도 체험은 1998년이므로 이때의 심경은 절필에 앞선 심리로 생각해 볼 수 있을지도 모른다. 그러나 역설적이게도 이것은 그의 '귀환'의 변으로 듣는 것이 맞을 것 같다. 왜냐하면, 그리고 이어지는 마지막 장에서 그는 불현듯 '2013년, 서울 사당동'으로 시공을 건너 '혀끝의 남자/여자' 혹은 '혀끝의 신'을 이야기하는데, 그 많은 신들을 지나 그가 종국에 맞이한 신이 "내 혀끝에서 태어난 신"이고, "그러니 이제 모든 것은 다시 씌어져야 한다"라고 똑똑히 밝히지 않았던가.

모든 것을 다시 쓰는 그의 신, 2013년 '사당(祠堂)동', 신들의 집에 모셔진 이 '혀끝신'의 정체는 물론 그의 말, 글, 그의 소설이다. 이 신은 속세의 병든 기억을 주재하는 신이므로, 그는 신과 함께 돌아왔지만 그것은 탈속이 아니라 '귀속'이다. 속세의 신은 신의 섭리가 아니라 인간의 사랑으로만 겨우 신일 수 있으니, "나는 글쓰기에 대한 나의 사랑을 다시 시작한다"라는 맨얼굴의 고백도 성사(聖事)처럼 들어야 한다고 하면, 너무 호들갑스러운 독자인 것일까? 이 책의 다른 작품을 포함하여 그가 들려주는 아픈 기억의 이야기들은, 그것이 이 폭력적인 세계의 비참을 드러내어 더러 읽는 우리를 성나게는 할지언정, 말하는 자 자신은 분노를 표출하는 게 아니라 차라리 구도를 실현하는 듯 느껴지지 않는가. 불타오르는 머리로 완벽하게 고요 속을 걷는 '혀끝남'의 긴장 역시도 분노 폭발 직전의 그것이라기보다 동요 없이 자기 길을 가는 구도의 자세에 가까운 것 같고 말이다. 어쩌면 이것이 돌아온 백민석이 이전의 백민석과 달라진 점일까? 신을 구하는 인간의 갈증이 병든 기억과 함께 살 수밖에 없는 인간의 운명으로 치환되기까지, 그의 글쓰기는 분노의 표출에서 구도의 실현으로 선회한 것이 아닐지.

　여하간 한번 '혀끝신'을 본 이상 머리에 불을 이고 고요 속을 걷는 구도의 길을 더는 마다하기 어려웠으리라. 아니, 그가 얼마나 절박하게 그 길을 따랐는지, 얼마나 급박하게 이 책을 쓸 수밖에 없었을지, 여전히 그는 무표정이라지만 이 책은 꽤 친절하게 알려 준 듯하다. 무표정에 감춰진 부드러운 속정을 어쩌다 알아챈 기분이랄까. 이제 그의 무표정은 분노와 증오를 감춘 '표정 지움'이 아니라 곧 어떤 표정으로든 바뀔 수 있는 '표정 직전'처럼 느껴지는 것이다. 왜냐하면, 나중에 그가 두말할까 싶어 한 번 더 적어 두겠는데, 전에는 잘 들어보지 못했던 것만 같은 유순한 목소리로 그가 "글쓰기에 대한 나의 사랑을 다시 시작한다"라고 말한 것이 내 귀에 똑똑히 들렸기 때문이다. 아직은 다그치지 말고 기다려야 하겠지만, 이미 시작된 그의 종교는 이미 일파만파 퍼지는 중인 듯하고. (2013)

영화인의 세상

—허문영,『보이지 않는 영화』(강, 2014)
  남다은,『감정과 욕망의 시간』(강, 2015)

#

　자기 글쓰기의 의미와 보람에 대해 비평가만큼 수시로 자문하는 이도 없을 것이다. 나는 넓은 의미에서 '비평 행위'의 주체는 언어를 사용하는 인간 모두라는 생각을 갖고 있지만, 비평문을 쓰는 시간으로 수렴되는 동심원 같은 무늬가 내 삶에 그리는 의미에 대해 간혹 골똘해질 수밖에 없기도 한데, 그런 때 나의 상념에 빛을 던져 주는 이들을 특별히 '비평가'로서 존경하게 된다. 비평가, 특히 문학, 영화, 미술, 음악 등 작품 비평을 꾸준히 하는 이들은 특정 장르의 지식과 안목을 갖춘 전문가이지만, 이들의 직업적 능력이란, 한번 계발된 노하우를 재차 사용함으로써 점점 숙련되는 기술이 아니라 매번 일할 때마다 적합한 매뉴얼을 새로 계발해 낼 수 있는 잠재력인 것 같다. 창작하는 직업이 대개 그렇듯이, 비평가의 정체성도 비평집을 출간한 이력으로 지속되거나 어떤 매체에 비평을 기고하는 시기에만 장착되는 것이 아니라, 비평가로서 살고 있다는 자의식에 의

해 성립되고 또 유효해진다. 그러니 한번 비평가의 직함을 얻었다고 영원히 비평가로 살 수는 없다. 다른 창작, 다른 글쓰기와 마찬가지로 비평 역시 일이라기보다 삶에 가깝고, 다른 창작, 다른 글쓰기와 달리 비평은 대개 앞에 어떤 것을 두고 행해진다는 점에서 자기 정체성을 더욱 예민하게 의식할 수밖에 없는 작업이겠다.

비평가로서 살아간다는 자각에는 크게 두 차원의 행위가 지속적으로 필요하다. 비평의 대상에 대한 관심과 감상과 공부를 놓지 않는 것이 하나이고, 그 과정에서 생겨난 다른 감각과 사유를 비평문으로 쓰는 것이 또 하나다. 문학평론의 경우 읽기와 쓰기가 필요하고, 영화평론의 경우 영화 보기와 쓰기가 필요하며, 음악평론의 경우 음악 듣기와 쓰기가 필요하다. 다른 쓰기와 달리 비평에는 쓰기 이전에 한 단계가 더 있다. 혹은 쓰기의 두 단계가 있다. 글쓰기가 일이라기보다 삶이라면, 삶이 두 단계인 셈이다. 즉 비평가에게는 삶이 곧 읽기(보기, 듣기)와 쓰기다. 다른 글은 쓰기 이전에 혹은 쓰기와 더불어 세상 자체를 보고 듣고 읽는다. 비평이 쓰기 이전에 혹은 쓰기와 더불어 보고 듣고 읽는 세상은 비평 대상의 세계다. 비평 대상을 (편의상) '텍스트'라고 한다면, 요컨대 비평은 텍스트를 산다(生). 이것은 비유적인 표현이 아닌데, 비평의 근거와 범위가 대상 텍스트에 한정(대체)되는 조건 때문만은 아니다. 비평가의 삶을 채우는 시간 중 텍스트와 함께인 시간의 비중이 '텍스트를 산다'고 말해도 될 만큼 절대적으로 크기 때문이다. 주로 소설을 읽고 평론을 쓰는 나는 "소설을 읽는 것은 이미 소설을 사는 것이다. 이것은 소설 속에서 자기를 찾으려는 기도(企圖)가 아니라 소설로부터 자기를 재창조하려는 실험이다."[1]라고 적어 본 적이 있는데, 반복해도 될 말이라고 생각한다.

#

　현대인들이 대중예술로서의 영화에 대해 보이는 일반적인 관심과 애정의 정도만큼은 나도 영화에 관심이 있고 영화 보는 시간을 즐거워하지만, 영화를 제대로 공부해 본 적도 없고 각 잡고 영화평론을 써 본 적도 별로 없다. 그런 주제에 나는 영화평론은 문학 쪽보다 더 인상비평적이고 저널리스틱하며 언제부턴가는 관객과 영화를 이어 주는 역할도 줄어들었다는, 진부하고도 근거 없는 오해를, 진지하게 믿지는 않았지만 진지하게 반박할 의지도 없이 수긍해 왔는지도 모르겠다. 이 두 권의 평론집을 읽기 전까지 말이다. 『보이지 않는 영화』와 『감정과 욕망의 시간』(이하 각각 『영화』와 『시간』으로 표기)에 실린 글들이 나의 무지한 선입견과 달리 객관적·학구적인데다 관객과 영화를 전격 이어 주고 있다는 얘기만은 아니다. 두 책을 나란히 읽고 영화평론의 생명과 가치를 새삼 명확히 깨달았다는 얘기를 하려는 것인데, 그건 감히 영화와 함께 살아야 하는 이유를 알게 되었기 때문이라고까지 말하고 싶은 것이다. 허문영의 글과 남다은의 글은 엄연히 다른데 똑같이 그러했느냐고 하면, 일단은 '그렇다'고 답할 수밖에 없다. 두 비평은 공히 영화와 만나는 시간에 형질 변화된 자기의 반응을 기록했고, 영화와 현실이 겹치고 밀치는 장과 틈새에서 영화와 함께 살아야 하는 이유를 찾아냈다. 나 혼자만의 의견은 아닌 게, 정성일은 허문영의 비평적 태도를 "영화 안에 들어가서 살기"라고 말한 적이 있고, 허문영은 남다은의 그것을 "영화를 보는 동안 그 영화를 살아 버린다"라고 표현했던 것이다. 또한 허문영은 "연애비평"(정성일)이란 말을, 남다은은 "영화 연애론"(정한석)이란 말을 각각

---

1 백지은, 『독자 시점』, 민음사, 2013, p.62.

252

딴 데서 들어 보았다.

　허문영의 두 번째 평론집『영화』와 남다은의 첫 번째 평론집『시간』은 서로 꽤 다른 방향을 추구한 책들임에도(전자는 비교적 큰 의제와 논점을 세워 인문학적 논의들을 개진했고, 후자는 한 편씩의 영화와 마주하여 그것을 통과한 흔적을 기록했다), 둘 사이의 유사점이 먼저 보인 것은, 허문영의 첫 번째 평론집인『세속적 영화, 세속적 비평』에서 만났던, "개별 작품과의 단독적 대화가 여전히 비평의 가장 중요한 일"이라는 믿음을, 남다은의 첫 평론집에서 다시 만났던 게 가장 큰 이유일 것이다. 그런 믿음으로부터 각 편의 영화를 사는 비평의 발걸음이 내디뎌지고, '영화 속으로 들어가기'라는 표현으로도 충분치 않을 모험과 탐색이 시작된다. 그는 왜 그런 표정으로 말하는가, 그때 바람은 왜 불고 기차는 조용히 지나갔는가, 카메라는 왜 그쪽에서 바라보는가, 왜 이 숏은 이렇게 길고 다른 장면은 사라졌는가 등등. 어쩌면 잘못된 길로 들어섰는지도 모른다. 영화의 호흡이 갑자기 멈출 수도 있다. 그러나 비평은 계속 간다. 이상한 감흥을, 몸은 기억하는 어떤 반응을, 거기 두고 지켜본다. 왜 '지금' 하필이면 '이' 영화가 '나'를 건드려서는 "나의 시간과 영화의 시간, 혹은 내가 사는 세계와 영화가 숨 쉬는 세계가 만나는 순간"(『시간』, p.449)이 되었는지를 생각하고, 영화 안에서 '나'의 변화를 보려는 이 시도가 결국 "세계에 대한 나의 질문을 놓지 않으려는 시도"(『시간』, p.449)임을 되새긴다. 이런 질문과 다짐의 과정, 이것을 반복하는 것이야말로 비평 전문가의 특별한 능력이 아닐까. 영화에 대한 그 어떤 지식이 아니라 이런 능력이 없는 비평가를 나는 신뢰해 본 적이 없다.

　이런 능력은 사실 일종의 영화관(觀)이라고도 할 수 있다. 남다은 평론집의 (서문을 뺀) 첫 글의 첫 문장은 "모르는 데에서부터, 모르기 때문에 시작하는 겁니다"라는 한 영화감독의 말을 인용한 것인데, 그는 이로써 영화 혹은 예술에 관한 하나의 주장을 표방하는 것처럼 보인다. '무지의 예술론'이라 일컬을 만한 이 주장을, 철학과 예술을 대비시켰던 『프루스트와 기호들』의 들뢰즈 식으로(철학의 개념은 의미를 재인식한 것이지만 예술의 기호는 의미를 생산한다는) 부연해 보자면, 예술이란 정해진 이성과 상상력의 합치로 사실 또는 진리를 확인시키는 구도가 아니라, 규정되지 않은 이성과 상상력이 움직여서 어떤 불일치를 발생시키는 활동이라고 할 수 있다. 그리고 이때, 비평은 예술과 대화하는 역할이 아니라 사랑에 빠지는 역할을 맡게 된다. 준비된 사유의 방식으로 정해진 의미를 찾는 우정의 대화가 아니라 우연히 마주친 형상에 이끌려 사유를 강요당하는 사랑의 해석. '무지의 예술론'은 이와 같은 '사랑의 비평론'을 만날 때 비로소 유효해진다. 그러니 이런 고백들, "몰라서 시작되었다는 영화를, 모르는 마음으로 보기로 하면서, 영화라는 신비로운 세계의 과정을, 아니 생의 사사로운 순간들을 사랑하는 법을 배웁니다"(『시간』, p.36), "본다는 것에 이르기 위해서는 보고 또 보아야 한다"(『영화』, p.7) 등은 차라리 자신의 비평 실력을 실토하는 것에 다름 아니다.

#

이런 비평 능력이 영화에만 통하는 것일 리 없다. 우리의 감각을 이끌고 사유를 촉발하는 형상으로서 존재하는 이미지는 영화만이 아닌 모든 예술의 형식에서 가능하며, 그러한 가능성과 마주쳐서 육체적 전이의 경험을 하는 것도 영화비평만의 특권은 아니다. 그런데도 유독 이 두 비평가에게서 해석을 위한 (지식과 체계가 아닌) 기억력과 상상력의 활발한 움직임을 보면서, 영화적 체험의 '육체성'에 대해 생각해 보게 된다. 가령 소설 또는 문학의 세계에서 우리를 이끄는 형상은 언어가 '의미'하는 바(언어로 표상된 바가 아닌)의 형상이고, 따라서 신체의 감각을 자극하고 인지의 지각을 유발할 때도 문학의 형상에는 가시적으로 고정된 실루엣이 없다. 반면 영화를 '보는', 영화를 '체험'하는 우리의 동선(動線)은, 점, 선, 면을 지닌 사물과 피와 살로 된 생물의 '육체들'이 움직이고 부딪치고 깨지는 현장 안에, 그 삼차원의 시공에 놓인 형태들의 물질성 사이에 나 있다. 지성과 상상력의 활동 이전에 감성과 신체가 충격받을 가능성이, 빛과 어둠과 스크린의 조화 속에서 극대화된다. 사진과 회화가 쇠퇴한 오늘날, 근대의 사진론이나 회화론에서 챙겼던 '본다는 것'의 현상학적 의미(여기서는 "내가 나 자신으로부터 부재하기 위해 내게 주어진 수단"(메를로 퐁티)이라고만 적어 두자)는 영상론, 영화론으로 (재)사유될 수 있을 것이다.

#

지금까지 두 비평이 영화를 사는 태도와 방식의 공통된 능력에 대해 얘기했으나, '본 것'을 통과하여 다시 '말'하는 비평의 실천에 대한 두 비평가의 기대까지 일치하는 건 아닌 듯하다. 남다은이 "영화와 함께 살아야 하는 이유"는, "내가 영화에서 '본 것'으로써 세계를 바라보는 나의 마음을 '보고' 그때 일어나는 나의 변화를 통해 다시 세계의 마음을 '보는' 과정이 곧 영화를 사는 이유이자 목적"이라고 했다. 영화비평의 효용이란 게 있다면, 자기가 본 것으로써 영화에 대한 답을 만드는 것이 아니라 세계에 대한 질문을 만드는 것이라고 그는 생각한다. 영화가 중요한 것도 "인간을 이해하려는 노력"으로서 그런 것이고, 영화를 통해 우리는 서로 조금 더 이해하고 교감할 수 있다고 말이다. "우리의 세계에 카메라가 들어서는 순간, 우리가 함께 보지 못한 것과 본 것, 당신은 보았는데 저는 보지 못한 것, 저는 보았는데 당신은 보지 못한 것을 나누는 과정이 결국 감독과 평론가, 나아가 영화와 비평의 관계라고 저는 생각합니다"(『시간』, p.441), 이 말은, '본 것'과 '못 본 것'이 상호 보완적으로 소통되리라는, 그 결과가 대화자들 각자에겐 물론 영화 자신에게도 보다 완성된 의미로 주어지리라는 그의 기대를 짐작게 해 준다. 이 기대를 멈추지 않는 한 그의 영화비평도 멈추지 않을 것이다.

영화에서 '본 것'과 '못 본 것'들이 서로 교환되고 보완될 수 있다는 남다은과는 조금 다른 생각을 허문영은 가지고 있는 듯하다. 그에게 "영화는 보이는 세상이고, 세상은 보이지 않는 영화"(『영화』, p.6)이므로, 양자의 불분명한 경계에서 그는 세상과 영화를 동시에 살아간다. '보이는 세상'인 영화라는 형식이 그에게는 삶의 시간성에 이미 내재해 있는 죽음(이라는 타자)의 형상으로 여겨지는 것 같기도 하다. 영화의 형식을 그는 보지만 죽음이라는 타자를 그가 볼 수는 없다. 그가 본 것이 실은 보지 못하는 것이고, 그가 볼 수 없는 것을 그는 영화에서 직면한다. "나의 눈은 아무것도 볼 수 없었지만, 나의 육체는 무언가 말할 수 없는 육중한 사태에 직면했다"고 그가 썼을 때, 그가 볼 수 없는 그것을 다른 누군가는 볼 수 있다는 뜻은 아니었다. 우리에게 보이지 않는 그것이 실은 우리를 보고 있다는 뜻이다. "그 직면은 내 시선이 무언가를 본 것이 아니라 거꾸로 무언가 나를 보고 있다는 두려움, 그리고 그것으로부터 결코 탈출할 수 없다는 예감"(『영화』, p.150)이다. 이 예감, 우리 모두 느꼈다 해도 함께 나눌 수 없는 그것을 지속하는 장소가 허문영에게는 영화이고, 영화에게는 형식일 것이며, 그 형식을 허문영은 삶의 시학이자 죽음의 시학이라고 했다. 세상과 영화의 경계에서 허문영의 영화비평은 하나의 시학(詩學)이다.

\#

모든 영화와 만나는 시간은 기본 세 번인데, 영화관에 앉아 영화를 보는 시간, 오늘 본 영화를 곱씹으며 혼자 귀가하는 시간, 그리고 친구들과 그 영화에 대해 이야기하는 시간이라고 했던 한 영화 평론가의 말이 기억난다. 허문영과 남다은의 비평은 세 번째 중 그 첫 번째 만남을 위해 읽히면 좋을 것 같다. 즉, 당신이 본 것을 확인하고 못 본 것을 채워 넣기 위해서가 아니라, 영화 전문가의 인상과 평가를 참고하여 당신의 감상을 확정하기 위해서가 아니라, 영화를 보는 바로 그 시간을 '자기를 창조하는 시간'으로 삼기 위해, 이 책들의 독서가 소용될 것이다.(단, 『영화』의 1부는 두 번째나 세 번째 시간을 보람되게 만들어 줄 예리하고 섬세한 글들로 가득하다.)

『영화』에 실린, 윤리, 폭력, 죽음, 놀이 등의 의제 아래 '영화의 폭력 이미지', '시신 이미지', '죽음의 시학', '웃음의 미학' 등을 논의한 육중한 글들을 최근 한 강의실에서 영화학도들과 같이 읽었을 때, 나는 이 글들의 저자와 독자가 함께 형성하는 묘한 '내부인' 정서를 엿본 기분이었다. 어떤 경우에도 영화 외부의 관점만으로 영화의 세계를 판정하지 않는 저자의 태도는 "거창하고 흔한" 인문학 개념들도 '영화적'으로 소화시켜 주었고, 그럴 때 저자와 독자는 영화비평가, 영화학도라기보다 함께 '영화'의 구심력에 걸린 그냥 '영화인'들이었다. 영화를 매개로 모두가 동등하게 활기차고 똑똑하고 당당해 보였다고나 할까. 영화를 전공하지 않았으니 무슨 인문학자 정도의 자격으로 그 자리에 어설프게 끼어 있는 것만 같았던 나는 어쩐지 매우 부러운 기분이었다. 문학비평가가 어려운 용어로 작품 해석을

독점하여 독자와 작가의 거리를 오히려 벌리면서 문학을 가르치거나 심지어 심사하는 몹쓸 권위자로 타매되는 어떤 소리들에 괜히 기죽은, 하지만 스스로는 정녕 '문학인'으로 살고 싶은 문학비평가에게라면, 허문영과 남다은의 평론집은 참고서라기보다 입문서로 읽힐 것이다. (2015)

심지와 신뢰
—김미현,『그림자의 빛』(민음사, 2020)

#

문학 텍스트는 빛나는 텍스트일까. 모든 텍스트는 아직 어둠 속에 있다. 스스로 빛을 내지 않는다. (텍스트는 빛을 만들어 품거나 발하는 존재가 아니라 말/글의 짜임으로 된 대상일 뿐이다.) 그러나 어떤 빛이, 가령 '문학'이라는 이름의 빛(조명)이 그것들 위로 비추어질 때 유독 눈부신 것들, 반짝이는 것들이 나타나 빛을 발한다. 그때 빛나는 것을 문학 텍스트라 부르자. 빛나는 그것들과 맞닿은 지면에는 반드시 그림자가 나타날 것이다. 빛과 그림자는 언제나 함께 있고, 빛이 강하면 그림자는 진하고 빛이 약하면 그림자는 희미하다. 김미현의 평론집 제목인 "그림자의 빛"에서 그림자와 빛은 모두 문학평론을 비유하고, 그것은 '문학'이라는 빛(조명)과 관련된 활동/존재이다. 다만 '빛의 그림자'가 아니라 '그림자의 빛'인 것은 이 평론집에서 추구하는 문학이 빛의 문학이라기보다는 그림자의 문학이기 때문이다. 그것은 그림자가 가장 긴 자정의 문학이 아니라 그림자가 가장 짧은 정오에도 그림자를 그려 보는 문학, '정오의 문학'이다. "그림자가 없는 빛의 문학이 공허"하다면, "그림자가 보이지 않는다는 것을 볼 수 있는 문학"은 그림자의 빛을 열어 준다. "'빛의 그림자'는 너무 절망적이다. 하지만 '그림자의 빛'은 모순 안에 내재하는 열린 가능성이고, 절망 속에서도 힘들게 작동하는 희망이다."

김미현이 2000년대부터 써 온 평론들을 묶은 『그림자의 빛』은, 그 제목에 이미 드러나 있듯 모순을 딛고 역설을 창조한 작업의 결과물이다. 크게 세 부로 나뉜 이 책의 모든 평론들에는 수동의 능동, 불능의 역능, 감정의 긍정, 동력의 역동, 절망의 희망, 상실의 성실, 그림자의 그림자, 경계론(境界論)의 경계론(警戒論) 등등 다양한 이중의 사유와 이름들이 드리워져 있다. 저자는 문학의 확실성과 견고함을 믿는 것이 아니라 문학의 불안과 균열을 파고드는 것으로 저 겹의 사실들과 조우한다. 양립 가능성을 외면하는 규범들의 권위로 간신히 지탱해 온 문학은 더 이상 단단히 서 있을 수 없음을 저자는 분명하게 의식하는 듯하다. 그의 산뜻한 재배치에 따라 모순의 당착은 양방향의 가능성으로 확장되고 부실한 논리는 명석한 역설로 대체된다. 그런 마법 같은 전환을 수차례 통과하며 마침내 마주한 결론이, 확신으로서의 믿음이 아니라 불신으로서의 믿음인 것도 또 하나의 역설일 것이다. 문학을 바라보는 문학의 그림자로서 "스스로의 그림자들과 갈등하고, 서로 다른 그림자들과 조우하면서 그림자를 확대 심화해 보자는" 이 책의 자취를 따라가 보자.

#

1부 "21세기 주체의 윤리—바틀비들의 배달 불능 편지"에서는 최근의 소설들에서 '하지 않는 것'을 선택하는 주체들의 새로운 윤리를 탐색한다. 배달되지 않았기에 영원히 그 기능이 완료되지 않을 편지의 잠재성에 빗댄 이 사유는 '있는 것'에 국한되지 않고 '있지 않았던 것' 또는 '달리 될 수 있었던 것'으로 나아가거나, '- 않을 잠재성', '-하지 않을 능력'을 통해 현실에서 배제된 것들을 되살려 주는 작업에 착안한다. 소설에서 자아 정체성을 갖지 못하는 인물들이, '이미' 성립된 견고한 주체성이 아니라 '이후'의 성찰로 재구되는 주체성을 갖게 되는 점을 포착하고, 이들에게서 "상실이나 부재가 아니라 결여와 장애가 중심이 되"는 새로운 윤리가 시험되기를 기대하는 것이다. 수동과 능동을 공히 가능한 역능으로 배치하기, '중단', '반복', '유예' 등의 문체를 잠재성의 장치로 번역하기, 감정의 역동성을 긍정의 동역학으로 전환하기, 세속화된 청춘 담론에 미래 완료의 주소 기입하기, '비장소'의 특수성을 장소 간 경계 사유로 치환하기 등등…… 다양한 역설들이 특히 1부에서 "21세기의 변화된 현실을 변화된 주체를 통해 보여 주고 있는" 소설들을 통해 적절하게, 빈번하게 생성되어 있다. 주체와 주체를 둘러싼 이웃을 함께 사유하기 위해서는 "이자(二者) 관계에서 벗어나 눈에 보이지 않는 제3의 이웃까지 아우르는 삼자(三者) 관계까지 고려해야" 하기 때문일 것이다. 관용으로 뒷받침된 균형적 관점이 드러남으로써, 역설의 가능성은 역설의 효용성을 포함한 것임도 알려지게 된다.

2부 "스틸(Steal) 페미니즘과 스틸(Still) 페미니즘의 교차성"에서는, 자기의 소중한 것들을 잃어버리는 여성들을 통해 상실의 고통만이 아니라 상실의 고통을 직시하는 성실함까지 응시하는 페미니즘을 소환한다. "과거의 페미니즘에서 놓친 것이 있다면 미래의 페미니즘을 위해 현재의 페미니즘을 제대로 바라보자"고 제안하기 위해서다. 우선 "이전의 하부 장르와 서로 대비되는" 지점을 예각화하는데, 가령 '돌봄 윤리'에서 '자기 돌봄 윤리'로, '가족 로망스'에서 '여성 가족 로망스'로 한층 더 나아가는 흐름 위에서 특수성을 심화하고 보편성을 확대함으로써 논점을 날카롭게 부각시킨다. 특히 김이설의 소설에서 어미로서, 딸로서, 아내로서 살아 내는 여성 서사의 역동성을 파악하여 "새롭게 재편되는 여성 가족 로망스"의 가능성을 주목한 평론은, 여성 서사에 대한 한층 입체적 접근을 보여 주며 오랫동안 페미니즘 비평에 정통해 온 평론가의 감식안을 증명해 보이는 듯하다. 또한 최근 여성 작가들의 "테크노페미니즘"을 응시하는 글에서는 "더 이상 남성과 여성 사이의 이분법적이고 분리주의적인 대립과 갈등은 실효성이 없"음을 말하며 '여성 읽기'를 위한 질문을 뒤집을 필요('여성이 있는가', '무엇이 기계인가' 등)가 있음을 역설하기도 했다. 스스로 경신하는 페미니즘 비평의 현재형이라는 점에서도 이 책의 2부는 섬세히 정독할 필요가 있다.

3부 "다시 문학을 생각하다—정오의 그림자"에서는, 책의 서두에 밝혀져 있듯 "문학 자체를 생각하는 데 있어서 변하지 않는 것과 변하는 것의 경계"를 살펴본다. 한국문학의 '원형적 환상'이자 '위험한 함정'으로 명명 가능한 몇몇 양면성들(예컨대 '아버지에 대한 환상'이라기보다 '환상으로서의 아버지', 경험과 감정과 계몽에의 집착으로 "죄의식, 뜨거움, 건강함"에 시달리는 초자아 등)을 지적하면서, "현실의 결핍을 그대로 놓아두지 않"고 "부정적 현실을 긍정적 현실로 바꾸어 버리고야" 마는 "한국적 환상"의 핵심을 폭로한다. 이런 환상을 강화하는 데 일조하는 문학의 위기론이 한국문학에 '자정'의 상징을 이용해 왔다는 것이다. 이에 반하여 그가 강조하는 것은, 환상을 가로지를 수 있는 '정오'('니체적 의미에서 합일의 순간이 아니라 단절이나 균열의 시간')의 상징을 가지고서 "부정적인 것과 함께 머무는" 문학이다. 이와 같이 그는 "문학을 문학이지 않게 하는 불안 요소들을 통해 문학을 문학이게 하는 것들을 거꾸로 추적해" 봄으로써 다음과 같은 결론에 이른다. "그림자를 그림자처럼 보이지 않게 하는 것이 그림자의 적이라면, 한국문학의 적은 소문으로 존재하는 문학의 본질론 혹은 위기론이다." 3부의 마지막 글에서 저자가 "이후의 사랑이 괴물과 속물들을 인간다운 인간으로 만들어 줄 수도 있을 것"을 예견하며 적은 문장이자 이 책을 닫는 마지막 문장을 변형하여('사랑'을 '문학'으로) 여기에 다시 적어 본다. "문학 아닌 것이 '문학처럼' 존재한다면. 그래서 진짜 문학이 찾아온다면." 균열과 단절이 이글대는 정오의 말들에, '문학'이라는 이름의 빛으로 혹은 그 빛과 가장 가까운 그림자로 존재하고자 하는 이 책의 바람이 이와 같은 것이리라.

#

이상과 같이 3부에 걸쳐 탄탄하게 구성된 이 책에서 내게 가장 놀라운 점을 딱 하나만 꼽으라면, 총 15편의 글들이 모두, 하나같이, 알차고 단단하게 완성된 글이라는 사실일 것이다. 이 책의 모든 부에는 각각 다섯 편씩의 글들이 모여 있고, 각 편의 글들은 대개 다섯 개의 소절로 이루어져 있다.(15편 중 2편만 네 개의 소절로 되어 있다.) 다섯 개의 소절은 대개 '서론, 본론 1, 본론 2, 본론 3, 결론'의 구성에 따라 한 절씩 할당돼 있고, 본론의 세 절은 그 글의 논점을 세 개의 관점으로 분배한 논의들이 채우고 있다. 예를 들어 「포스트휴먼으로서의 여성과 테크노페미니즘」이라는 글은, '반인간주의, 탈인간주의, 그리고 여성'이라는 제목의 서론에서 시작하여 "1. '지구-되기'와 판도라의 박탈성", "2. '모성-되기'와 포스트바디의 확장성", "3. '기계-되기'와 여성 사이보그의 진정성", 이렇게 세 꼭짓점을 가지는 본론의 삼각 구도가 그려지며 결론 격인 "테크노페미니즘의 (무)질서와 (불)연속성"이라는 제목의 절로 마무리된다. 윤이형과 김초엽의 과학소설을, 과학기술 안에서 페미니즘을 보는 "테크노페미니즘"의 입장에서 고찰하는 이 글은, 여성문학적 주체가 젠더 정체성을 찾아가는 유형을 셋으로 나눠 살핀 글이다. 지구-모성-기계의 세 분류 사이에서 두 여성 작가의 테크노페미니즘적 수행은 제각각 나뉘어 분석되는 것이 아니라 서로 겹치기도 하고 갈라지기도 하는 양상으로 묘사된다. 이와 같은 삼각의 프레임이 이 책에 실린 글들 거의 전편에 놓여 있다. 단절과 균열을 포함한 문학적 논점들이 이분법적 분리 없이도 명쾌하게 논리화되고, 제3의 관점을 포함한 유연성의 확보로 안정적인 논리 구도를 마련한다.

김미현의 평론들이 명징한 틀로 외형적 객관성을 확보했다면, 내성적(內性的) 객관성은 선행된 관련 논의들에 대한 성실한 검토로부터 다져 갔다고 할 수 있다. 앞 문단에 예를 들었던 목차를 다시 보자. '지구, 모성, 기계'뿐 아니라 '판도라, 포스트바디, 여성 사이보그'에 이어 '박탈성, 확장성, 진정성' 등의 용어로 세 꼭짓점을 맞대면서 논리를 입체적으로 쌓아 가게 되는데, 이때 그 입체물을 튼튼하게 세울 수 있는 바탕은 꼼꼼한 기존 논의의 검토에 있다.(그의 글에는 "기존의 생태학이나 환경론과 연관되면서" 또는 "이미 널리 인정되고 있듯이" 등으로 운을 떼며 시작되는 문단이 반드시 있다.) 김미현의 평론은 기성의 규범과 관습에 기댄 '문학적' 분류나 체제를 전유하지 않으면서도 기존의 문학적 연구에 맥을 잇댄다. 이러한 성실성으로 그는, 한 편의 글에 '문학비평'과 '문학 논문'이 혼재하기가 점차 어려워지는 한국문학장의 편향된 분위기를 가로지른다. 양쪽의 특성을 다 포함하며 혼종성/양가성을 능란하게 구사하는 유연함 또한 김미현 평론의 특장이라 할 것이다.

　마지막으로, '문학' 또는 '소설'에 대한 저자의 오래고 깊은 '믿음'이 곧 이 평론들을 끝내 '평론'이 되게 했으리라는, 즉 논문이 아니라 평론이 되게, 에세이가 아니라 평론이 되게 했으리라는 짐작 또는 확신을 덧붙여 본다. 무겁게 가라앉지 않으면서 진중하고, 가볍게 날아다니지 않으면서 경쾌한 이 평론들에서 어떤 무게 중심 같은 것이 아니라 굳건한 심지 같은 것이 느껴진다. 예수가 의심 많은 제자 도마에게 말했다는 '보지 않고도 믿은 사람의 행복'을 그가 인용했을 때, 그림자를 자처하는 이 평론들의 결단과 겸손이 궁극적으로 '문학'이라는 이름의 빛에 대한 신뢰에서 비롯되었다는 당연한 사실이 더욱 확연해진 것 같았다. 물론 그 빛의 색과 세기와 방향 등은 언제나 변화하고 유동하겠으나 그 변화와 유동까지도 이미 전제한 그림자로서는 매 순간 또 다른 방향으로, 자기 나름의 길이와 농도로 존재하기를 이어 갈 것이다. 이 지속되는 움직임이야말로, '시의성'이라는 당대의 요청을 부박한 속도전으로 대체하기 쉬운 현장의 피상성을 넘어 평론이 맡아 지켜야 할 가장 제 몫의 활동처럼 느껴졌다. (2020)

독자 시대의 문학과 쓰는 개인의 형식
—2019년에 생각하는 2010년대의 문학

2010년대의 문학을 '독자 시대'의 문학이라고 해도 될까. 얼마큼 사실과 부합하는지, 대체 어느 정도를 사실이라 할 수 있는지 기준을 말하긴 어렵지만, '독자 시대'라는 말이 귀에 들어온 이상 못 들은 척 지나치고 싶지는 않다. '독자' 시대라면, 먼저 책과 관련한 일에서 독자가 전보다 많아졌다는 혹은 독자가 주도권을 쥐었다는 뜻으로 들리는데, 과연 그러한 실감이 어느 정도인지는 모르겠다. 문학책은 아니더라도 전반적으로 책 읽는 사람들이 좀 늘기는 했을까? 그렇다고 한다면 이때 독자의 주도권이란 책을 사는 소비자의 욕망이 중요해졌다는 뜻일 터이므로, 물론 책을 읽는 이와 책을 사는 이가 분리되는 건 아닐지라도 독자를 너무 출판 산업에만 밀착시킨 얘기가 될 것이다. 출판사나 서점의 상대 자리가 아닌, 보다 일반의 독자를 말하는 거라면, 독자의 수나 구매욕 또는 경제력의 상승보다는 '읽기'라는 행위의 의미와 기능이 강화되었다는 뜻이어야 한다. 그렇게 생각해 보면 '독자'의 위상이 전과 달라졌다는 것은 확실하지 않은가 싶다. 독자의 중요성은, '나는 책을 읽는다'는 행위에서 '나'가 아니라 '읽는다'에 해당하는 것이다. 이 시대는 읽는 시대가 맞다. 책이라는 제품, 문학이라는 라벨이 문제가 아니라 온갖 읽을거리가 넘쳐나는 시대이므로. 읽고 싶은 것, 읽을 수 있는 것, 읽어야 할 것들이 너무 많다. 우리는 무엇이든지 읽고, 세상만사가 누구에게나 읽힌다. 이 와중에 쓰이고 읽히는 문학을 일컬어 '독자 시대의 문학'이라 해도 된다.

조금 에둘렀지만 사실을 말하자면, '독자 시대의 문학'이라는 말은 2016년 출간된 『82년생 김지영』이 3년 새 국내에서만 130만 부 이상 판매된 현상이 없었다면 꺼내기 어려웠을 것이다. 그 책으로 인해 우리는 소설 독자의 증가에 주목했고 독자의 의견이 사회적 의제로 이어져 의미 있는 현상들이, 대표적으로 페미니즘 리부트와 젠더 이슈의 생산으로 나타나는 것을 목도했다. 동명의 영화도 원작의 효과를 충실히 이어받아 관객 동원에 성공함으로써 양방의 톡톡한 시너지 효과도 드러났다. 이 상황을 두고 '독자 시대'의 뜻을 굳이 '읽을거리가 많아져 읽고 읽히는 일이 전보다 중요해진 시대'라고 말하는 것은 구구하다. 이 책은 독자/소비자의 파워를 입증했을 뿐 아니라 여성 독자/페미니즘의 위상을 드높였다. 이 책을 '읽었다'는 행위 자체가 상징적으로 작용할 만큼 중요한 의미가 되었다. 무엇보다 문학의 '가치' 또는 문학의 '문학성'을 판정하는 기존의 기준들을 회의하게 하고 이 시대에 유효한 기능을 탐색하게 하는 데 이 베스트셀러의 독자들이 기여한 바가 작지 않다. 이 소설이, 이를테면 인물의 전형성, 사건의 개연성, 주제의 독창성 등과 같은 전통적 소설 규범에 구속되지 않고서도 읽는 이들의 당사자성을 상기시키고, 발화 의지를 촉구하고, 연대감을 고양시킨 그 놀라운 효과는, 문학의 가치를 어디서 구할 것인가에 대해 이 시대가 제출한 하나의 답변처럼 느껴지기도 한다.

그러므로 '2010년대의 문학'을 꼽는 자리에 『82년생 김지영』의 등장은 당연하지만, '독자 시대의 문학'이란 이야기를 하다 보니 더 생각할 게 남은 것 같다. 『82년생 김지영』을 아주 많은 이들이 읽었다는 사실은 중요하나, 『82년생 김지영』이 곧 독자 시대를 낳은 것이 아니라 독자 시대가 『82년생 김지영』의 성과를 이끌었다고 말해야 더 맞을 것 같다. 특정 소설의 독자가 다수인 현상이 독자 시대를 설명하는 게 아니고 특정 소설의 중요한 효과를 독자들이 발생시켰다는 데 독자 시대의 의미가 있는 것이다. 그런 까닭에 『82년생 김지영』의 독자'라고 불릴 만한 이가 반드시 그 책을 완독한 사람에만 한하지는 않는다. 책을 읽다 말았든, 사 놓고 읽지 않았든, 책을 읽은 이들이 하는 얘기만 듣고서 자기도 읽은 척을 하든, '완독'과의 거리는 '독자 시대'를 말하는 데 그다지 중요하지 않다. 중요한 것은, 그 책을 자기에게로 끌어당긴 자기 체험, 현실 문제, 사회 맥락 등을 이미 읽고 그 읽은 것과의 상호작용 속에서 『82년생 김지영』에 대해 생각하고 말하는 이들이 모두 독자 시대의 주인들이며, 그들이 곧 2010년대의 중요한 소설 『82년생 김지영』을 있게 했다는 사실이다. 이렇게 말하니 마치 『82년생 김지영』의 위상에 (심지어 작가보다도) 독자의 공이 더 크다는 뜻으로 들릴 수도 있겠으나, 무조건 많이 읽힌 텍스트의 위상이 다 높은 건 아니라는 것도 알아야 한다. 또한, 텍스트의 의미는 작가가 씀으로써가 아니라 독자가 읽음으로써 결정된다는 수용자 중심적 입장으로 들릴 법하나, 그보다는 가치관, 감수성, 의제 등에 관한 시대적 요청이 잠재적 독자를 키웠고 그들이 곧 이 소설을 끌어당겼다는 이야기로 이해하는 편이 더 타당할 것이다. 이렇게 맞이한 '독자 시대'이므로 독자의 크기가 아니라 읽기의 중요성에 주목해야 한다는 이야기였다.

그래서 다시, 2010년대가 '독자 시대'임을 수긍하고 독자의 중요성을 이해했다면, 이 시대의 '작가', 즉 읽기-독자의 역량이 커진 시대의 '쓰는 사람' 혹은 '쓰는 행위'에 대해서는 어떻게 생각해 볼 수 있을까. 독자 시대의 문학은 누가 쓰는가? 독자를 강조한데서 읽기에 비해 쓰기가 덜 중요할 리 없고, 독자의 수와 힘에 비해 작가의 수와 힘이 적다는 뜻도 아니다. 우리가 읽은 것은 누군가가 쓴 것이고, 읽은 누군가는 또 쓰고자 하기 마련인데, 그렇다면 쓰는 이는 누구인가. 누가 무엇을 왜 쓰고 싶어 하는가. '쓰는' 사람은 사실 누구보다도 '읽는' 사람이다. (쓰지 않고 읽는 사람은 있어도) 읽지 않고 쓰는 사람은 있을 수 없으니, 쓰인 것이 있어야 읽기가 따라올 수 있다고 선후(先後)를 상정할 바가 아니다. 다만 쓰는 데는 반드시 읽은 것이 소용되고, 당연히 읽을거리는 세상만사 모든 텍스트인데, 읽은 그것으로부터 쓰이는 것이 되는 데는 어떤 이유 또는 목적이 있을까? 즉 작가가 쓰고 싶은 것으로서, 작품으로서, 이 시대의 텍스트로서, 어떤 것을 '쓴다'는 일은 무슨 의미일까?

자기가 아는(경험한/생각한/상상한/알리고픈/말하고픈……) 것을 외부로 드러내고 싶은, 또는 도무지 이해하기 어려운 세상, 알 수 없는 인생 등에 대해 질문을 던지고 싶은 (표현적) 이유가 있을 것이다. 쓰기는 '나'의 일이지만(펜 또는 키보드는 내 손에 있으니), 쓰기의 의미/효용은 '나'의 욕망/의지에 국한되지 않으리라는 (소명/직업적) 이유도 있을 수 있고, 소설이나 시를 쓰는 순간에 가장 충만히 살아 있는 기분이어서 쓴다는 (취미적) 이유도 있을 것이다. '이유'는 저마다 다를 테지만, 최근에 본 말 중에서 글쓰기란 "상대가 아는 것과 내가 아는 것을 합해 둘 다 모르는 장소에 다다르는 작업"[1]이라는 말만큼 그 목적을 잘 알려 준 건 없는 것 같다. 이 말은, 정확히 내가 소설을 읽는 목적을 일러 주는 말이기도 했다. 남(이 쓴 것)을 읽는 것은 나(의 현재)를 낯설게 하는 과정이다. 읽는 동안 나는 동의하기도 하고 동의하지 못하기도 하면서 그것을 따라가는데, 도착한 그곳은 내가 먼저가 보려고 했던 곳일 수도 있고 한번 상상조차 못한 곳일 수도 있으나, 나 혼자선 갈 수 없는 장소일 것이다. 그 '모르는 장소'가 쓰는 이와 읽는 이에게 언제나 동일하지는 않을 터이니, 읽기가 남긴 그 간극을 해방시키려는 어떤 수행이 누군가에게는 쓰기가 된다. 그런 수행은 직업이나 취미 이전 혹은 너머의 삶의 방식이라고 할 수 있고, 이 점에서는 글을 읽는 행위나 쓰는 행위에 큰 차이가 없을지도 모른다. 하지만 '쓴다'는 것은 자기 자신을 발화의 주체 혹은 발화의 근거이자 제재로 삼아 어떤 것을 발생시킨다는 뜻이고, 또한 그 발생을 자기 자신으로 세우는 일이다.

다시 말해 '쓰기'에 대해서는, 삶이 글쓰기/읽기의 수행으로 이루어진다고 하기보다 글쓰기가 삶의 수행 혹은 삶의 형식이라고 하는 편이 더 맞는 듯하다. 삶을 쓰는 것보다 씀을 산다는 것? 어느 때보다 읽을거리가 넘치고 읽기의 중요성이 강조되는 시대, 세상의 무수한 쓰인 것들에 보태지는 '내가 쓴 것'의 의미는, '무엇'을, '왜' 쓰는가보다 '내가' 쓴다는 것으로 모아지는 것 같다. '나'의 고통과 사랑과 인생을(무엇을), 세상과 소통하고 공감하고 위로를 주고받고 싶어서, 그리하여 더 나은 사람이 되고 더 좋은 세상을 이루고 싶어서(왜), 대

---

1 김애란, 「그랬다고 적었다」, 『아뇨, 문학은 그런 것입니다』(『문학동네』 100호 특별부록), 문학동네, 2019, pp.289-290.

개 이런 동기로 '나'는 글을 쓸 터인데, 하지만 그런 동기들에도 불구하고 혹은 그런 이유들의 최종 심급에 '내가' 그것을 썼음이, 그리하여 그 쓴 것이 바로 '나'임이, 가장 의미 있게 자리한다. 글을 쓰는 이들 각자에게 '쓰기'의 궁극적 위상이 바로 이 점이 아닐까 싶다. 나의 글, 나의 이야기, 나의 쓰기란, '나에 대하여' 쓴 것이 아니라 '내가' 쓴 것이다.

'쓰기'의 이런 의미, 이런 위상을 곰곰 생각한 것은 2018년에 출간된 김봉곤의 첫 소설집 『여름, 스피드』에 힘입은 바 적지 않다. 등단작 제목인 "auto"에서부터 유추되는 김봉곤 소설의 '자기성(性)'은, 쓰는 사람 자신의 삶이 이야기 속에 거의 온전히 등장하는 것처럼 보일 만큼 노골적임에도 불구하고, 자전적인 것, 실화적인 것으로 소화될 수 없는 지점을 축으로 돌진한다. 독자는 '마치' 작가 자신인 듯 보이는 누군가의 사랑, 정념, 가족, 일, 취향, 일상 등을 알게 되지만, 그것은 소설 쓰는 (인물) 김봉곤의 실상으로서가 아니라 소설로 쓴 (작가) 김봉곤의 자리로서 존재감을 갖는다. "글쓰기에 있어 거리감의 상실이 언젠가 나를 완전히 소진시키고 말 것이란 두려움 속에서도 그것을 멈출 수 없었다. 정념에 휩싸이지 않고서는 글을 썼다는 기분이 들지 않았고, 정념 없이는 시작할 수조차 없었다."[2]라고 말하는 이의 소설에서 '거리감의 상실'과 '정념의 휩싸임'은 그 자신의 상태가 아니라 그가 '쓴 것'이 지닌 힘이 될 수 있다. 그 힘을 가지고 김봉곤은 "소설이라는 공적인 매개물을 사적으로 소유하는 듯한 형식"[3]으로서 '자기'를, 즉 한 '개인'을 세우고자 했으리라.[4] 2010

---

2 김봉곤, 「auto」, 『여름, 스피드』, 문학동네, 2018, p.217.
3 박혜진, 「증언소설, 기록소설, 오토소설」, 『크릿터 1호』, 민음사, 2019. p.105.

년대 '독자 시대'에, 백만이 읽은 소설과 천만이 본 영화와 수백만이 조회하고 퍼 나르는 기사와 댓글 들의 홍수 속에서 한 사람이 고유한 '개인'이 되려는 쓰기의 가장 극적인 사례를 최근 그의 소설에서 보았다. 개인을 쓰는 것이 아니라 씀으로써 개인이 되는 것, 2019년에 내다보는 2020년대 문학의 한 형식일지도. (2019)

---

4 김봉곤의 소설에 사적 대화가 무단 인용된 사태에 대한 문제 제기와 담론 공방을 지나며 깨달은 한 가지 사실이 있다. 우리는 '나'라는 '개인'이 오롯하게 고유하고 단일한 개체로 각각 존재하고 살아간다고 믿기 쉬우나, 어떤 개인도 다른 개인(들)과의 연결과 겹침 없이는 존재할 수도 살아갈 수도 없다는 당연한 사실 말이다. '나'의 생계, 공부, 취미, 사랑 등에 '남'의 자리가 없는 경우는 아예 없으며, 그런 의미에서 '고유한 개인'이 되는 쓰기란 한 사람의 고유성을 만드는 행위가 아니라 인간(일반)의 보편성을 고유하게 만드는 한 사람이 되는 행위라 해야 할 것이다. 우리가 개인이 되는 것은 자기 삶의 경계 안쪽에 '나'를 둘 때가 아니라 함께 살아가는 경계 쪽으로 '나'를 밀어낼 때임을, 씀으로써 개인이 되는 일이야말로 바로 그런 밀어내기임을, 잊지 않으려고 한다.

272